단 하루의 영원한 밤

단 하루의 영원한 밤

김인숙 소설

문학동네

차례

델마와
루이스

1

델마가 죽었을 때 그녀의 나이 여든일곱이었다.

유품으로 알루미늄 지팡이와 가볍고 신기가 편해 효도신발이라고 일컬어지는 단화 한 켤레와 가늘어진 손가락에 맞추느라 실을 친친 감아서 구멍을 좁혀놓은 금반지 한 개가 있었다. 나중에 그녀의 방에서는 세 개의 이빨과 수를 헤아릴 수 없을 정도로 가득 쌓인 온갖 종류의 건강식품과 약, 돋보기안경 등이 나왔다. 치석이 제거되지 않은 노랗고 까만 이빨은 두루마리 휴지에 곱게 싸여 있었다. 델마의 입속에 빠지지 않고 남아 있던 치아는 몇 개였을까. 그들은 결코 알지 못할 것이었다.

죽기 전에 델마가 집을 떠났던 이유 역시 마찬가지였다.

2

델마가 집을 떠나기 전, 어느 날의 일이었다. 여느 때와 마찬가지로 델마의 며느리는 남편보다 늦게 잠에서 깨 부은 얼굴을 두 손으로 비비며 침실 밖으로 나갔다. 날이 흐려서인지 집안이 흐릿했다. 거실 등을 켜야겠다는 생각으로 스위치를 향해 걸어가던 그녀가 문득 걸음을 멈추었다. 그녀는 거실 소파를 바라보았다. 그러고는 믿을 수 없다는 듯 눈을 두어 번 껌뻑거렸다. 곧 낮은 비명이 터져나왔다.

아내보다 먼저 일어나 샤워를 하고 있던 델마의 아들은 물소리 때문에 아내의 비명소리를 잘 알아듣지 못했다. 그는 샤워를 하고, 면도를 하고, 덜 마른 몸에 샤워코롱까지 뿌린 후 욕실에서 나왔다. 샤워코롱은 큰아들의 여자친구가 그의 생일날에 선물한 것이었다. 향수 따위를 사용해본 적이 없었기 때문에 그 일은 항상 긴장 속에서 치러졌다. 미세한 소리와 함께 뿜어져나오는 것은 향기였으나 향기는 때때로 얼룩으로 남았다. 그는 그 미세한 향기와 얼룩을 소중하게 여겼다. 평생 동안 단 한 번도 화장품 냄새를 좋아해본 적이 없었지만, 그도 이제 나이가 들고 늙어가고 있는 중인 것이다. 아들의 여자친구가 향수를 선물했을 때 그는 기쁜 얼굴로 그것을 받긴 했지만, 나중에 아내와 단둘이 방에 있게 되었을 때는 우울한 목소리로 묻지 않을 수 없었다. 나한테서 냄새가 나나? 아내는 절대로 그렇지 않다고 대답했지만, 그는 자신의 질문에 아내가 당황하고 있다고 여겼고, 바로 그다음날 아침부터 샤워코롱을 뿌리기 시작했다. 아침식사를 할 때, 델마가 이상한 냄새가 난다고 중얼거리듯 말했다. 그는 아무 말도 하지 않고 묵묵히 밥을 먹었다. 자신의 몸에서 냄새가 난다면 그것에는 어머니의 냄새도 섞여 있을 것이다. 어쩌면 가장 진한 냄새가 그것일지도 몰랐다. 어머니의 냄새를 지우기 위해 향수를 뿌린다고 말할 수는 없었다.

그가 침실에 딸린 욕실에서 나왔을 때, 아내는 침대에 누워 있었다. 한 팔을 이마 위에 올린 채 눈을 감고서였다. 샤워를 하다가 들은 듯했던 이상한 소리가 다시 떠올랐다. 무슨 일이 있었어? 그가 묻자 아내가 손가락만 움직여 방밖을 가리켰다. 거실로 나가던 그도 그의 아내처럼 걸음을 멈칫했다. 비명을 지를 정도는 아니었지만 아주 잠깐 가슴이 내려앉았던 것 같기는 했다.

"당신도 놀랐지?"

그가 침실로 돌아왔을 때 아내의 말이었다.

"심장이 내려앉는 줄 알았어."

열흘쯤 전부터 이모가 그의 집에서 머물고 있었다. 미국에서 살다가 몇십 년 만에 귀국을 해서는 그의 집에 눌러앉아버린 것이다. 며칠만 있다가 돌아가겠다고는 했지만, 그 며칠이 도대체 며칠인지를 알 수가 없어서 그는 그후로 아내의 얼굴을 제대로 바라볼 수가 없었다.

늙은 자매는 그날 아침 같은 시간에 깨어 같은 소파에 앉아 있었다. 둘이 그토록 닮은 얼굴이라는 것을 그 역시 그날 아침에 처음 알았다. 이모는 델마의 자리옷을 입고 델마와 똑같은 자세로 앉아 있었다. 여든일곱과 여든아홉의 노인네 둘이 자식들을 골려먹자고 모의를 한 것은 아니겠지만, 소파 아래로 다리를 내리지 않고 오도카니 올라앉아 있는 것까지 똑같았다. 그가 침실 밖으로 나갔을 때 둘은 똑같이 고개를 돌렸고 똑같이 미소를 지었다. 앞니가 빠져 있는 것도 똑같았다. 어머니에게 그런 생각을 품는다는 것이 죄스러운 일이 분명했음에도, 가슴이 덜컥 내려앉는 순간, 그도 어쩔 수 없이 생각하지 않을 수 없었다. 그러니까 둘은, 귀신 같았던 것이다.

제발 좀, 새벽마다 불도 안 켜고 그렇게 앉아 계시지 말라고, 몇 번을 말씀드려야겠냐고, 울컥 터져나오려는 말을 그는 눌러 참았다. 이모 앞에서 언성을 높일 수가 없어서는 아니었다. 곧 결혼을 앞둔 아들을 생각하지 않을 수 없었던 것이다. 노인들의 저물어가는 시간은 언젠가는 자신의 몫이 될 것이었다. 그 언젠가는 생각보다 훨씬 더 빠를지도 몰랐다. 두 노인이 귀신처럼 함께 앉아 있는 것을 보니 그 느낌이 더욱 울적했다. 안녕히 주무셨어요, 그는 흘리듯이 말을 하고는 그대로 돌아섰다.

3

델마의 아들은 정년퇴직 후 횟집을 했다. 그의 아내도 가게 일을 같이 했다. 델마의 며느리는 남편보다 먼저 가게에 나갔다가 남편보다 먼저 집으로 돌아오곤 했다. 그래도 집에 돌아오는 시간이 거의 자정 무렵이었다. 며느리가 밤늦은 시간에 들어와 지갑과 열쇠를 내려놓고 겉옷을 벗을 즈음이면 델마가 자기 방에서 나왔다. 왔니? 델마가 묻고 며느리가 네, 하고 대답했다. 손님 많니? 델마가 또 묻고, 며느리가 또 네, 하고 대답했다. 그게 전부였다. 대화는 더 길게 이어지지 않았고 이어질 것도 없었다.

대개는 늘 곯아떨어졌지만, 어쩌다 잠이 오지 않는 밤에는 며느리의 머릿속에 생각이 많아졌다. 그중에는 시어머니에 관한 생각도 있었다. 이날들이 언제까지 갈까. 그녀는 간혹 한숨을 내쉬기도 했는데, 그것은 싫다거나 지긋지긋하다거나 하는 의미는 아니었다. 젊었을 때는 심각하게 불화한 적도 있었지만 세월이 흐르면서 더이상의 큰 분란은 없었고, 그렇게 살아오는 동안 시어머니는 그녀의 삶의 일부분이 되었다. 남편과 자식들이 그녀에게 그런 것처럼. 늙어갈수록 그렇게 살아올 수 있었던 시간들이 오히려 고맙게 여겨졌다. 이제 와서는 시어머니가 빠져나간 가족의 형태를 상상조차 할 수 없었다. 무척 외로울 것 같기도 했고, 평생 처음으로 아주 편안할 것 같기도 했고, 또 그런 마음으로 인해 죄스러울 것 같기도 했다.

그러나 델마의 언니가 난데없이 그녀의 집에 주저앉았을 때, 그녀가 느낀 감정은 완전히 달랐다. 그녀는 노여움을 넘어 분노를 느꼈다. 하루이틀 묵고 가는 것과 '얼마 동안' 머무는 것은 결코 같은 문제일 수 없었다. 누구도 그녀에게 아흔이 가까운 노인네 둘을 한꺼번에 맡길 수는 없는 일이었다. 미국에서 델마의 언니를 모시고 온 남편의 이종사촌은 '그저 며칠'이라는 말만 반복했다. 노인네가 너무 고집을 피워서 당장 모셔갈 수가 없으니 '그저 며칠'만 계시게 해달라는 거였다. 곧 다시 귀국할 일이 있으니 그때 모셔가겠다고는 했다. 그러나 미국이 어딘가. 갔다가 그대로 돌아온다고 해도 그게 벌써 며칠일 거였다. 시이모를 향한 분노는 고스란히 남편에게로 향했다. 그녀의 남편과 마찬가지로 그녀 역시도 이미 환갑을 넘긴 나이였다. 이제 와서 나쁜 며느리에 나쁜 질부가 되고 싶지는 않았다. 그러나 마찬가지로, 이제 와서 착한 며느리 착한 질부가 되고 싶은 것도 아니었다.

어느 날 아침, 그녀가 식당에 나가기 전에 인사를 하려고 델마의 방문을 열어보았을 때였다. 델마가 혼자 있을 때는 방문도 안 열어보고 나갔다 올게요, 밖에서만 말할 때가 많았지만 델마의 언니가 집에 머물기 시작한 이후로는 그래도 방문은 열어보았다. 방문을 열자마자 그녀는 깜짝 놀라 입을 벌리고 서 있어야 했다. 델마와 델마의 언니가 마주앉은 채 서로 머리채를 붙들고 있었던 것이다. 얼마나 오래 그러고 있었던 것일까. 둘은 기운이 빠져서 머리채를 잡은 손을 풀지도 못하는 것 같았다. 그러니까 그것은 두 노인이 머리채를 움켜쥐고 싸움을 하고 있는 풍경이라기보다는 같이 두 손을 들고 벌을 서고 있는 풍경이나 다름없었다. 둘은 하늘을 떠받치고 있는 프로메테우스보다도 더 무거운 것을 받쳐들고 있는 사람들 같았다. 그 무거운 것을 누군가 내려주지 않으면 영원히 그러고 있어야 할 것처럼.

못 본 체하고 싶은 마음이 역겨움과 함께 올라왔다. 그러나 그녀는 결국 다가가 둘의 엉켜 있던 손가락을 풀어주었고, 둘은 동시에 뒤로 자빠졌다. 그녀는 무슨 일이 있었던 거냐고 묻지 않았다. 들어도 알 수 있을 것 같지 않았고, 안다고 해도 어떻게 하고 싶지도 않았다. 자매가 추억하는 일 중에 노여운 순간이 왜 없으랴. 사소한 일일수록 용서할 구실이 없어 더 마음에 깊이 남았을 것이다. 그것은 자신 역시 마찬가지였다. 그녀는 자신을 이런 상황에 빠뜨린 남편을 결코 용서할 수 없으리라고 생각했다.

델마가 집을 떠났을 때 역시 마찬가지였다. 걱정보다 앞선 것이 다시 격렬한 분노였다. 자신이 무엇을 어떻게 했든 간에, 델마의 시간이 어떤 것이었든 간에, 팔십칠 세 노인이 집을 나갈 수는 없는 거였다. 사십 년 가까이를 함께 살았으니 거의 반백 년이다. 그런 시어머니가 이제 와서 자신에게 그런 짓을 해서는 결코 안 되는 거였다.

4

"저기에서 내려주시우."

노인의 말을 최창식은 잘 알아듣지 못했다. 뒤에 앉은 노인이 어깨를 건드리며 다시 한번 말했을 때야 최창식은 뭐라 그러셨어요? 되물었다.

"저기 말이요, 저기."

최창식의 입이 벌어졌다. 국도변에 웬 성채가 하나 보였던 것이다. 그는 곧 그것이 그 지역에 새로 개장한 모텔이라는 것을 알았다. 서양의 성 모양을 흉내내 지은 건물인데 있는 대로 조명을 밝혀놓아 그야말로 휘황찬란하기가 그지없었다. 방송에 인근 저수지의 풍광이 소개된 뒤로 관광객들이 몰려들기 시작한 것이 그리 오래된 일이 아니었다. 관광객들이 몰려오는 속도보다 모텔이 들어서는 속도가 더 빨랐다. 모텔들은 하나같이 거대한 성채처럼 세워졌고, 하나같이 있는 대로 조명을 밝혀놓고 있었다.

노인이 저기라고 가리킨 모텔을 그가 그날 처음 본 것은 아니었다. 그는 그 지역에서만 십 년이 넘게 택시기사 노릇을 했다. 그러나 새로 세워지는 모텔들은 언제나 낯설었다. 게다가 그런 모텔 앞에 내려달라고 하는 할머니들이라니.

국도변에서 할머니 둘이 차를 세울 때부터 최창식은 기분이 찜찜했었다. 노모의 상을 치른 것이 고작 한 달 전이었다. 그리고 그 한 달 내내 그는 괴로움과 고독함과 술에 빠져 사느라 운전대를 잡을 수가 없었다. 온통 기억나는 것이 어머니에게 잘못했던 일들뿐이었다. 잘못한 일이 많아서 기억할 게 그것밖에는 없는 탓도 있겠지만, 죄스러운 마음을 눙치려고 부러 더 그런 기억들만 떠올리는 것 같기도 했다. 어느 날 밤 그는 발버둥을 쳐가며 울었고 그렇게 실컷 울고 나니 벌을 다 받은 것 같기도 해서 술을 마시러 나갔었다. 그는 그런 사람이었다.

그렇게 간신히 다시 운전대를 잡았더니, 첫날부터 차를 세운 사람이 할머니들이었다. 자식들도 없이 단둘이 택시를 잡아타기에는 둘 다 너무 늙어 보였다. 세상을 뜬 늙은 어머니가 떠오르지 않았다면 그 시간에 노인 둘을 차에 태우지는 않았을 것이다. 세상이 점점 더 글러먹게 변해, 노인들이 자식도 없이 늦은 밤 길거리에 서 있었다. 그가 할 생각은 아니었다. 그의 늙은 어머니도 홀로 나갔던 길에 교통사고로 세상을 떴다. 그에게 전화를 걸었다면 마침 가까운 곳에 있던 그가 어머니를 모시고 어디에든 갔을 수도 있었을 것이다. 그러나 어머니는 그에게 그런 일로 전화를 거는 적이 결코 없었고, 어머니가 그랬다고 하더라도 그가 일부러 어머니를 모시러 가는 일은 사실 없었을 것이다. 어머니는 사고를 당하고도 일 년 가까이나 병원 침대에서 생을 지탱했는데, 그 시간이 그에게는 지옥 같았다. 어머니가 언제쯤에나 숨을 놓게 될지만 손꼽아 기다린 시간이었다. 지옥 같은 시간에 지옥 같은 마음이 더 얹어졌다.

두 노인이 차를 세웠을 때, 그는 일부러 차 밖으로 내려서 노인들이 차에 타는 것을 도왔다. 새털같이 가벼운 노인네들이었다. 운전석에 돌아와 룸미러로 뒤를 보니 나란히 앉은 두 노인네가 마치 인형 같았다.

"할마씨들, 어디로 갈까요?"

그가 부러 더 밝은 음성으로 물었을 때, 노인 하나가 쭉, 가자고 했다.

"쭉, 어디로 갑니까?"

"쭉, 가자니까. 쭉."

최창식은 차를 천천히 몰았다. 마침 곧은 길이어서 길목마다 이리 가느냐, 저리 가느냐 물어볼 필요가 없었다. 차가 오 분쯤 달렸을 때, 노인 하나가 차를 세워달라고 했다. 다 왔습니까, 물었더니 오줌이 마렵다고 했다. 노인이 어두운 국도변에서 바지를 내리고 오줌을 누는데, 오줌 소리가 물 새는 소리처럼 똑똑 들렸다.

"할머니, 어디 가는데요? 자식들 집에 갑니까?"

노인 하나가 오줌을 누는 동안 최창식이 차에 남은 노인에게 물었다. 쭉, 가자고 말을 했던 노인이었다.

"갈 데가 자식 집밖에 없나."

"그럼 놀러가십니까?"

"놀러가지."

"할마씨 둘이 놀러갑니까?"

"할마씨 둘은 놀러가면 안 되나."

"자식들이 걱정 안 합니까? 연세가 보통 아니실 것 같은데요."

"걱정 좀 하면 안 되나."

"집 나오셨습니까? 자식들이 속썩여요?"

그때 오줌을 다 눈 노인이 차문을 두드렸다. 최창식이 다시 내려 노인을 차에 태웠다. 바지 자락이 젖어 있는 것 같았다. 차에서 내리기 전에 오줌을 지렸거나 덜 눈 줄도 모르고 옷을 추켜올렸거나 했을 것이다. 그의 차 시트에도 노인의 오줌이 묻을 것이다. 죽은 노모를 기억하지 않았다면 그의 입에서 틀림없이 욕설이 터져 나왔을 것이다.

노인네 둘을 모텔에 내려놓은 뒤 최창식은 지서에 전화를 했다. 가출 노인네 둘을 신고한다고 했더니 술에 취해 있던 파출소장이 네 엄마냐고 농담을 했다. 소장은 그의 친구였다. 그의 어머니가 돌아가셨을 때 영안실에서 자기 어머니가 생각난다며 울음을 터뜨리기까지 했던 자식이었다. 최창식은 그길로 지서로 차를 몰고 달려가 소장의 얼굴을 주먹으로 갈겼다. 나중에야 자신의 실수를 깨달았던 소장은 미안하다고 말할 틈도 없이 얼굴을 주먹으로 맞고 코피를 쏟았다. 늙은 남자 둘이 지서 안에서 육탄전을 벌였다.

5

모텔의 카운터는 젊은 청년이 지키고 있었다. 두 노인네가 무거운 문을 열지 못해서 바깥에서 있는 힘을 다하는 것을 청년은 멀거니 내다보기만 했다. 카운터를 지키면서 온갖 것을 보았지만 할머니 둘이 모텔에 들어서려고 기를 쓰는 것은 처음 보는 광경이었다. 자신이 헛것을 보고 있거나 할머니 둘이 헛것에 매달려 있는 게 분명했다. 그는 노인들이 곧 문에서 떨어져 다른 곳으로 가게 될 거라고 생각했다. 달려가 문을 열어주고 어서 오시라고 할 마음은 조금도 없었다. 잠시 후 차가 들어오는 소리가 들렸다. 혹시 뒤따라온 노인들의 가족일까. 번쩍번쩍 조명을 밝혀놓은 모텔에 가족들이 숙박을 하는 경우는 결코 없었다. 조금만 더 가면 펜션이 있었고 민박도 있었다. 저수지의 풍광을 소개하는 방송이 뜨기는 했지만 일가족이 할머니까지 모시고 관광을 올 만한 곳은 아니었다. 대개는 남녀가 와서 저수지를 한 바퀴 돌고, 저수지 변에서 민물매운탕을 안주로 시켜 술을 마신 후, 펜션이든 민박이든 모텔이든 잠을 자러 들었다. 술 취한 여자를 업고 들어오는 남자도 있었고, 얼굴에 시뻘겋게 멍이 든 여자를 끌고 오는 남자도 있었다. 남자 혼자 카운터로 와서 열쇠를 받고, 여자는 엘리베이터 앞에서 등만 보이고 서 있는 경우가 대부분이었다. 자주는 아니었지만 드물게 여자가 벌거벗은 채로 계단을 뛰어내려올 때도 있었다. 그러면 청년은 재빨리 핸드폰으로 사진을 찍었고, 친구들 모두에게 그 사진을 전송했다. 아무튼 그가 일하는 모텔은 그런 곳이었다. 할머니 둘이 찾아올 만한 곳은 아니라는 소리다.

뒤에 들어오던 차가 문 앞에 잠시 섰다가 그냥 나가는 것이 보였다. 그 모텔의 정체성을 의심한 게 분명했다. 청년도 더이상 카운터에 앉아 바라보고만 있을 수는 없었다. 청년이 카운터에서 나와 문으로 다가갔고, 그가 문을 열자 할머니들이 오종오종 안으로 걸어들어왔다.

"무슨 일이세요?"

"무슨 일이라니? 자러 왔지."

"할머니들이요?"

"할머니들도 잠은 잔다우."

카운터의 청년은 키가 컸다. 그는 자신의 가슴께에도 미치지 못하는 작은 할머니들을 난감하게 내려다보았다. 사진을 찍을까, 라는 생각이 문득 들었다. 그러나 친구들이 재밌어할 것 같지는 않았다. 그는 잠시 기다리라고 한 후 사장에게 전화를 걸었다. 할머니 둘이 와서 방을 달라는데요? 사장은 노래방에 있는 모양이었다. 뭐라고? 외치는 목소리 너머로 반주 소리가 그치지 않았다. 잠시 뒤 반주가 툭 끊기고 사장의 악쓰는 소리가 튀어나왔다. 할머니들은 잠 안 자냐? 너는 할머니도 없냐, 이 새끼! 청년은 다시 카운터로 돌아와 숙박료를 얘기했다. 할머니 하나가 손가방에서 지갑을 꺼내 그 안에서 카드를 끄집어냈다. 청년의 얼굴에 짜증이 어렸다.

"할머니, 돈을 내셔야 하는데요. 이런 건 안 되거든요."

"아메리칸 익스프레스 카드가 안 돼? 왜 안 돼?"

"뭐요? 무슨 카드요? 아무튼 이건 안 돼요."

"그건 미국 카드야. 내가 미국에서 왔거든. 긁어봐. 안 되면 비자로 줄게."

청년이 카드를 긁었고, 카드는 승인이 떨어졌다. 청년의 얼굴이 붉어졌다. 아멕스라니, 젠장…… 그도 그 정도는 알았다. 다만 해외에서 발행된 카드를 처음 보았을 뿐이었다. 사진을 찍어둘까? 모텔에서 아멕스 카드를 긁는 미국 할머니라니…… 그러나 친구들은 재밌어하지 않을 것은 물론이거니와 그를 비웃으려고 들 것이 틀림없었다. 청년은 삼층 방의 키를 내밀었다. 딴에는 신경쓰느라고 볕이 잘 드는 남향 방을 골랐다. 그때 무언가가 엉덩이를 툭툭 건드리는 느낌이 들어 내려다보니, 어느 틈에 할머니 하나가 카운터 안으로 들어와 그를 올려다보고 있었다. 애절한 눈빛이었다.

"화장실이 어딨수?"

"방에 있지요!"

"내가 지금 급하다우. 쌀 거 같아."

쌀 거 같다는 그 말이 아메리칸 익스프레스라는 말처럼 놀랍게 들렸다. 청년이 다급하게 노인의 손을 붙들고 로비의 화장실 쪽으로 걸음을 옮기다가 나중에는 번쩍 안다시피 해서 데려다주었다. 새털같이 가벼운 할머니였다. 너무나 가벼워서 그것을 존재의 무게라고 생각할 수도 없을 지경이었다. 그는 카운터로 돌아와 로비에 걸려 있는 저수지 사진을 바라보았다. 새떼가 날아오르는 노을녘의 풍경이었다. 그가 어렸을 때만 하더라도 저수지에 그토록 많은 새떼가 살지는 않았었다. 그가 고향을 떠났다가 다시 돌아왔을 때는 이미 저수지가 새떼 천지였다. 해마다 새들이 그곳으로 이사를 왔다고 했다. 이사를 왔다니 어디에서 온 것일까.

그는 고등학교를 때려치우고 서울로 올라가 오 년 동안을 밑바닥에서 뒹굴었다. 처음에는 친구의 자취방에서 신세를 졌지만 나중에는 길바닥에서도 잤고, 조금 형편이 나을 때는 일자리를 잡아 들어갔던 술집의 홀에서도 잤다. 그가 아는 모든 사람들이 그의 처지와 다를 바가 없었다. 모두들 집을 나와 거리를 떠돌았다. 일자리를 구해보려고도 했지만 대부분이 한 달을 채워야만 급료를 주겠다고 했다. 그는 한 달을 채울 수 없었고, 그래서 언제나 돈을 벌 수 없었다. 살자니 돈이 필요했다. 그는 몇 달에 한 번씩 집으로 내려와 돈을 훔쳤다. 들고 나올 물건이 있으면 그게 무엇이든지 들고 나왔다. 그가 결국 집으로 돌아온 것은 집에 더이상 훔쳐갈 돈도 물건도 없었기 때문이었다. 집이 아닌 다른 곳에서 도둑질을 할 용기는 나지 않았다. 집을 나갈 때 그는 조폭이나 개그맨이 되고 싶었지만 결국 아무것도 되지 못했다.

모텔의 일자리는 아버지의 소개로 얻게 되었다. 모텔 사장은 아버지의 군대 시절 부하였다고 했다.

"그래도 이애가 남의 것에 손을 대는 아이는 아니라네. 그거 하나만은 보증하네."

아버지의 믿음은 틀렸다. 그는 그날 남의 것을 훔치기로 마음먹었다. 할머니가 지갑에서 카드를 꺼낼 때, 손가방 속에서 함께 딸려나왔던 종이에 적힌 숫자를 기억하고 있었다. 할머니가 적어놓은 비밀번호일 것이 틀림없었다. 아멕스 카드를 갖고 있어도 할머니는 할머니인 것이다. 할머니가 다시 그 종이를 집어넣기 전에 그는 얼른 그 숫자를 외워두었다.

어머니만 멀쩡했어도 그는 어떻게든 버텼을 것이다. 자식이 언제든지 나타나 손쉽게 돈을 훔쳐갈 수 있도록 늘 집안에 돈을 마련해두던 어머니였다. 어머니는 농담도 잘하고 재기도 발랄한 여자였다. 그가 돈을 훔치러 왔다가 그 쉬운 도둑질에 혹시라도 자괴감을 느낄까봐 마치 보물찾기처럼 돈을 숨겨두던 사람이었다.

그가 개그맨이 되고 싶다고 생각했던 것은 자신의 개그 능력 때문이 아니라 어머니의 영향 때문이었다. 언젠가 한번은 장독대를 뒤져 돈을 찾아냈는데, 돈을 싸놓은 손수건 속에 박하사탕이 함께 들어 있었다. 그것은 어머니가 아니라면 생각해낼 수 없는 농담이었을 것이다. 자식이 훔쳐갈 돈을 마련하기 위해 있는 힘을 다해 품팔이를 했던 어머니는 남의 밭을 매다가 쓰러져 병원에 실려갔다. 퇴원해도 당분간 바깥일은 못할 거라고 했다. 마지막으로 그가 집에 돈을 훔치러 갔을 때, 집안에는 어머니가 손수건으로 싸놓은 돈 대신에 병원의 이름과 병실 호수가 적힌 쪽지가 남겨져 있었다. 아버지의 무뚝뚝한 글씨였다.

종이에 적혀 있던 할머니의 글씨가 아버지의 그 무뚝뚝한 글씨체와 비슷했다. 그는 그렇다고 생각했다. 그리고 그는 문득 어머니에게 빨간 내복을 사주고 싶다고 생각했다. 카드를 긁으면 그럴 수 있을 것이다. 계절이 겨울이 아닌 것이 다만 아쉬울 뿐이었다.

6

신고를 해야 할까. 델마의 아들은 생선 가시에 찔린 손가락을 내려다보며 생각했다. 제법 깊이 찔렸는지 검지손가락 끝에서 핏방울이 뚝뚝 떨어졌다.

어머니와 이모에게서는 연락이 없었다. 핸드폰을 손에서 놓지 않았지만, 벨이 울릴 때마다 받아보면 동생들이 걸어온 전화였다. 동생들의 목소리에서는 비난이 느껴졌다. 대체 어떻게 했길래 노인네들이 집을 나간 거냐는, 말과 말 사이의 숨소리에서 그런 원망과 분노가 욕설처럼 들렸다. 미국에서는 전화가 걸려오지 않았다. 어머니와 이모가 집을 나갔다는 것을 알고 가장 먼저 미국에 전화를 넣었었다. 노친네, 정말 미치게 만드는구만, 이라고 거친 말을 내뱉은 이종사촌은 혹시 신고를 해야 할까, 혼잣말처럼 중얼거리는 그에게 왜냐고 물었다. 그 물음이 당혹스러워서 대꾸를 못하고 있는데 이종사촌의 말이 이어졌다.

"혼자서 한국 가겠다고 하는 걸 차마 그럴 수 없어서 모시고 갔었어요. 안 그랬으면 혼자서라도 갔을 분이에요. 미국에서 한국도 혼자 갈 수 있는 분이라고요."

이종사촌의 목소리에서는 분노와 역겨움이 느껴졌다.

"연세 때문이라면 걱정도 하지 마세요. 펄펄 날아다니는 분이에요. 아마 백 살까지 그러실걸요. 팔십이 넘어서 옆집 아르헨티나 할아버지랑 연애까지 한 분이에요. 두 사람이 여행까지 다녀왔다니까요. 원 참…… 여행을 가서는 뭣을 하셨을는지."

이종사촌의 말이 이어지는 동안, 난감한 마음이 점점 더 커졌다. 팔십이 넘어 아르헨티나 할아버지와 연애를 한 이모라니…… 그의 어머니는 마흔에 홀로된 후, 그를 키우는 것 이외에 한눈을 팔아본 적이 없는 사람이었다. 적어도 그가 알기로는 그러했다. 그가 마흔 무렵이 되었을 때 그 나이가 여전히 펄펄한 나이라는 것을 알고 잠시 어머니의 고독했을 삶을 떠올려본 적이 있었다. 그러나 그뿐, 그는 곧 고개를 가로저어 그런 생각을 지워버렸다. 여자인 어머니를 떠올린다는 것이 어색함을 넘어 무슨 몹쓸 죄처럼 여겨졌던 것이다.

이종사촌은 어땠을까. 이모에 대한 기억이 거의 없는 것에 반해 사촌에 대한 몇 가지 기억은 생생했다. 사촌이 농고를 졸업할 때까지 이모의 살림살이가 넉넉지 못했었다. 하나뿐인 아들의 학교 수업료조차 제때에 마련하지 못할 정도였다. 친척집으로 돈을 꾸러 오는 소년은 고독해 보였다. 집에 들어서서 집을 나갈 때까지 숙인 고개를 들지 않았다. 회사에서 돌아오던 길에 집에 들렀다 돌아가는 길이던 사촌을 골목에서 스친 적이 있었다. 사촌은 그가 첫 월급으로 산 점퍼를 입고 있었다. 그로서도 큰맘 먹고 장만한, 얼마 입지도 않은 옷이었다. 게다가 덩치가 큰 사촌에게는 그 옷이 너무 작아 보였다. 그는 사촌을 알은체하지 못하고 멀어져가는 뒷모습을 바라보기만 했다. 골목을 나서면서 사촌이 점퍼를 벗어 옆구리에 끼는 것이 보였다. 아직 덜 추운 날이어서 그 벗은 등이 시려 보이지는 않았다.

그날 돈을 빌리러 온 사촌에게 어머니가 돈 대신에 점퍼 하나만을 입혀 보냈다는 것을 그는 집에 돌아와서야 알게 되었다. 사촌이 받았을 모욕이 손에 잡힐 듯 생생했다. 그러나 사촌은 그 점퍼가 그에게 있어서도 유일한 것이었다는 사실은 알지 못했을 것이다. 알았다고 한들 자신이 받은 모욕이 보상되지도 않았을 것이다. 모욕은 외부에서 오는 것이 아니라 내부의 균열로부터 온다. 그날 사촌의 내부에는 또 어떤 균열이 새겨졌을까.

한국에서 사촌의 삶은 줄곧 고단했었다. 마지막 희망이 처가의 연줄로 가게 된 이민이었는데, 그때에도 그의 표정이 내리 착잡했었다. 노모를 모셔가지 않을 방법이 없었기 때문이다. 그에게 노모는 추가되어 할증료를 내야 하는 수하물처럼 보였다. 그러나 그는 묵묵히 그 무거운 짐을 끌고 갔고, 그후 그들에게서는 그 어떤 불화의 소식도 없었다. 그렇더라도 그는 사촌이 느끼는 분노와 역겨움을 이해할 수 있을 것 같다고 생각했다. 이제 세상 떠나는 것만 잘 지켜드리면 일생의 고단했던 과업이 끝나는 참인데, 아흔이 가까운 노인네가 집을 나가버린 것이다. 무슨 이유가 있을 것인가. 그것은 그저 자식들에게 마지막으로 엿 먹어봐라, 하는 짓에 지나지 않는 것이다. 미국으로 돌아가지 않겠다고 떼를 쓰다시피 할 때 사촌은 이미 그 기분을 한번 느꼈을 것이다. 그런데 이젠 사라져버리기까지 한 것이다.

그 역시도 마찬가지였다. 그는 어머니가 늙어가는 것을 고스란히 지켜보았다. 여든까지는 늙어간다고 말할 수 있었지만, 여든이 넘으면서부터는 그런 말조차도 필요하지 않았다. 자식으로서 이렇게 말해도 된다면, 여든이 넘은 어머니는 늙는다기보다는 소멸해간다고 말하는 편이 더 옳을 것 같았다. 생의 기운이 모두 다 빠져나가고 가벼운 껍질만 남은 것 같은 모습이었다. 여전히 자식들을 걱정했고, 여전히 자식들의 소원한 행동에 노여움을 드러냈지만, 그런 것들조차도 그저 오래된 습관 같아 보일 때가 있었다. 생이 만들어준 지울 수 없는 습관…… 그리고 더는 남은 것이 없어 보였다.

어머니는 어디 멀리 나가려고 들지도 않았다. 길을 나섰다가 무슨 일이 생길 것을 늘 두려워했다. 멀미가 나는 것도 두렵고, 참지 못하는 오줌도 두려웠다. 그러나 더욱 두려운 것은 자식들에게 짐이 되는 일이었다. 언젠가는 결국 그렇게 되겠지만, 당장은 그렇게 되고 싶지 않았을 것이다. 몸이 깨지기 직전의 유리그릇 같아서 가벼운 금 하나만 더 그어져도 완전히 박살이 나버릴 것 같은 나이였다. 완전히 박살이 나 한 번에 죽을 수 있다면 마다할 일도 아니겠으나, 박살이 난 후에도 죽음까지의 시간이 오래 걸린다면 그녀가 원치 않고 무엇보다도 자식들이 원치 않았던 모든 일들이 벌어지게 될 것이었다. 그녀는 그 무엇도 하려고 들지 않았다. 자신에게 벌어지는 그 어떤 일도 이제 더는 자신의 잘못이 아니라는 것을 자식들에게 이해시키고 싶어했다. 길을 걷다 넘어지는 것도, 잘 자고 일어났는데 툭 하고 빠져나오는 이빨도, 아무리 애를 써도 잘 먹히지 않는 밥도, 다 내 잘못이 아니라는 걸 자식들에게 매

순간 증명해야만 했다. 어머니는 그런 사람이었다. 그런 사람이므로 돌아가실 때까지 그렇게 아무 문제 없이 조용히 그의 곁에 있어줄 줄 알았다. 그것이 마땅하다고 생각했다. 그런데 어떻게 이런 짓을 하실 수가 있단 말인가.

7

모텔 샌프란시스코의 사장 윤기만이 두 할머니를 만난 것은 오전 여덟시가 막 지나서였다. 그는 새벽부터 그때까지 모텔 카운터를 지키고 있었다. 새벽에 숙직을 하는 청소부 아줌마한테서 전화가 걸려왔었다. 그때 그는 모텔 샌프란시스코가 아니라 모텔 미라보에서 여자를 끼고 자던 중이었는데, 비몽사몽간에 전화를 받아보니 청소부 아줌마가 난데없이 하는 말이 새벽 세시에 중년 남녀가 소동을 피운다는 것이었다. 두 시간짜리 대실 손님이었는데, 퇴실해보니 주차장에 차가 보이지 않는다고 난리라는 것이다. 카운터를 지키고 있어야 할 명석도 보이지 않는다고 했다.

윤기만이 모텔로 달려왔을 때, 중년 남자의 눈빛이 거의 그를 잡아죽일 듯했다. 사라진 차는 그랜저라고 했다. 명석은 핸드폰을 받지 않았다. 확인해보지 않아도 카운터의 금고가 비어 있을 것이 뻔했다. 모텔의 숙박료는 대개 현금으로 치러졌고, 당연히 금고에는 언제나 돈이 많았다.

"경찰에 신고부터 해야겠지요?"

윤기만이 말했을 때, 중년 남자가 달려와 윤기만의 멱살을 거머쥐려고 들었다. 신고를 원하지 않으리라는 것을 윤기만이 모를 리 없었다. 경찰 운운한 것은 남자의 약점을 환기시키려는 말이었을 뿐이다. 윤기만은 다시 명석의 전화번호를 눌렀다. 받을 리가 없겠지만, 아무튼 무슨 행동이라도 해야 했다. 세번째로 번호를 누르는 사이에 문자가 왔다.

—신고하셨어요?

이런 개자식을 봤나.

—차는 며칠만 쓸게요. 바다에 가고 싶은데 차 없이 갈 수가 없어서요. 그런데 차 안에 여자 빤쓰가 있네요. 앞자리에서 한번 했나봐요. ㅋㅋㅋ

윤기만은 로비의 소파에 앉아 있는 여자를 쳐다보았다. 여자는 무릎까지 내려오는 시폰 스커트를 입고 있었다. 스커트 속 여자의 거웃이 상상돼 그의 아랫도리가 그 와중에도 묵지근해졌다. 여자가 그때 처음으로 입을 열었다. 나 택시 타고 갈래. 똑 부러지는 반말이었다. 중년 사내가 악을 썼다. 개같은 년, 아가리 닥치고 있어!

두 남녀를 택시에 태워서 보냈을 때, 이미 시간은 새벽 네시가 가까워오고 있었다. 냉장고에서 맥주 한 캔을 꺼내 단숨에 벌컥벌컥 들이마시고, 윤기만은 명석에게 문자를 쳤다.

—너 이 새끼, 잡히기만 해봐. 죽을 줄 알아. 아주 갈기갈기 찢어놓을 테니까!

답문이 왔다.

—무서워요. ㅋㅋ

새벽 네시부터 오전 여덟시까지는 아무 일도 일어나지 않았다. 밤을 꼬박 새운 피로가 뒤늦게 몰려와 윤기만은 뒷목을 주물렀다. 믿을 수 있는 카운터 직원을 구할 때까지는 꼼짝없이 그가 밤새워 카운터를 지켜야 할 판이었다. 그는 자신이 늘 운이 나쁘다고 생각했다. 임대업을 할 때는 제때 돈을 내는 입주자가 없었고, 갈비집을 냈을 때는 종업원들이 전표를 속이거나 생고기를 훔쳤다. 그의 아버지도 수시로 그의 돈을 훔쳤다. 도무지 믿을 사람이 없었다.

노인 둘이 엘리베이터에서 나오는 것을 보았을 때, 그는 자신이 헛것을 본다고 생각했다. 우울한 기분 때문에 오래전에 돌아가신 늙은 어머니가 떠오른 것인지도 몰랐다. 어머니는 그를 속이지 않은 유일한 사람이었다. 그 어머니의 임종을 지키지 못했다. 술을 마시고 여자와 모텔에서 뻗어 있느라 전화를 받지 못했던 것이다. 오래 앓던 끝에 생의 최후를 맞이한 어머니가 임종 무렵에 그를 몹시 찾았다고 했다. 그놈은 자식도 아냐. 숨이 넘어가기 전에 어머니가 남겼다는 그 말을 그는 믿지 않았다. 아마 아버지가 꾸며서 전한 말이었을 것이다.

"아침 뷔페는 어디서 하우?"

노인 중의 하나가 말했다. 그는 우선 깊은 한숨부터 내쉬었다. 할머니 둘이 와서 방을 달라는데요, 전화를 걸어 묻던 명석의 말이 비로소 떠올랐다. 그러나 이 정도 할머니일 줄은 몰랐다. 세상이 정말 글러먹게 변했다. 할머니들이 모텔에 와서 잠을 자질 않나, 아침을 달라고 하질 않나……

"여긴 그런 거 없어요, 할머니."

"호텔에서 아침도 안 주나?"

우라질…… 하마터면 윤기만의 입에서 욕설이 터져나올 뻔했다. 돌아가시기 전 그의 어머니는 늘 배가 고프다고 했다. 많이 먹으면 많이 싸셨으므로 음식 조절을 해야 했는데도 늘 배가 고프다는 타령이었다. 어머니가 돌아가셨을 때 그를 가장 괴롭힌 것은 '먹는 얘기 좀 그만 좀 해!'라고 어머니에게 악을 썼던 기억이었다. 어머니가 돌아가실 때 그의 나이 쉰여덟이었으나 그는 그때까지도 어머니에게 반말을 했다.

"바로 옆에 식당들이 있어요. 이십사 시간 영업하는 데도 있으니까, 그리로 가보세요."

"매생이국밥집이 있나?"

"모르겠어요. 아마 없을걸요."

말을 하는 중에 다시 성가시다는 생각이 들었다. 게다가 핸드폰이 울리고 있었다. 차를 도둑맞은 놈의 번호가 떠 있었다.

"있을지도 모르지요. 나가서 찾아보세요."

"어디에 있는데?"

"모른다고 했잖아요."

"있을 거라면서. 늙은이들끼리 찾기가 어려워서 그런다우. 어딘지 방향이나 알려주시우."

다시 핸드폰이 울렸다. 더는 무시하고 안 받을 수가 없었다. 그는 손만 들어올려 되는대로 아무 방향이나 가리켰다. 두 노인의 얼굴이 그의 손을 따라 반원을 그리듯 천천히 움직였다.

8

햇살이 낯설었다. 그처럼 낯선 햇살은 처음이었다. 아침에 커튼을 젖혔을 때의 놀라운 마음이 아직 가시지 않아서일지도 몰랐다. 낯선 방에서의 밤은 너무 길었다. 몇 번이나 잠에서 깬 델마는 잠든 언니를 흔들어 깨우며 묻곤 했다. 왜 이렇게 날이 안 새우? 정말이지 밤이 너무나 길고, 너무나 칠흑 같아서 혹시 여기가 저승이 아닌가 싶었다.

언니가 잠에서 깨 더듬더듬 일어나다가 커튼을 건드렸다. 무겁고 두터운 커튼이어서 있는 힘을 다하지 않고서는 걷어낼 수도 없었다. 햇살이 유릿조각, 혹은 깨진 양철 조각처럼 방안으로 쏟아져들어왔다. 방안의 어둠과 창문 밖의 햇살이 완전히 다른 세상이었다. 하기야, 집을 떠날 때부터 델마는 그녀가 알아왔던 세계와는 완전히 다른 곳에 있었다.

델마의 언니가 지갑을 도둑맞았다는 것은 이십사 시간 민물매운탕집에서 알게 되었다. 민물매운탕집에서는 아침식사로 해장국도 팔았다. 매생이국밥은 없었다. 선지해장국 두 그릇을 시키는데, 자제분들 것은 안 시키십니까, 주인이 물었다. 으레 가족과 함께 왔다가 식당 안으로 먼저 들어온 노인네들이라고 생각하는 모양이었다. 그럼 네 그릇 주시우. 언니가 말했고, 델마는 깜짝 놀랐다.

"밥 남기고 가면 죄유. 왜 그러우?"

"성가셔 죽겠잖니."

짓궂은 장난을 쳐봤다는 듯 합죽 웃어 보이던 언니가 다시 말을 이었다.

"너하고 내가 이제는 한 몸이 아니다. 네 몸에도 하나 붙어 있고 내 몸에도 하나가 붙어 있다. 보시하면 되지."

"숭한 소리도 잘하우."

델마가 얼른 "두 그릇만 먼저 주시우" 소리를 질렀다. 그러면서도 수저 네 벌을 가지런히 놓는 언니를 말리지는 않았다. 이 시간에 여기까지 쫓아와 같이 밥을 먹어줄 귀신이라면 그게 누구일까. 오래전에 죽은 남편은 떠오르지도 않았다. 어려서 병으로 잃은 자식이 떠오르기는 했지만 그애가 여기까지 와줄 것 같지는 않았다.

"지갑이 없어졌다."

손가방을 열어보던 언니가 가방 속의 내용물을 식탁 위에 전부 꺼내놓으면서 말했다.

"자제분들 안 오십니까?"

할머니들을 유심히 바라보고 있던 식당 주인이 물었다.

"지갑이 없어졌어."

언니가 식당 주인의 물음에 대꾸했고, 카운터에 있던 주인이 다가왔다. 여자아이가 해장국 두 그릇을 가져왔다. 탁, 탁. 맛있게 드세요, 같은 말도 없이 여자아이가 식당용 밀차를 밀고 돌아섰다.

언니가 식탁 위에 늘어놓은 물건들을 다시 하나하나 뒤집었다 놓았다 하는 동안, 델마는 언니의 손가방을 다시 뒤졌다. 가슴이 벌렁벌렁 뛰었다. 잃어버린 사람 마음이 뭘 훔친 사람 마음보다 더 뛰었다.

"자제분들은 왜 안 들어오세요? 할머니들, 자제분들 없이 오셨어요?"

그 와중에도 식당 주인은 끝없이 '자제분들' 타령이었다. 델마조차 듣기가 지긋지긋할 지경이었다. 그리고 그 와중에 또 오줌이 마려웠다.

"전화기 좀 줘봐."

"자제분들한테 전화 거시게요? 전화번호는 아세요?"

"글쎄, 전화기 좀 줘봐."

언니는 어디로 전화를 걸려는 것일까. 델마의 마음이 또 벌렁벌렁 뛰기 시작했다. 벌렁벌렁 뛸 때마다 머릿속에서 숫자들이 하나씩 지워지고, 마침내는 마구잡이로 뒤엉켰다. 지난밤 모텔에 들었을 때도 델마는 집 전화번호를 기억해낼 수가 없었다. 아들의 핸드폰 번호도 마찬가지였다. 많은 것을 잊고 살기는 했지만 자식들의 전화번호만큼은 잊어버린 적이 없었다. 그런데 어떻게 그렇게 되었을까. 정수기 물을 갈아주러 들어왔던 청년이 9번을 먼저 누르고 뚜 소리가 나면 그때 다시 전화번호를 누르라고 말해주었더랬다. 모든 전화번호가 뒤엉키기 시작한 것이 그때부터였다. 9만 없으면 생생한 전화번호가 9를 앞에다 붙이기만 하면 까맣게 사라져버렸다. 언니가 대신 해보겠다고 나섰을 때는 9를 앞에다 붙이지 않아도 기억나지 않았다. 그럼 아무 번호도 기억이 안 나니? 언니가 물었을 때, 번호 하나가 떠올랐다. 그녀 생애 처음 가졌던 백색 전화기의 전화번호였다. 그것은 사십 년도 더 전에 살았던 옛집 번호였다.

"전화번호 알려주세요. 제가 대신 걸어드릴게요."

식당 주인이 핸드폰을 꺼내며 델마의 언니에게 말했다. 언니가 식탁 위에 늘어놓은 물건들 중에서 곱게 접힌 쪽지 하나를 집어 내밀었는데, 그 종이를 펴보던 식당 주인의 얼굴이 와락 구겨지면서 순식간에 험상궂어졌다.

"할머니, 이게 무슨 번호예요? 무슨 번호가 이래요?"

"미국 번호야. 내가 미국에서 왔거든."

"그러니까 미국에 전화를 걸겠다고요? 이 할머니들, 진짜 웃기시네. 그럼 밥값 가져오라고 미국으로 전화를 걸겠다는 소리예요? 이 할머니들, 이거 어디서 도망쳐 나온 할머니들 아냐? 밥은 왜 네 그릇씩이나 시킨 거야?"

식당 주인이 땅땅 소리를 지르는 동안, 여자아이는 창밖만 내다보고 서 있었다. 주인이 뭐라고 다시 소리를 지르려고 할 때, 여자아이가 무심한 목소리로 말했다. 사장님, 단체 손님 들어오는데요. 주인이 할머니들을 노려보다가 창가 쪽으로 걸어갔다. 관광버스에서 손님들이 내리는 것이 보였다. 주인이 바깥으로 부리나케 달려나가다가 여자아이를 향해 소리쳤다.

"저 할머니들 잘 보고 있어!"

여자아이는 그러거나 말거나 홀의 창가에서 창밖만 내다보고 있었다. 식당 주인이 문밖으로 나간 후, 델마의 언니가 일어섰다. 델마에게 가자고 했다. 델마는 일어서지 못했다. 언니가 식탁을 돌아 와서 델마를 부축했다. 몇 걸음을 걷다 말고 델마의 언니가 여자아이에게 물었다.

"전화기 있어? 카드 분실 신고를 해야 하거든."

여자아이가 턱끝으로 그들이 앉아 있던 식탁을 가리켰다. 식당 주인의 핸드폰이 놓여 있었다. 델마의 언니가 다시 식탁으로 돌아갔다. 여자아이는 아무 관심도 없다는 듯이 여전히 창밖만 내다보고 있었다. 주인이 단체 손님을 이층으로 안내하고 있었다. 느닷없이 바쁜 시간이 시작될 듯했다. 여자아이는 매운탕집의 종업원 노릇이 지긋지긋했다. 지난밤에 남자아이가 사라져버렸기 때문일지도 몰랐다. 여자아이는 모텔에서 일하는 남자아이와 지난밤을 같이 보내기로 했었다. 모텔방에는 스파 욕조가 설치되어 있었다. 여자아이는 그 욕조에 누워 시간을 보내는 것을 좋아했었다. 그러나 지난밤 여자아이가 모텔에 갔을 때 남자아이는 보이지 않았다. 전화도 받지 않았고, 문자만 달랑 한 통이 왔을 뿐이었다. 난 바다로 가는 중이야. 미안해. 너랑 같이 가면 다시 돌아와야 할 거 같아서. 여자아이는 밤새 잠을 이루지 못했다. 너랑 같이 가면 다시 돌아와야 할 것 같았다는 문자의 마지막 말이 모래 알갱이처럼 가슴속에서 드글거렸다. 적어도 바다라면, 같이 가줄 거라고 믿었다. 겨우, 바다라면 말이다.

할머니들은 천천히 사라졌다. 여자아이는 그들을 막을 생각이 전혀 없었다. 식탁을 치우려고 다가가보니 식당 주인의 핸드폰이 보이지 않았다. 돈도 안 낸 것이기는 하지만 어쨌든 주문표를 갖다놓으려고 카운터로 왔을 때는 거기에 놓여 있던 식당 주인의 지갑도 보이지 않았다. 무슨 상관인가. 여자아이는 단체 손님들의 주문을 받으러 계단으로 향했다.

9

내가 미국에서 영화를 봤어. 여자들 둘이 나오는 영화였는데, 그 여편네들 얼굴이 아슴아슴하네. 여편네 둘이서 여행을 떠나는 거야. 늙은이들이 아니라 젊은 여편네들이었다니까 그러네. 늙은이들이 무슨 여행을 간다고 그래. 그런 영화면 누가 보겠니. 나라도 안 보겠다. 아무튼 그 여편네 둘이 여행을 떠나는데, 웬 놈팽이가 그 여편네들 돈을 훔쳐가지고 달아난 거야. 그놈이 얼굴이 아주 미끈하게 생긴 놈이라서, 여편네 하나가 그놈한테 혹해가지고는, 제 돈 훔쳐서 달아날 줄도 모르고 붙어먹었거든. 그러고는 아침에 일어나니까 돈이 없잖아. 어쩌겠어. 미국에서 돈 없이야 한 걸음이라도 움직일 수 있나. 여편네 하나가 총을 들고 가게를 털어. 그렇지. 도둑질 당한 후에 강도질로 나선 거지. 그 영화가 아주 재미져. 무슨 여편네들이 강도질을 어찌나 신나게 해대던지 남자들이 꿈쩍도 못한다 이거야. 여행이 아주 신나게 돼버렸지. 영화 제목이 뭐였더라. 여편네들 이름이었는데…… 난 왜 자꾸 영희 영자만 떠오른다니. 아무튼 그 여편네들이 쿵짝이 아주 잘 맞아. 남자 여자 같이 간 여행이면 벌써 싸우고 패고 난리가 났을 텐데, 여편네들끼리는 서로 마음이 통하지 않겠니. 근데 말이다. 우리 옆집에도 그런 늙은이들이 있어. 여편네들도 아니고 남정네들인데, 이 중늙은이들이 벌써 이십 년이라나 삼십 년을 같이 산대.

맞아, 비역질하는 것들. 숭하지? 미국에는 그런 것들투성이야. 그런데 이 늙은이들이 어이구 금슬 좋은 서방 각시가 따로 없어. 그렇게 잘 사는 부부를 내가 본 적이 없다니까. 아니지, 내가 그 얘기를 하려는 게 아니야. 내가 그놈 지갑을 안 가져왔으면 강도질이라도 해야 할 텐데, 이 늙은 손에 무슨 힘이 있어. 총도 없고. 그런데 말이야. 총만 있으면 한번 갈겨보고 싶어. 내가 미국에서 온갖 것 안 해본 게 없는데 총은 못 만져봤어. 미국 사람이라고 다 총이 있는 건 아니야. 그게 슈퍼마켓 가서 식칼 사듯이 살 수 있는 물건이 아니라니까 그러네. 총질을 하는 건 봤지. 내가 참 미국에서 볼 꼴 못 볼 꼴 많이 봤어. 그런데 죽을 날 가까우니까 그 볼 꼴 못 볼 꼴 다 관두고, 그냥 한국만 떠오르는 거야. 평생 좋아하지도 않았던 매생이국밥은 왜 그렇게 떠오른다니. 아이고, 참. 미국에 없는 게 어딨다고 그러니? 매생이국밥도 당연히 있지. 근데 그거 말고 한국 가서 한국 게 먹고 싶더라 이 말이야. 그냥 그거 한 그릇만 다시 먹어보고 죽고 싶다, 그랬어. 아니지. 말은 바로 하랬다고, 그거 한 그릇만 먹으면 백 살까지도 너끈히 살아낼 거 같았다 이거지. 넌 죽고 싶어? 빙충이 같은 소리 좀 하지 말아라. 누구 좋으라고 죽니? 늙은이 죽고 싶다는 말처럼 거짓부렁이 없다고 했다. 안 아프고 오래 살면 그만이지, 왜 죽는다니? 난 안 죽어. 삼천갑자 동방삭이처럼, 저승사자 피해감서 오래오래 살 거야. 그래서 총도 한번 쏴보고…… 흐흐흐…… 우스워? 너 웃는 소리 참 좋다, 숨넘어가게 웃으니. 죽더라도 너처럼 웃다가 숨넘어가면 좋겠구나.

10

"총은 우리집에도 있어요."

식당 여자가 말했다. TV만 보고 있는 줄 알았더니 델마의 언니가 하는 말을 다 듣고 있던 모양이었다. 그러고 보니 어느 틈에 TV의 볼륨이 아주 낮아져 있었다. 이상한 식당이었다. 델마와 델마의 언니가 들어오고 한나절이 지났지만 손님이라고는 어쩌다가라도 들어오는 사람이 하나 없었다. 손님이 없어도 명색이 식당인데, 델마의 언니가 드러누워 잠이 들어버리는 것을 보고도 식당 여자는 아무 말도 하지 않았다. 델마가 옆에서 같이 졸다가 같이 드러누웠을 때도 마찬가지였다. 그렇게 저녁 무렵이 되자 저녁은 뭘로 드시겠어요? 물었다. 그들은 아무거나 달라고 말했고, 여자는 점심때와 똑같은 반찬, 똑같은 국을 내놓았다. 수저가 두 벌이 아니라 네 벌이었다. 주방을 통해 이십사 시간 매운탕집에서 보았던 여자아이가 나타났다. 여기가 여자아이의 집인 모양이었다. 델마의 언니가 반갑게 알은체를 했지만 여자아이는 인사조차 하지 않았다. 여자와 여자아이가 그들과 같은 밥상에 앉아 밥을 먹었다.

"신랑이 뭐 하는 사람인데 총이 있어?"

델마의 언니가 물었다. 여자가 남의 얘기를 하듯이 대꾸했다.

"사냥꾼이라네요."

"한국에 무슨 짐승이 있어서 사냥으로 밥을 벌어먹고 살아?"

"사냥으로 지 입은 채우지요. 잡은 고기도 먹고 술도 먹고 기집도 끼고 자고, 노름도 하고. 뭐 안 하는 것 없이 한답니다."

"어이구…… 숭한 신랑을 뒀구만. 그 얼굴이, 그게 신랑한테 맞아서 그런 거야?"

"그 쇠새끼가 그래도 총은 안 쏜답니다. 마누라가 멧돼지로도 보이고 살쾡이로도 보인다는데, 총으로는 안 쏘데요."

"자네가 무서운 거야. 무서우면 총도 못 쏜다네."

"그러게요. 어느 날엔가는 자다 벌떡 일어나서 나를 뚫어지게 쳐다보더니, 네가 무서워 못살겠다 그러던걸요."

여자는 그날 밤의 일을 생각했다. 눈이 쏟아져내리던 한겨울밤이었다. 멧돼지 수렵기간이라 남편은 하루도 집에 붙어 있는 날이 없었다. 수렵기간이 아닐 때도 밀렵을 하러 다녔지만, 수렵기간이니 더 붙어 있을 새가 없었던 것이다. 새벽이 되어 돌아온 남편의 몸에서는 찬 기운이 훅 끼쳤다. 벗은 옷에서 눈이 뭉텅이째로 쏟아져내려 방바닥에 금방 물이 고였다. 눈이 녹은 물이었으나 풀잎과 겨울나무와 젖은 흙의 냄새가 나는 대신 피냄새가 진동을 했다. 그것은 남편의 몸에서 나는 냄새였다. 사냥꾼이 된 후 남편의 몸에서는 피냄새가 가시지 않았다. 그것은 싱싱한 선지의 냄새이기도 했고, 썩어 문드러져가는 피고름의 냄새이기도 했다. 그의 몸이 피냄새를 발효시키지 못한 채, 묻혔다가 그대로 썩히기를 반복했다. 독한 거름을 먹은 흙처럼, 억센 잡초 같은 털이 숭숭 돋아났다. 눈 내린 밤, 집으로 돌아온 그는 한 마리의 멧돼지였다. 멧돼지가 입 밖으로 솟구쳐나온 엄니로 여자의 엉덩이를 찔렀다. 맹수보다 더 사나운 사냥개들이 세차게 짖어댔다. 남편의 정액에서는 화약 냄새가 풍겼다.

쓰러져 잠든 남편이 새벽녘에 깨어났다. 쌓인 눈 때문에 새벽이 환했다. 그는 흐리멍덩한 눈으로 그의 곁에서 엉덩이를 까고 누워 있는 여자를 바라보았다. 그의 눈에 보인 것은 여자가 아니라 오소리나 살쾡이였다. 화다닥 일어나 벽에 기대놓았던 산탄총을 들고 그 오소리나 살쾡이 같은 것을 향해 겨눴을 때, 그것이 사람의 목소리를 냈다.

"쇠새끼."

그는 여자에게 총을 발사하는 대신 문을 열고 마루로 나가 공중을 향해 총을 쏘았다. 그가 탕, 하고 총을 쏘자 먼산에서 탕, 탕 하고 총소리가 되돌아왔다. 남편은 다시 젖은 옷을 입고, 사냥개를 끌고 집을 나갔다. 집을 나가기 전에 여자에게 말을 남겼다.

"나는 네가 무서워 못살겠다."

남편은 한겨울이 다 가도록 돌아오지 않았다. 눈 내리는 계절이 끝나고 남편이 돌아왔을 때, 그의 몸은 촘촘히 돋은 털로 완전히 뒤덮여 있었다. 남편이 벌어다주는 돈이 없었으므로 그녀는 손두부집을 했는데, 남편이 그런 몸으로 돌아온 후부터는 두부에서 피냄새가 나기 시작했다. 두부 속에 짐승의 털이 박히기도 했다. 어떤 때는 두부가 선지처럼 붉었다. 여자의 가게에는 손님이 들지 않았고, 남편은 돈을 벌지 못하는 여자를 때리기 시작했다.

"쇠새끼가 맞네."

델마의 언니가 대꾸를 하는 동안, 여자아이는 TV만 보고 있었다. 아무 관심도 없고, 아무 생각도 없는 얼굴이었다.

델마가 식당 앞에 서는 차 소리를 들은 것은 안채에 딸려 있는 화장실에서 오줌을 졸졸 누고 있을 때였다. 차 소리가 아주 대단했다. 그것이 식당 여자의 남편인 '쇠새끼'가 타고 온 트럭 소리라는 것은 나중에 알게 되었다. 델마가 바지춤을 추켜올리고 있을 때 총소리가 났다. 마저 떨구지 못한 오줌이 바짓가랑이 사이로 툭 하고 떨어졌다.

11

쇠새끼는 만취한 상태로 식당에 들어섰다. 손에 총이 들려 있었다. 그는 언제나처럼 그 총으로 아내를 겨누었다. 어쩐 일인지 아내의 모습이 자꾸 멧돼지로도 보이고 살쾡이로도 보였다. 아내가 갈수록 무서워져 술을 마시지 않고는 집으로 돌아올 수가 없었다. 아주 안 돌아올 수 있으면 좋을 텐데 돈이 때마다 떨어지니 안 돌아올 수도 없었다.

아내가 일어나지도 않고 앉은 자세로 그를 바라보았다. 죽이든가 말든가 맘대로 하라는 듯한 그 눈빛이 그를 진저리나게 했다. 저것은 짐승도 아니다. 쇠의 냄새도 못 맡고 화약 냄새도 알지 못하니, 저것은 짐승조차 아니다. 그가 총을 쏘는 대신 다짜고짜 여자의 머리채를 잡으려고 달려들 때였다. 엉덩이께에서 뭔가가 그를 툭툭 건드렸다. 돌아보자마자 그의 입에서 헉하는 소리가 터져나왔다. 늙은 여우 한 마리가 그를 향해 이빨을 드러내고 있었다. 온몸이 흰 털로 뒤덮인 늙은 여우, 꼬리가 아홉 개 달린 구미호였다. 총이 발사되었다. 너무 놀라서였는지, 여우가 요술을 부려서였는지 총알은 앞으로 뻗지 못하고 위로 향해 천장을 뚫었다. 그리고 그와 동시에 쇠새끼는 정신을 잃었다. 사냥꾼이 자신의 총소리에 놀라 기절할 리는 없으니, 아마도 여우한테 홀려서였을 것이다.

그는 꿈을 꾸었다. 그런 것 같았다. 여우에게 홀려서 꾸는 꿈치고는 황홀한 꿈이었다. 젊은 그가 꽃같이 아름다운 아내와 함께 있었다. 둘은 밭에 씨를 뿌리고 있었다. 씨를 뿌리자마자 싹이 돋고 잎이 돋고 꽃이 피었다. 유채였다. 온 밭에 유채가 넘실거렸다. 아내의 얼굴에 유채꽃빛이 어리고, 그의 몸도 꽃처럼 달아올랐다.

아내를 유채꽃밭에 눕혔다. 아이를 갖게 해줘요. 아내가 말했다. 당신 같은 아들을 낳고 싶어요. 그의 생각은 달랐다. 가능하기만 하다면, 그는 송아지를 낳고 싶었다. 금방 자라 튼튼한 황소도 되고 어미소도 될 송아지를 한 마리, 두 마리, 세 마리…… 논도 갈고 밭도 갈고 새끼도 칠 것이다. 그렇게 남부럽지 않게 살게 될 것이다. 그때에는 자기 닮은 아들 말고 아내 닮은 딸 하나를 낳고 싶었다. 얼마나 예쁠까, 그 아이는. 유채꽃을 닮겠지, 그 아이는. 내 딸, 벌써 보고 싶구나, 간절히 보고 싶구나…… 부자가 된 후에, 아니, 남만큼만이라도 살게 된 후에 만나자꾸나……

빨리 만나자, 내 딸.

술냄새를 지독하게 풍기며 정신을 잃은 쇠새끼의 얼굴에 미소가 번졌다.

12

트럭은 여자아이가 몰았다. 저 나이에 면허나 있겠는가 싶었으나 운전은 제법 잘했다. 여자아이의 옆에 식당 여자가 앉았고 뒷자리에 델마와 델마의 언니가 앉았다. 트럭의 뒷자리에는 사냥총이 두 자루 더 있었다. 델마의 언니가 자꾸 그 총을 만지작거려 델마가 질색을 했다.

"그러다 큰일 내우."

"큰일은 벌써 냈다."

델마의 언니가 합죽 웃는 얼굴을 했다. 그리고 앞자리에 앉은 식당 여자에게 물었다.

"숨은 쉬게 해놓은 거야?"

"죽지는 않을걸요."

쇠새끼를 묶은 건 식당 여자였다. 어찌나 야무지게 잘 묶는지, 한두 번 해본 솜씨가 아닌 것 같았다. 입도 틀어막았다. 그때 쇠새끼가 무지막지한 소리를 내서 모두를 기겁하게 만들었다. 드르렁 드르렁 코를 고는 소리였는데, 천둥치는 듯하던 그 소리가 곧 아기 숨소리처럼 색색 잦아들었다. 모두가 동시에 까닭도 없이 웃음을 터뜨렸다.

"그런데 할머니들은 어디 가시는 거예요?"

그 모든 일이 벌어지는 동안 한마디도 않고 꼼짝도 않고 있던 여자아이가 그 모든 일이 다 마무리된 후에야 델마와 델마의 언니에게 물었다.

"바다에 간다우."

델마의 언니가 대답했고, 여자아이가 아까보다 더 활짝 웃는 얼굴을 해 보였다.

"할머니들이 무슨 바다엘 가요?"

"할머니들도 놀러는 간다우."

"어디서 오셨어요?"

"미국."

"진짜요?"

"진짜지."

여자아이가 또 소리를 내 웃었다. 이런 재밌는 일은 처음 봤다는 듯이 깔깔거리는 웃음소리였다. 몸이 꽁꽁 묶인 쇠새끼가 또 무슨 소리를 냈다. 여자아이가 그런 아버지의 몸을 뒤져 차 키를 꺼냈다.

"레츠 고!"

여자아이가 하는 말을 미국에서 온 델마의 언니가 제일 먼저 알아들었다.

13

최창식의 택시에는 두 명의 남자가 타고 있었다. 모텔 사장 윤기만과 그의 아삼륙인 이십사 시간 민물매운탕집 주인 송효보가 그 둘이었다. 송효보는 위치 추적을 통해 자신의 핸드폰이 어디에 있는지 알아냈다. 다저녁때 가게에 들른 아들이 위치 추적하는 방법을 알려주었던 것이다. 핸드폰이 있는 곳에는 그의 지갑도 있을 것이었다. 핸드폰은 신형이 아니고 지갑에는 큰돈이 들어 있지 않았으므로 그냥 재수 옴 붙었다 해버릴 수도 있긴 했지만, 그 할망구들이 괘씸하기 짝이 없었다. 게다가 지갑 속에는 로또 한 장이 들어 있었다. 그는 매주 로또 한 장씩을 샀는데 매번 그 한 장의 로또가 일등이라고 굳게 믿었다.

윤기만은 명석의 아버지를 통해 명석이 있는 곳을 알아냈다. 하루 온종일 통화가 안 되다가 다저녁때가 돼서야 전화를 받았는데 종일 그의 전화를 피했던 것이 분명했다. 아들이 뭔 사고를 친 것 같다고 짐작은 했지만 차까지 훔쳐 달아난 줄 몰랐던 명석의 아버지는 아들에게 콩밥을 먹이고 말겠다는 윤기만의 말에 우는 목소리로 명석이 있는 곳을 불었다. 그 개자식이 지 아버지한테는 그래도 지가 있는 곳을 말한 것이다. 차를 끌고 간 곳이 근처의 바닷가라고 했다. 섬으로 건너가는 대교의 불빛이 유명한 곳이었다. 그 대교의 야경이 유명해지면서 카페도 새로 생겼고, 그 카페에 젊은 놈들이 몰려든다는 얘기도 들었다. 십중팔구 명석이 그놈도 거기서 혼자 온 기집애가 있나 기웃거리고 있을 게 틀림없었다. 윤기만은 명석을 잡아 아주 아작을 내버릴 작정이었다.

송효보가 최창식의 택시를 타고 모텔 앞에 나타났을 때 윤기만은 송효보의 핸드폰으로 벌써 다섯 통째 전화를 거는 중이었다. 음주운전으로 면허가 취소된 상태였기 때문에 송효보를 꼬셔 그의 차를 얻어 탈 생각이었다. 그런데 송효보 역시 마찬가지였다. 이십 년이나 된 차가 며칠째 공장에 있었다. 그 역시 윤기만을 꼬셔 그의 차를 얻어 탈 셈이었던 것이다. 둘의 목적지가 거의 비슷하다는 것을 알게 된 후, 그들은 장거리 택시비를 일대일로 나눌 건지 이대일로 나눌 건지를 두고 한동안 입씨름을 벌였다. 결국 송효보가 두 배를 내기로 했는데, 윤기만이 자기는 바닷가까지 가봤자 차를 찾을 수 있다는 보장이 없고, 그래서 택시까지 타고 갈 생각은 없다고 말한데다가, 만일 차를 찾게 된다면 돌아올 때 그걸 타고 오면 된다고 했기 때문이다.

택시비 때문에 더욱더 기분이 나빠진 송효보는 차 안에서 내리 입을 꾹 다물고 있었다. 노을이 지면서 바닷가로 가는 풍경이 점점 더 아름다워졌지만 송효보의 기분은 계속 나빠지고 있었다. 위치 추적을 한 후 시간이 벌써 한참 흐른데다가 아들 없이는 다시 위치 추적을 할 줄도 모르니 그 할머니들을 어디서 찾아야 할지 알 수 없게 된 것이다. 할머니들이 오종종 걸으니 여전히 그 근처에서 오종오종거리고 있기만을 바랄 뿐이었는데, 날이 더 어두워지면 그 조그만 할머니들이 어둠 속에 묻혀 보이지도 않을 것 같았다. 갑자기 송효보가 욕설을 하듯이 소리를 질렀다.

"내가 우리 엄마만 아니었어도!"

자기 노모만 안 떠올랐으면 그 늙은이들을 아주 절단을 내버렸을 거라는 말을 하고 싶은 모양이었다. 최창식과 송효보와 윤기만은 한동네 사람들이었다. 한동네 부자와 한동네 망나니와 한동네 가난한 사람. 최창식은 일흔에 가까운 송효보가 여전히 어머니를 엄마라고 부르는 게 좀 우습게 여겨졌다. 그러면서 자신의 죽은 노모를 떠올렸고, 택시를 탔던 늙은 할머니 둘을 떠올렸다. 그러고는 혀를 쯧쯧 찼다. 자식들이 오죽했으면 할머니들이 집을 나와 그러고 다닐 것이란 말인가. 윤기만도 자신의 죽은 노모와 그날 아침에 모텔에서 나가던 할머니 둘을 떠올렸다. 윤기만은 할머니들에게는 아무 유감이 없었다. 오히려 그 할머니들을 떠올릴 때마다 자신의 노모가 동시에 떠올라 마음이 아플 뿐이었다. 그날 아침에 매생이국밥집을 찾을 때 좀 친절하게 말할걸. 어쩌면 가출 신고를 했어야 하는지도 모르는데. 아무튼 무슨 사연인지는 모르지만 밥이라도 한끼 사드릴걸. 그러면서 그는 송효보를 흘깃 째려보았다. 이 새끼는 에미도 없이 태어났나. 늙은 할머니들이 잘못했으면 뭘 얼마나 잘못했을 거라고 처음부터 끝까지 입에 담지 못할 욕설이야. 아무튼 근본도 없는 새끼 같으니라고.

총소리를 들은 것이 그때였다. 송효보가 줄담배를 피워대는 바람에 택시 창문이 닫힐 새가 없었다. 바다가 바라보이는 언덕에 이르렀을 때였다. 어느새 깊게 어두워져 바다는 시커멓게, 세상에서 가장 거대한 우물처럼 보였다. 최창식이 총소리에 놀랐는지 급정거를 했다. 핸들이 꺾이면서 차가 하마터면 언덕의 난간을 들이받을 뻔했다. 세 사람이 동시에 차에서 비틀비틀 걸어나왔다. 그러고는 난간을 붙잡고 섰는데, 차에서는 시꺼멓게만 바라보였던 바다가 좀더 가깝게 보였다. 다리에 힘이 풀린 것은 그때였다.

찰나지간에 하마터면 저 절벽 아래로 떨어져내릴 뻔한 것이 아닌가. 아직 얼마 살지도 않았는데 하마터면 골로 갈 뻔했던 것이다. 송효보의 나이 육십팔 세, 윤기만의 나이 육십칠 세, 최창식의 나이 오십팔 세였다.

14

"할머니, 미국 살았으면 미국 이름도 있어요?"

"그럼 있지."

"뭐예요?"

"루이스."

여자아이가 또 웃음을 터뜨렸다.

"그럼 할머니는 델마예요?"

델마가 그게 무슨 말인지도 알지 못한 채 합죽 웃음을 띠었다. 루이스가 대신 그 말을 받았다.

"아이고, 이제 그 영화 제목이 생각나는구만."

"이제 총 쏴봐서 좋아요?"

"그게 쏜 건가, 어디…… 어쩌다 그리되었지. 아이구, 그래도 그게 진짜 총이기는 하데. 좋네. 아주 좋아. 내가 이제 총도 만져봤으니 세상에 여한이 없네."

"그럼 이제 우리 매생이국밥 먹으러 가요?"

"남자친구 먼저 안 찾고?"

"그런 새끼가 무슨 남친. 웃겨."

"웃기면 웃어야지. 너 웃는 거 참 보기 좋다. 그러니까 자꾸 웃어라."

"그러게요."

식당 여자가 처음으로 끼어들었다.

"얘 이렇게 말 많은 거 첨 보네요."

"내친김에 노래도 불러드릴까요?"

"그거 좋다."

여자아이가 노래를 부르기 시작했다. 바다가 바라보이는 언덕에 서서 악을 써가며 '말달리자, 말달리자' 노래를 불렀다. 노래 같지도 않은 노래인데 델마와 루이스의 어깨가 흔들흔들했다.

"아가씨가 노래를 참 잘하네."

루이스처럼 반말을 딱 부러지게 할 줄 몰라 델마는 여자아이를 아가씨라고 불렀는데, 여자아이는 그 호칭이 또 우습게 들린 모양이었다. 노래를 부르다 말고, "영희예요, 영희" 그랬다.

"네 나이에도 영희가 있구나?"

루이스가 먼저 웃었고, 식당 여자가 따라 웃었다.

"그래도 김영희는 아니고, 희성이에요. 부영희. 그리고 저는요. 부영희 엄마, 최영자."

어둠 속에서 멍자국이 사라진 식당 여자, 그러니까 부영희 엄마 최영자의 얼굴에 미소가 번졌다. 그러고 보니 바다에 와본 게 언제 적의 일이었더라. 바다는커녕 근처의 저수지도 일 없이는 가본 적이 없었다.

이 나이에 이런 일이 있을 줄은 몰랐다. 그러니 얼마나 좋은가. 최영자가 자신도 모르는 사이에 오래전에 돌아가신 엄마 손을 잡듯이 델마의 손을 잡았다. 델마가 그 손을 마주잡았다. 그러나 쪽지 한 장만 달랑 놓고 떠나온 집의 자식들을 떠올려서는 아니었다. 델마는 자식 생각들을 그때 아주 잊었다. 첫 새끼를 낳고부터 그날에 이르도록 육십여 년이 넘게 자식 생각을 잊어본 적이 한 번도 없었는데.

그러나 그날 델마는 바다만 생각했다. 바다가 이렇게 좋으니 다른 건 아무것도 상관이 없다는 생각이 들었다. 그리고 바로 그 순간, 그녀는 자신을 지탱해왔던 마지막 무언가가 사라지는 것 같은 느낌을 받았다. 아니다. 그것은 사라지는 게 아니라 충만되는 것이었다. 바닷바람이 그녀 안으로 전부 쏟아져들어와 그녀의 모든 빈틈을 채웠다. 그녀가 언니의 손을 잡았다. 어린 시절에는 쌍둥이로 오해를 받을 정도로 닮은 자매였었다. 열두 살에 그 자매 둘이서 가출을 했었다. 바다에 놀러간다고 기차까지 탔다가 기차역을 벗어나보지도 못하고 어머니 아버지에게 머리채를 잡혀 끌어내려졌다. 그날 어찌나 호되게 매를 맞았던지…… 델마의 얼굴에 또 웃음이 어렸다. 곧 그 어머니와 아버지를 만나게 될 것이다. 그러면 꼭 말씀드려야지. 엄니 아부지, 우리가 바다에 갔다 왔네.

부드럽게 흘러오는 바닷바람이 더는 차갑지 않았다. 그녀의 미소도 바람처럼 부드러웠다. 그런데 그 여편네들이 등장한다는 영화…… 그 영화 속에서 그 여자들은 어떻게 되었을까. 어떻게 되었더라도 늙은 그들과 같지는 않으리라. 이제 늙은 그들의 죽음은 삶과 따로 떨어져 있는 게 아니라 삶 속에 한몸으로 스며들어 있었다. 그러니 이제 집에 돌아가야 할 시간이었다. 삶이 그곳에 있어서가 아니라 죽음마저도 그곳에 있으니, 집에 돌아가 늙은 아들의 손을 잡듯이 그것의 손을 붙잡고, 너무 멀리 갔다 왔네, 미안하네, 인사해야 할 것이다.

어디선가 괜찮다, 말하듯이 갈매기 울음소리가 들리는 것 같았다.

아홉번째
파도

1

여자는 남자에게 헤어지자는 말을 하지 않았다. 남자도 마찬가지였다. 둘은 보통 때와는 달리 좀더 냉담한 표정으로 한동안 앉아 있었고, 남자가 먼저 지갑과 핸드폰을 챙겨들며 "간다"라고 말했고, 여자는 대답 대신 핸드폰만 들여다보고 있었을 뿐이다. 남자가 떠난 후 여자는 한동안 창이 넓은 커피숍에 그대로 앉아 있었다. 가을 무렵이었다. 거리의 햇살은 맑고 넉넉했다. 짙은 선글라스를 낀 남자와 맨얼굴의 여자 하나가 그늘 한 점 없는 거리 한복판에서 이야기를 나누고 있었다. 보이지 않는 남자의 눈을 바라보며 웃는 여자의 얼굴이 햇살만큼이나 환했다.

죽어라고 담배를 못 끊는, 혹은 안 끊는 남자 때문에 여자의 자리는 그때에도 흡연석이었다. 그녀는 남자의 흡연을 극도로 혐오했는데, 남자와 냉담하게 앉아 있던 동안에는 담배 냄새를 느끼지조차 못했다. 남자가 떠난 후에도 얼마간의 시간이 흘러서야 그녀는 자신이 여전히 담배 연기로 자욱한 흡연실 한가운데에 앉아 있다는 것을 깨달았다. 그녀는 자신이 담배꽁초처럼 남겨졌다고 생각했다. 그리고 남자는 어쩌면 담배를 끊는 것보다 그녀를 끊는 것이 더 쉬운 일이라고 여길지도 모른다고 생각했다. 어쩔 수 없이 여자는 테이블 위에 놓여 있는 재떨이를 다시 한번 바라보지 않을 수 없었는데, 수많은 그녀가 그 속에서 완전히 다 탄 꽁초가 되어 짓이겨져 있거나 혹은 다 타지도 못한 채 침과 구취와 커피 찌꺼기와 함께 젖어 있었다.

왜 헤어지자는 말을 하지 않았을까. 여자는 생각했다. 못했을까가 아니라 안 했을까였다. 여자는 그 말을 슬픔과 연민에 차서 할 수 있었고, 울화와 분노로 가득차서 말할 수도 있었을 것이다. 그러나 그녀는 그렇게 하지 않았다. 그녀는 흥분하면 윗입술을 씰룩이는 버릇이 있었는데, 그 버릇은 그녀의 인상을 매우 우스꽝스럽게 만들었다. 그녀는 늘 자신의 윗입술을 신경썼고, 그러느라 흔히 결정적인 타이밍을 놓쳤다.

그러나 헤어지자고 말하지 않은 것은 입술 때문이 아니었다. 실은 그 무엇 때문도 아니었다. 이유가 있다면 이제는 그들이 그런 말조차 필요가 없게 된 사이라는 것뿐이었다.

남자는 여자에게 연락하지 않을 것이다. 여자도 마찬가지일 것이다. 그러나 남자는 언젠가 자신이 여자에게 다시 전화를 걸 수도 있으리라고 생각할 것이고, 그것은 여자 역시 마찬가지였다. 그것이 하루가 될지 한 달이 될지 혹은 일 년이 될지는 알 수 없었고, 그사이에 그들이 어떤 시간을 보내게 될지는 더욱 알 수 없었지만, 그래서 오히려 다행인지도 몰랐다. 시간이 흘러도 달라지는 것은 없을 것이다. 서로 연락하지 않는 동안 몇 킬로쯤 체중이 늘고 머리 스타일이 조금 달라지고 오래 벼르던 명품가방을 중고로 사고 또 신발을 새로 살 수도 있겠지만 남자는 그중의 어떤 것도 알아차리지 못할 것이다. 여자 역시 마찬가지일 것이다. 남자가 다른 부서로 자리를 옮기고 월급이 아주 조금쯤 오르고 그의 어머니가 고혈압 약을 먹기 시작할 수도 있겠지만 그게 여자와 대체 무슨 상관이겠는가.

그렇더라도 그녀는 가끔 그들이 헤어져 있던 시간 동안 남자가 만났을, 혹은 만났던 다른 여자가 궁금해지곤 했다. 남자는 어떤 여자를 만나 어떤 연애를 했을까. 다른 파트너와 섹스를 했다고 하면, 정말로 열심히 하기만 했다면 백 번, 수백 번도 넘게 할 수 있었을 시간이 흘러가기도 했다. 그러나 그 시간은 그들이 계속해서 만났다면 그 삼분의 일이나 했을까 말까 한 시간이기도 했다. 삼분의 일이라니…… 오분의 일이나 십분의 일일지도 모른다. 어쩌면 그녀가 궁금해하는 것은 남자가 만났던 여자가 아니라 그 여자와 한 섹스의 횟수인 것 같았는데, 그즈음에 들어서는 그것 말고는 달리 찾을 수 있는 열정의 지표가 없었기 때문이었다. 혹은 권태의 지표라고 말해도 좋겠다.

불행히도 남자와 만나지 않는 동안 여자에게는 변변한 다른 연인이 없었다. 몇 번의 기회가 있기는 했지만 서로 결정적으로 맞물리지는 못했다. 그리하여 단 한 남자가 아니라 세상의 모든 남자들로부터 상처를 받아야 했던 시간들 동안 그녀는 혼자 술을 마시고 취중에 연애라는 단어를 국어사전에서 찾아보는 일 따위로 시간을 메꾸는 것이 고작이었다. 국어사전으로 찾아본 후에는 백과사전도 찾아볼 작정이었으나 그러지 않아도 좋을 만큼 국어사전의 결과가 통렬했다.

연애01 물방울과 티끌이라는 뜻으로, 아주 작은 것을 이르는 말.
연애02 연기와 아지랑이를 아울러 이르는 말.
연애03 맷돌.
연애04 불쌍하게 여겨 사랑함.
연애05 연인관계인 두 사람이 서로 그리워하고 사랑함.
연애06 '이내01'의 옛말.

그러니까 연애는 물방울이나 티끌처럼 아주 작은 것이며 연기와 아지랑이처럼 흩어지는 것이며 한때는 맷돌과 같아서 서로를 불쌍하게 여겨 온몸을 비벼대고 갈아대었겠으나 결국에는 옛말이 되어버릴 연인관계인 혹은 연인관계였던 두 사람의 일이라는 뜻이다.

한때 그들 역시 맷돌이었다. 암쇠와 수쇠를 단단하게 박아 끼워 온몸을 악착같이 비벼대던. 그러나 이제 그 맷돌은 헐거워졌다. 너무 오래되어버린 것이다.

2

그즈음 여자는 여행을 준비중이었다. 먼 곳으로의 여행이었다. 비행기로 열 시간을 타고 날아가서 돌아올 때는 열두 시간을 타고 날아와야 하는 곳이었다. 비행이나 항로에 대해서는 아무것도 알지 못했지만 여자는 그 비행시간의 차이가 마음에 들었다. 자신의 생에 감쪽같이 사라지는, 혹은 감쪽같이 등장하는 두 시간이 있는 것도 괜찮은 기분일 것 같았다. 여행을 앞두고는 모든 것이 근사하게 여겨지게 마련이었다. 아니면 그러려고 기를 쓰거나. 여행은 불안을 동반하는 일이었고, 특히나 혼자 하는 멀고 긴 여행은 더욱 그러했다.

여자가 다니는 회사는 근속휴가를 길게 주기로 유명한 곳이었다. 적은 월급과 열악한 근무조건에도 불구하고 이직자가 적은 건 오직 그 때문일지도 몰랐다. 적어도 그녀는 그랬다. 적금을 붓듯이 회사를 다녔다. 해약의 충동은 만기 이자에 대한 기대보다 원금 유지를 위한 악착같은 인내심으로 대체되었다. 그녀는 심각하고 진지하게 여행 계획을 짰다. 나중에는 너무 심각해진 나머지 그것이 여행 계획이라기보다는 무슨 자살 계획처럼 여겨질 지경이었다.

수많은 여행 계획 중에 비행기로 열 시간을 타고 날아갔다가 열두 시간을 타고 돌아와야 하는 도시를 선택한 것은 실은 그곳에서 살고 있는 친구가 한 달 동안 귀국해 있을 예정이라는 사실을 알게 되었기 때문이었다. 휴가는 돈을 버는 일이 아니라 돈을 쓰는 일이었으므로 숙박비를 절약하는 것이 중요했다.

친구의 페이스북에서 사진으로 많이 보기는 했지만 그녀는 친구가 사는 도시에 처음 와본 것이었다. 사진 속 풍경처럼 아름다운 해안 도시였다. 아침마다 도시의 전철역까지 날아오는 갈매기들을 볼 수 있었다. 그녀가 자주 이용하는 전철역은 지하에서 지상으로 연결되는 구조였는데, 갈매기들이 지하의 선로를 따라 어두운 터널 속으로 날아가는 풍경은 매번 그녀를 홀렸다. 갈매기들은 땅속으로 빨려들어가는 것처럼 보였다. 마치 저항할 수 없는 매혹이 땅속에 있는 것처럼. 그래서 땅의 중심을 향해 돌진하지 않을 수 없는 것처럼.

갈매기들이 날아온 바다에는 부두가 있고 그 부두에는 긴 잔교가 있었다. 잔교는 그 도시의 명소였고 도시를 소개하는 많은 인터넷 사이트의 배경화면이기도 했다. 어느 사진이나 햇살이 환했는데, 과연 친구의 아파트에서 그곳까지 가는 동안 맑고 뜨거운 햇살이 두피를 뚫을 듯했다. 명소는 명성과는 다르게 한산했다. 산책객도 관광객도 보이지 않았고, 오직 잔교 중간에 낚시를 하는 남자 하나가 앉아 있을 뿐이었다. 소년인지 청년인지 알 수 없는 남자였다.

여자는 잔교에서 바다 사진을 몇 장 찍었다. 그러고 나서는 더는 할 일이 없었다. 혼자인 여행이란 늘 이런 식인 것이다. 목적지를 향해 가기, 사진 찍기, 잠시 서 있거나 앉아 있기, 그리고 끝. 사실 여자는 혼자서 여행을 떠나본 적이 거의 없었다. 혼자인 적은 많았지만, 그럴 때는 여행을 가기보다는 집안에 틀어박혀 꼼짝도 하지 않는 쪽을 택했다. 남자와 좀더 일찍 헤어졌다면, 그래서 비행기 티켓이나 그런 걸 환불할 여유가 있었다면, 그녀는 이번 여행 역시 전부 캔슬해버렸을지도 모른다. 그러고는 한 달 동안 집안에 틀어박혀 먹고 뒹굴고 자고, 다시 먹고 뒹굴고 자기. 쓸쓸함을 느낄 사이도 없게, 그렇게, 정신없이 먹고 뒹굴고 자기.

여행지에서는 그럴 수 없었다. 혼자인 것은 같았고 누구도 그녀가 하루종일 뭘 하는지 궁금해하지 않는 것도 같았지만 그녀는 바삐 돌아다녔다. 그래야만 했다. 목적지를 향해 가기, 감동하거나 감탄하기, 사진 찍기, 잠시 서 있거나 앉아 있기, 그리고 다시 또

다른 목적지를 향해 가기, 감동하거나 감탄하기, 사진 찍기…… 지겨웠다. 지겨운 반복이었다.

누군가 인사를 건네는 소리가 들렸다. 낚시를 하던 남자가 그녀를 향해 웃고 있었다. 부신 햇살 때문에 얼굴 윤곽이 거의 보이지 않았는데 묘하게도 표정만큼은 선명했다. '햇살처럼 환한' 표정이라고 여자는 생각했다.

남자가 손으로 무슨 시늉을 해 보였는데 사진을 찍어주겠다는 의사 표현인 것 같았다. 혼자 있는 그녀가 외로워 보이기라도 했던 것일까. 외로운 건지, 지루한 건지, 심심해 죽겠는 건지는 알 수 없었지만 무슨 일이든 일어났으면 좋겠다는 심정인 것만은 사실이었다. 부두에서 만난 낚시꾼과의 짜릿한 연애, 그런 것…… 말하자면 영화 같은 일, 현실에서는 결코 일어나지 않을…… 그런데도 늘 혹시나 하게 만드는…… 설렘이라기보다는 유치함, 창피함에 가까운…… 그러나 뭐, 생각 좀 하면 안 돼? 그런 생각 좀 하면? 기껏해야 생각인데?

여자는 자신의 핸드폰을 내밀었고 남자는 여자에게 뒤로 물러서라는 손짓을 했다. 두어 걸음쯤 그녀가 뒷걸음을 치는 동안 남자는 여자의 핸드폰을 들여다보고 있었다. 여자의 핸드폰에는 패스워드가 없었다. 들키면 안 될 비밀 같은 것도 없었다. 그녀는 문득 그 사실이 부끄러워졌다. 혹시 앞으로 짜릿한 연애를 하게 될지도 모를 남자에게 첫 만남에서부터 잔고 없는 통장을 들켜버린 것 같은 기분이었다. 누추한 삶이었다. 그때 누군가가 그녀를 흔든다면 찰랑찰랑 설레는 소리가 나는 대신 텅텅 빈 깡통을 두드리는 소리가 날 것 같았다.

남자는 핸드폰을 들여다보면서도 손짓을 멈추지 않았다. 그녀는 다시 조금 더 뒷걸음질을 치다가 나중에는 아예 등을 돌려 걸었다. 그리고 돌아섰을 때 이번에는 남자가 등을 돌리고 걷고 있었다. 소년인지 청년인지 모를 남자의 뒷모습이 역광을 받으며 작아져갔다.

저렇게 멀어지다가는 내 모습이 콩알만해지겠는걸…… 개미만해지는 건 아닐까…… 이런, 아예 보이지도 않겠는데……

남자의 걸음이 갑자기 달음박질로 바뀐 것은 바로 그 순간이었다.

어 어…… 어어어……

도무지 사태를 파악할 수가 없었다. 그건 그러니까 마치 장난 같았던 것이다. 남자는 바람을 가르듯이 달려가다가 다시 바람처럼 달려오지 않겠는가. 그러고는 햇살처럼 환한 표정으로 그녀에게 묻지 않겠는가.

깜짝 놀랐지? 널 위해 내가 준비한 선물이야. 네가 너무 외로워 보여서 말이지. 나도 어찌나 입질이 없던지 지루해 죽는 줄 알았거든. 그나저나 재미있었어? 내 농담이?

3

하나도 재미있지 않았다. 핸드폰 없이 견뎌야 하는 여행은 재미있지 않을뿐더러 끔찍하기까지 했다. 그녀는 핸드폰과 함께 길을 잃어버린 듯했다. 자신은 이제 구글맵을 탐색할 수도 없고 택시를 부를 수도 없고 누군가에게 전화를 걸어 내가 어디에 있는지 말할 수도 없다는 사실을 매 순간 상기해야만 했다. 갑자기 여행지 전체가 위험으로 가득찬 것처럼 여겨졌다. 그녀는 길치가 아니었고 대부분의 경우 누구보다 길을 잘 찾는 사람이었음에도 그랬다.

좋은 점도 있기는 했다. 핸드폰을 잃어버린 후 그녀의 여행이 믿을 수 없을 정도로 편안해졌다. 그야말로 오랜만에 누구에게도 방해받지 않고, 말하자면 자기 자신으로부터도 방해받지 않고 길고 편안한 늦잠을 잘 수 있었던 것도 핸드폰을 잃어버린 후의 일이었다. 아침부터 저녁까지 도시의 구석구석을 훑고 다니고 티켓을 예매하고 버스를 타고 기차를 타는 일들이 얼마나 피로한 일이었는지를 그녀는 새삼스레 깨달았다. 여행을 떠나온 이래 처음으로 그녀는 숙소 바깥으로 한 발짝도 나가지 않고 하루종일 방안에서만 뒹굴거렸다. 비로소 휴가 같은 느낌이 들었다. 그야말로 진짜 휴가였다. 무료한 느낌이 아주 안 드는 건 아니었지만, 그럴 때면 낚싯대의 릴을 돌렸다. 도둑의 낚싯대였다.

차르륵 차르륵 릴이 돌아가는 소리가 전화기의 다이얼이 돌아가는 소리처럼 들렸다. 복고적인 향수를 일으키는 소리였다. 어렸을 때 가졌던 장난감 중에 다이얼 전화기가 있었다. 차르륵 차르륵 릴을 감으며 그녀는 어린 시절을 떠올렸다. 차르륵 차르륵, 여보세요, 거기 누구 없나요?

만일 여행을 남자와 함께 왔다면 그녀가 그런 식의 청승맞은 놀이를 혼자 하고 있었을 리는 없었다. 부두의 잔교에 혼자 갈 일도 없었을 것이고 핸드폰을 도둑맞는 일도 없었을 것이다. 그리고 물론 아무짝에도 쓸모없는 낚싯대와 어망을 숙소까지 가져오는 일도 없었을 것이다.

낚싯대와 어망을 들고 낯선 도시의 거리를 걸어 숙소로 돌아오면서 그녀는 남자를 생각했다. 그녀의 휴가 계획에 처음부터 남자가 들어 있지 않았던 것은 아니었다. 남자가 그녀처럼 긴 휴가를 쓸 수는 없겠지만 적어도 그중의 며칠은 그녀와 함께 있어줄 수 있을 거라고 믿었다. 티켓을 알아봐야 할 일이 있을 때, 숙소를 예약해야 할 일이 있을 때 그녀는 동시에 남자의 스케줄을 챙겼다. 그런데 휴가가 시작되기 직전에 마치 그때까지 별러오기나 했던 것처럼 남자가 여자에게 이별을 통보한 것이다. 딱 부러지게 헤어지자는 말이 없었다고 해서 이별이 아닌 것은 아니었다. 헤어지자는 말도 하지 않았는데 이미 헤어져 있는 마음, 어제도 만났고 오늘도 만나고 있는데 이미 오래전에 다 해지고 해져 너덜너덜해져 있는 것 같은 마음…… 굳이 헤어지자는 말조차 필요하지 않은 이별의 너덜너덜함. 어쩌면 남자는 여자가 먼저 시작했다고 생각할지도 모른다. 그게 무엇이든, 전부 다. 남자가 어떤 생각을 하든 그런 건 상관없었다. 그녀는 정말로 화가 났고 너무나 화가 난 나머지 남자와 헤어지게 된 이유 같은 것은 하나도 중요하지가 않았다.

그녀의 휴가 계획에는 실연을 한 여자의 처량맞은 모습 같은 것은 결코 없었다. 핸드폰을 도둑맞은 후 그녀가 가장 먼저 하고 싶었던 일은 당장 공중전화로 달려가 남자에게 욕을 퍼붓는 것이었다. 공중전화는 어디에도 없었다. 그래서 그녀는 방안에 앉아 차르륵 차르륵 릴을 감으며 말했다.

말해봐. 왜 나랑 헤어진 건데? 왜 하필이면 그때 헤어진 건데? 그때 헤어질 거면 그동안은 왜 만났던 건데?

릴을 감으면서는 할 수 있는 그 말을 정작 당시에는 하지 못했었다. 남자는 핸드폰과 지갑을 챙기며 "간다" 말했고 그녀는 핸드폰만 들여다보고 있었던 것이 전부였다. 그녀는 자신이 담배꽁초처럼 버려졌다고 생각했었다.

그러다가 불현듯 일어서 남자를 쫓아 달려나갔었다. 남자는 그때 광화문 한복판을 걷고 있었다. 무슨 생각을 하고 있었는지, 그녀가 팔을 낚아챘을 때 남자는 마치 전혀 모르는 사람에게 팔을 잡힌 것처럼 어리둥절하고 놀란 얼굴이었다.

"그래도 여행은 가."

"뭐?"

"그래도 여행은 가자고!"

"너 미쳤니?"

"그래. 미쳤으니까 여행은 가자고. 여행 갔다 와서 헤어지자고!"

남자는 갑자기 지긋지긋하다는 얼굴이 되었다. 달라붙은 껌을 떼어내고 싶어하는 얼굴이기도 했다. 남자가 그녀를 가볍게 밀어냈을 때 그녀는 마치 엉덩방아라도 찧을 듯이 거칠게 떼밀렸다. 그건 손의 힘이 아니라 어떤 중력의 힘 같은 것이었는데, 그 중력에도 이름이 있다면 '지겨움'일지 몰랐다. 광화문 한복판에서 길을 건던 사람들이 마치 지축이 흔들리기라도 한 것처럼 깜짝 놀란 얼굴로 그들을 쳐다보았다.

4

핸드폰을 도둑맞은 후 여자는 한동안 잔교에 머물러 있었다. 시간이 흘러도 상황이 이해되지 않기는 마찬가지였는데, 그것은 도둑이 남기고 간 낚싯대 때문이기도 했다. 낚시를 하다 말고 핸드폰을 훔치는 도둑이라니…… 자기 낚싯대는 버려두고 남의 핸드폰을 훔치는 도둑이라니…… 이게 도대체 말이 되는 일인가. 친구는 아파트를 비워주면서 그녀에게 여러 가지 경고를 했었는데,

그중에는 소매치기에 관한 것도 있었다. 잘 기억이 나지는 않지만 특히 핸드폰에 관한 경고도 있었을지 모른다. 그녀는 대수롭지 않게 들었다. 핸드폰 도둑이란 말이 실감나게 들리지도 않았거니와 이 나라는 운 나쁘면 지갑이나 핸드폰을 도둑맞기에 앞서 총을 맞을 수도 있는 나라였기 때문이다.

그녀의 핸드폰은 여행을 오기 직전에 새로 산 것이었다. 그 핸드폰을 갖기 위해 그녀는 예약 접수를 했고 접수 안내원이 지시한 정시에 구입 확인을 했으며 또 상품을 수령하기 위해 이른 아침부터 줄을 섰다. 그러느라 그녀는 하마터면 회사에 지각을 할 뻔하기까지 했었다. 그 정도로 갖고 싶은 핸드폰이어서가 아니었다. 남자와 헤어지고 나니 시간이 너무 많이 남아서였을 뿐이었다. 구형 핸드폰에 들어 있던 연락처와 사진과 문자메시지를 일일이 새 핸드폰으로 옮기는 동안 약간의 시간이 분노 없이, 혹은 상심하는 마음 없이 흘러갔었다.

낯선 나라, 낯선 곳에서 핸드폰을 도둑맞은 후에는 시간이 예측할 수 없게 흘러갔다. 그녀는 도둑의 낚싯대 앞에 하염없이 쭈그리고 앉아 있었는데, 그 모습은 마치 누가 도둑의 낚싯대를 훔쳐가기라도 할까봐 악착같이 지키고 있는 것처럼도 보였다. 그녀는 낚시에 대해 아는 것이 아무것도 없었다. 낚싯대가 값이 얼마나 하는 것인지는 물론 얼마나 낡은 것인지도 알지 못했다. 적어도 자신의 핸드폰보다는 값싼 물건이리라. 그렇더라도 이렇게 함부로 버려도 좋을 만큼 형편없는 것일까. 반대로 자신의 핸드폰은 그 정도로 귀한 것이었을까. 고가의 신형 핸드폰인 것은 사실이었다. 그러나 설레는 말 한 번 듣지 못하고, 물론 남겨보지도 못한 핸드폰이었다. 남자와 주고받았던 메시지는 데이터를 이동할 때 함께 새 전화기로 옮겨져왔다. 드문 일이기는 했지만, 남자가 하트 이모티콘을 보낸 적도 있었다. 그러나 그 이모티콘을 받았을 때의 마음이 하나도 기억나지 않았다.

도둑은 돌아오지 않았다. 대신 늙은 낚시꾼 하나가 다가와 그녀의 곁에 자리를 잡았다. 낚싯대 앞에 가만히 쭈그려앉아 있기만 하는 그녀를 몇 번 힐끔거리더니 무슨 일이냐고 말을 걸어왔다. 무슨 일이 있는 사람은, 특히나 무언가를 잃어버린 사람은 티가 나기 마련인 모양이었다. 핸드폰을 잃어버렸다고, 그녀는 대답했다.

"빠뜨렸어?"

늙은 낚시꾼이 허리를 숙여 바다를 내려다보았다. 마치 그녀의 핸드폰을 건져주기라도 할 것처럼. 그의 손에서 뜰채가 흔들렸다. 무엇이든 건질 수 있을 것처럼 크고 튼튼해 보이는 뜰채였다. 그는 뜰채를 잔교 위에 내려놓았다. 햇살이 그 속에 가득했다.

"나도 바다에 빠뜨린 게 많지."

낚시꾼이 말했다.

"빠질 수 있는 건 전부 다 빠뜨렸다고 보면 되니까. 오죽하면 마누라까지 빠뜨렸겠나."

그녀는 깜짝 놀라 늙은 낚시꾼을 바라보았다.

"아니 오해는 말고. 죽기는 암으로 죽었지만 내가 낚시를 하는 동안 눈을 감아버렸으니까 내가 빠뜨린 셈이나 마찬가지란 소리야. 그래도 그렇지, 그걸 조금 더 못 참고 그사이에 죽어버리나? 이놈의 영감탱이 한번 당해봐라, 하는 것도 아니고. 하기야 그러고도 남을 마누라기는 했지."

낚시꾼은 소리를 내 웃고, 그녀를 향해 윙크까지 찡긋 해 보였다. 혹시 이 늙은 낚시꾼도 무슨 일이든 일어나기를 바라는 사람일까. 그러니까 영화 같은, 현실에서는 결코 일어날 리가 없다는 걸 알고 있는, 그런데도 사는 게 하도 심심한 나머지 유치함과 창피함을 무릅쓰고 바라게 되는, 그런 무슨 일들…… 그러니까 이 늙은이는 지금 나를 꼬시고 있는 건가? 불행히도 그녀가 바라는 '무슨 일들' 중에는 이런 늙은 낚시꾼의 유혹은 포함되지 않았다. 그러나 반대로 생각하면 늙은 낚시꾼이 바라는 일들, 바랄지도 모르는 일들 중에도 역시 이런 한심한 여자를 꼬시는 일 같은 건 포함되어 있지 않을 것 같았다. 그러니까 이런 한심한 여자…… 핸드폰을 도둑맞고, 도둑의 낚싯대나 지키고 있는.

"그러고 보니 내 목숨도 빠뜨릴 뻔했군. 허구한 날 그랬지. 혹시 아홉번째 파도라는 거 알아? 그런 게 있어. 파도가 점점 더 거세지다가 아홉번째에 이르면 사람을 삼켜버릴 정도로 대단해지거든. 그걸 조심해야 하는 거야. 낚시보다 먼저 배워야 하는 게 파도라는 거야. 낚시는 천천히 배워도 파도는 먼저 배워야 한다네."

늙은 낚시꾼의 말이 길어지는 동안 그녀는 자신이 그의 말을 알아듣고 있는 게 아니라 자신이 듣고 싶은 말로 듣고 있다는 것을 알아차렸다. 특히나 '내 목숨도 빠뜨릴 뻔했군'이라는 말이 그랬다. 자신의 영어 실력을 고려할 때, 그 문장이야말로 자신의 상상이 만들어낸 말이거나 아니면 오해에 근거한 말이었을 터이다. 말하자면 '나도 죽을 뻔했었다'의 기묘한 오역. 그렇더라도 그녀는 그 오역의 방식이 마음에 들었는데, 자신 역시 그랬던 때가 있었다는 생각 때문이었다. 자신의 인생 전체를 다시 못 빠져나올 어딘가에, 아주 깊은 우물 같은 곳에 풍덩 빠뜨려버리고 싶었던 때. 그리고 그걸 끝까지 쳐다보고 싶었던 때. 문득문득 죽고 싶었던 때. 그런 자신을 바라보고 있었던 때. 죽고 싶은, 죽어가는…… 그러나 살아가는, 살아 있는, 잘도 살아 있는.

그녀는 낚시꾼이 잠시 전에 그랬던 것처럼 바다를 내려다보았다. 핸드폰이 정말로 거기에 있기나 한 것처럼. 도둑맞은 핸드폰 속에 저장되어 있던 천 장이 넘는 사진들, 천 개가 넘는 아는 사람과 알지 못하는 사람의 전화번호들, 명함 파일들, 동영상과 전자책과 온갖 모바일 쇼핑몰의 가득찬 장바구니들…… 남자와 맷돌이 헐거워질 정도로 오랜 세월 주고받았던 통화의 내용들이 바닷속의 해초처럼 흔들흔들 부유하는 듯했다.

"낚싯대 안 가져가나?"

잔교에서 떠나려고 할 때 늙은 낚시꾼이 말했다. 도둑의 낚싯대를 가져갈 생각은 조금도 없었지만 낚싯대를 남겨두고 갈 자신도 없었다. 그러려면 늙은 낚시꾼에게 그 사연을 전부 설명해야 할 텐데 그러느니 차라리 갖고 가는 게 수월할 것 같았다. 결국 그 낚싯대는 도둑이 그녀의 핸드폰을 가져가는 대신 그녀에게 남겨둔 것인 셈이었다. 그녀는 주섬주섬 낚싯대를 챙기기 시작했다. 낚싯대를 던질 줄도 모르고 거둘 줄도 모르는 여자를 늙은 낚시꾼이 도와주었다. 여자가 고맙다고 말하자 늙은 낚시꾼이 이를 활짝 드러내며 웃어 보였다. '햇살처럼 환한' 웃음이었다.

"그런데 그거 갯바위 낚싯대인 거는 아나? 많이 낡긴 했지만 꽤 좋은 낚싯대인걸."

여자는 또 한번 깜짝 놀라 늙은 낚시꾼을 쳐다보았다.

"이거 좋은 거예요?"

"고기를 잘 잡으면 그게 좋은 낚싯대지, 뭐 딴게 있나. 한번 잘 잡아보게. 아홉번째 파도 잊지 말고. 특히 갯바위에서는. 혹시 아나, 아주 큰 놈을 잡을지. 고기가 언제 올지는 아무도 모른다네."

늙은 낚시꾼이 또 윙크를 찡긋 해 보였다. 이제 보니 아주 잘생긴 낚시꾼이었다. 그녀 역시 윙크를 해주고 싶었는데, 두 눈이 다 감기는 바람에 찡그리는 얼굴이 되어버렸다. 아마 낚시꾼의 말을 부정하는 표정으로 보였을 것이다. 고기가 언제 오더라도 그걸 못 잡는 사람은 평생 못 잡는 거고, 첫번째 두번째 세번째 차례차례 파도에 치이다보면 아홉번째는커녕 여덟번째 일곱번째 파도를 만나기도 전에 이미 휩쓸려가버리는 사람도 있는 거라고…… 뭐, 하나 마나 한 말들이 그 찡그림에서 읽혔을지도 모른다. 그러나 사실을 말하자면 그건 분명히 윙크였고, 한쪽 눈만 멋지게 감아 윙크에 성공할 수만 있었다면 여자는 아마도 말했을 것이다. 만나서 정말 반가웠어요! 당신을 만나서 정말로 기뻤어요!

5

귀국하면서 그녀는 도둑의 낚싯대를 친구 집 쓰레기통 옆에다가 버려두고 돌아왔는데, 얼마 지나지 않아 친구는 그 낚싯대로 팔뚝만한 물고기를 잡은 사진을 보내왔다. 놀랍게도 친구는 정말로 갯바위 위에 서 있었고, 뒤편으로는 어마어마한 파도가 친구와 물고기를 한순간에 덮칠 듯이 일어서 있었다.

친구의 사진을 받던 날 아침, 여자의 새 핸드폰으로 남자의 전화가 걸려왔다. 그녀는 다시 남자를 만났고, 이럴 거면서 하필이면 여행 직전에 자신과 헤어졌던 남자에게 다시 부아가 치밀었고, 남자의 집에서 섹스를 하는 와중에도 그 부아가 완전히 삭지는 않았으며, 먼저 등을 돌리고 자는 남자를 내려다보면서 이 쓸모없는 맷돌로는 더는 아무것도 갈거나 비벼대고 싶지 않다고 생각했다.

실은 더 화가 나고, 더 지겨운 것은 자기 자신이었다. 여행을 가기 전에도, 다녀온 후에도 달라진 것은 아무것도 없었다. 아마 내일도 마찬가지일 것이다. 그녀는 남자 역시 자신과 똑같은 생각을 하고 있으리라고 생각했다.

그때 베란다에 놓여 있는 남자의 낚싯대를 발견했다. 남자에게 낚시하는 취미가 있었던가? 취미를 자주 바꾸는 남자였다. 자신에게 가장 오래된 것이 여자라는 말을 한 적도 있었다. 남자의 집에 핸드폰을 놓고 왔다는 것은 나중에야 알았다. 급히 되찾아야 할 일은 없었다. 그녀는 남자가 여자의 핸드폰을 들여다보는 걸 상상했다. 여자의 새 핸드폰 배경화면은 여행지에서 찍은 사진이었다. 그 사진을 찍은 핸드폰은 잃어버렸지만 사진은 클라우드에 자동 저장되어 있었다.

남자에게서는 다음날 오후에 회사로 전화가 걸려왔다. 너 핸드폰 놓고 갔더라? 그리고 또 말했다. 핸드폰 버리고 다니는 거 취미냐? 남자는 여자의 핸드폰 배경화면에는 관심도 없었다. 배경화면뿐만 아니라 그녀의 핸드폰 속에 들어 있는 어떤 비밀에도 관심이 없을 것이며, 말하자면 그녀에게 어떤 관심도 없을 것이었다.

다시 만나 다시 잤고 다시 지겨움의 시작인 것이다. 오직 그뿐인 것이다. 문득, 그야말로 불현듯이, 그녀는 남자에게 사랑한다는 말을 해보고 싶었다. 사랑해, 사랑해, 사랑해. 그렇게 세 번쯤. 그러나 대신 터져나온 것은 웃음이었다. 자신이 그런 말을 한다면 그가 어떤 반응을 할지 알기 때문이었다. 그는 그야말로 놀라 자빠질 것이 틀림없었다. 왜 그러는 거냐고 물을 수도 있겠지만, 그 뒤에 이어질 대답이 무서워서 아마도 묻지조차 못할 것이다. 슬그머니 도망을 칠지도. 분명히 그럴 것이다. 그리고 이번에야말로 다시는 전화하지 않으리라고, 아주 끝내버릴 때가 된 거라고 생각할지도 몰랐다. 그렇더라도 그는 평생 동안 그녀의 그 말을 떠올릴 것이며, 때때로 후회와 안도와 슬픔과 공포와 고독에 총체적으로 휩싸일 것이며, 결국 그녀를 잊지 못하게 될 것이었다. 괜찮은 복수의 방식이었다.

그들은 낡고 늙은 연인들이었다. '오래된' 정도가 아니라 '낡고, 늙은'. 남자와 함께한 낡거나 오래된 시간들 동안 그들은 수도 없이 헤어졌다가 만났고, 그사이에 다른 남자 다른 여자와 결혼을 했었고, 아이를 낳았었고, 바람을 피웠었고, 이혼을 했었고, 또다른 연인을 만나 변변하거나 변변치 않은 연애를 했었다. 그러는 동안 그들은 몇 번이나 아홉번째 파도를 만났을까. 아홉 번의 아홉 번쯤이 아니었을까? 아니면 아직도 늘 여덟번째에 머물러 있는 것일까.

그날 저녁 여자는 핸드폰을 돌려받기 위해 커피숍에서 남자를 만났다. 먼저 도착한 그녀는 담배를 피우는 남자 때문에 흡연석에 자리를 잡았고, 잠시 후에 도착한 남자는 자리에 앉자마자 담배부터 꺼내 물었다. 한 손으로 담배를 피우며 한 손으로 주머니에서 여자의 핸드폰을 꺼내 테이블 위에 올려놓았다. 여자는 자신의 핸드폰을 끌어당겨 이상이 있나 없나 살피듯이 화면을 켜보았다. 배경화면이 떴다. 그것은 자신의 뒷모습이었다. 도둑이 찍은 그 사진을 그녀는 클라우드에서 발견했다. 그녀는 잔교 위에서 바다를 향해 걷고 있었고, 갈매기들이 그녀를 바라보고 있었다. 도둑은 혹시 사진작가가 아닐까 여겨질 정도로 사진을 잘 찍었다.

도둑이 찍은 사진은 한 장 더 있었다. 붉은 머리카락을 가진 스무 살쯤 되어 보이는 여자의 사진이었다. 도둑의 여자친구일까. 사진 속의 여자가 어찌나 햇살처럼 환하게 웃고 있는지 그녀의 마음까지 환해졌다. 도둑은 아마도 이 여자를 위해 물고기를 잡으러 나왔으리라. 물고기가 잡히지 않자 대신 사진을 찍어주고 싶었으리라. 좋은 핸드폰의 좋은 카메라로 찍어주고 싶었으리라. 그리고 말하고 싶었으리라.

사랑해, 사랑해, 사랑해.

여자의 얼굴에 미소가 번진다. 마치 그 말이 자신에게 전해진 고백이기나 한 것처럼. 빨간 머리의 연인, 싱싱한 사랑, 햇살처럼 환한 웃음. 그녀는 자신이 바로 그 스무 살 여자가 된 것 같았다.

그때 담배를 피우던 남자가 일어섰고, 핸드폰과 지갑을 챙겼고, "간다"라고 말했다. 여자는 그때도 핸드폰만 들여다보고 있을 뿐이었다.

토기박물관

미라는 토기 전시회 광고를 초여름에 처음 보았다. 아직 전시회가 시작되기도 전이었는데, 공원 갓길에 붙어 있던 플래카드는 어느새 한쪽 귀퉁이가 찢어지고 더러워져 아무도 거두어들이지 않는 빨래처럼 초라하고 볼썽사나웠다. 미라는 그 플래카드를 유심히 바라보았다. 그즈음 미라는 자주 화가 났고, 참기 어려운 일들이 많았다. 그 플래카드만 해도 그랬다. 저렇게 꼴 보기 싫은 건 빨리 철거를 해야 하지 않나. 시에서 세금 받아 하는 일이 뭔가. 미라는 자신도 모르는 사이에 팔까지 걷어붙이고 있었는데, 정말로 그러지는 않겠지만, 가로등 사이에 걸린 그 플래카드를 떼어내기 위해 가로등 기둥이라도 탈 기세였다. 미라는 자신이 팔을 걷어붙이고 있다는 것도 몰랐지만, 그러는 와중에 자신이 계속해서 혼잣말을 중얼거리고 있다는 것도 몰랐다.

……같은, ……같은 놈, ……같은 놈들.

미라는 그즈음에 욕을 배우고 있는 중이었다. 그녀는 공원이나 버스나 길거리에서 교복을 입은, 혹은 그 또래로 보이는 아이들의 대화나 통화에 귀를 기울였다. 그리고 입술로 그 아이들의 말을 따라 했다. 아무때나 화가 나는 마음을 안으로 삭이는 것이 어려운 만큼이나 욕을 익히는 것도 쉬운 일은 아니었다.

미라는 그 플래카드를 다시 보지는 못했다. 굳이 그러려고 한 것은 아니었는데도 그 공원 갓길로 산책을 가는 일이 더는 없었기 때문이다. 대신 미라는 도시의 곳곳에서 그 전시회에 관한 다른 플래카드와 다른 포스터들을 보았다. 처음에 공원 갓길에서 보았던 찢어진 플래카드가 아니었다면 다른 멀쩡한 플래카드도, 다른 멀쩡한 포스터들도 미라의 시선을 끌지는 않았을 것이다. 한번 신경을 쓰기 시작하자 플래카드와 포스터들은 도시의 미로를 안내하는 표지들 같았다.

그 미로의 끝에 전시회장이 있었다. 토기박물관. 미라는 낮게 소리를 내어 간판의 글자를 읽었다. 박물관이라니…… 토기박물관이라니…… 토기 전시회를 하는 박물관이 아니라 '토기박물관'이라는 거다. 그녀는 그곳에서부터 걸어서 삼십 분이면 당도할 거리에 살았지만 집 근처에 새 건물이 지어지고 있는 줄은 알지 못했었다. 혹시 지나치면서 공사 현장을 보았을지는 모르지만 기껏해야 아파트나 상가 신축이라고 여겼을 것이고, 보았는지 보지 않았는지 알 수 없는 기억은 일상의 수면 속으로 잠겨버렸을 것이다. 그런데 난데없이 토기박물관이라니. 토기 전시회를 하는 박물관도 아니고 '토기박물관'이라니. 근방에 유적지나 고분 같은 게 있었던가? 그런 게 있는지도 알 수 없었지만, 있더라도 최근에 뭔가가 발굴되었다는 뉴스를 본 기억은 없었다.

우연의 일치치고는 조금 우스꽝스럽게도, 토기박물관은 인근에서 가장 유명한 항아리칼국수집 앞에 있었다. 주말이면 사람들이 몰려들어 앉을 자리를 찾기가 어려운 칼국수집이었다. 칼국수집 앞에는 넓은 공터가 있었고, 그 공터는 칼국수집의 임시 주차장으로 쓰였다. 칼국수를 먹고 잔뜩 배가 부른 사람들이 주차해놓았던 차에 타려다가 새로 생긴 토기박물관을 발견했다. 그들은 갑자기 거룩한 심정이 되었는데, 방금 전에 자기 식탁 위에 놓였던 항아리도 오랜 세월이 흐르면 유물이 될 수도 있을 것이고, 상 위에 수북이 쌓아놓았던 바지락 껍데기들은 패총이 될 수도 있을 것이라는 순진하기 짝이 없는 상상이 뜻밖에 아주 진지하게 떠올랐기 때문인지도 몰랐다. 다만, 누구도 그 오랜 세월이 얼마나 오랜 세월일지 알 수 없을 뿐이다.

미라와 제니는 그 칼국수집에서 늦은 점심을 먹었다. 창밖으로 임시 주차장이 보였는데, 여러 대의 버스들이 서 있는 게 눈에 띄었다. 인근의 학교 차들이었고 그 사이에는 유치원 마크가 붙은 작은 봉고도 있었다. 아이들이 단체로 칼국수를 먹으러 왔을 리는 없을 터이니 박물관 단체 관람을 온 버스들일 거였다. 박물관의 입구는 관람을 마치고 나오는 학생들과 이제 관람을 하러 들어가는 아이들이 뒤엉켜 마치 개미집 같았다.

아이들은 건널목을 건너면서도 장난을 멈추지 않았다. 중학생쯤으로 보이는 사내아이 하나가 한 아이의 목을 팔로 휘어감았고, 또 한 아이는 두 팔을 하늘로 뻗었고, 또 한 아이는 지도교사로 보이는 남자의 머리를 뒤에서 후려갈기는 시늉을 했다. 아이들이 얼마나 활발하게 움직이는지 중년의 지도교사 혼자만 난데없이 그 건널목 한가운데에 설치되어 있는 신호등 기둥 같아 보였다. 쌍시옷이나 지읒 자가 붙은 아이들의 욕설이 발랄하게 떠올랐다. 떠올리는 것만으로도 얼굴이 빨개지는 단어들. 그러나 때로는 명랑하기도 한 말들. 미라는 그런 단어와 문장들을 배울 수는 있었지만 입에 익힐 수는 없었다. 오랜 연습이 필요한 일이었다. 그러니까, 프랙티싱…… 반복된 리스닝과 스피킹……

제니가 작은 항아리에 담긴 겉절이를 접시에 담다 말고 미라의 시선을 좇아 고개를 돌렸다. 박물관은 제니의 등 쪽에 있었다.

"무슨 일이래?"

"토기박물관이라네요."

제니가 혼잣말처럼 묻는 말에 미라는 예의를 갖춰 대답했다.

"항아리 같은 거 파는 데? 애들이 설마 그걸 사러 왔으려고요?"

"뮤지엄이요."

"……아, 뮤지엄."

미라와 제니는 영어학원에서 만났다. 수강생들에게는 각기 영어 이름이 하나씩 있었다. 미라는 제니의 한국어 이름을 알지 못했고, 제니는 미라라는 이름이 한국어 본명이라는 걸 알지 못했다. 아무려나, 그들에게 미라는 그냥 미라이고 제니는 그냥 제니였다.

미라가 뮤지엄이라는 단어를 학원에서 배운 것은 물론 아니다. 학교에서 배웠던 영어를 아무리 다 잊었다고 하더라도 뮤지엄 정도야 기억했다. 그녀를 난감하게 만드는 것은 박물관이라 이름 붙은 그 전시회장이 그녀가 알고 있거나 상상하는 박물관과는 너무 다르다는 데 있었다. 그 신축 건물은 유물이 된 무언가를 전시하는 공간이기보다는, 이제 공장에서 갓 찍어낸 반짝반짝하는 무언가를 그리 비싸지 않은 가격에 파는 곳 같아 보였다. 그러니까 제니의 말처럼, 토기박물관이 아니라 항아리 가게. 입구에 바글바글 모여 있는 학생들과 그 학생들을 태우고 온 학교 버스들만 아니었다면 요란한 플래카드와 그보다 더 요란한 화환들에도 불구하고 그녀 역시 제니처럼 쉽게 그곳을 항아리 가게로 여겼을 것이다. 가든이라는 돼지갈비집, 캐슬이라는 아파트처럼.

"가볼래요?"

"저길?"

"뮤지엄이라잖아요."

"애들이 저렇게 많은데. 저애들 머리통밖에는 안 보일 거 같아."

"그래도 박물관인데…… 볼 게 있을 거예요."

"혹시 항아리도 팔까요? 오이지 담가놓을 항아리가 하나 있으면 싶긴 하던데."

"뮤지엄이라잖아요."

제니는 어쩌면 뮤지엄이라는 단어를 모르는 게 아닐까. 어쩌면이 아니라 확실히 그런 것 같기도 했다. 무식하기는…… 미라는 또 내뱉지 못하는 욕설을 입안으로만 삼켰다. 할 수만 있다면 멋지게 에프 자로 시작하는 욕을 할 수도 있을 텐데. 에스 자로 시작되는 욕도 있다고 들었다. 그러나 아무도 그 욕들을 실감나게 가르쳐주지는 않았다. 학원 선생이 농담삼아 가르쳐주는 욕들은 미덥지 않기도 했거니와 그야말로 상식적인 단어들 같았다. 푭, 쉿, 똥…… 한국의 십대 아이들은 똥 같은 걸로 욕을 하지는 않는다.

미라는 영어학원에 벌써 반년 넘게 다니고 있는 중이었다. 그녀는 그 학원을 가장 오래 다니고 있는 학생이었고, 또 근면성실한 학생이었다. 가장 늙은 학생이기도 했다.

학원에 등록을 하면서 미라는 다른 수강생들과 마찬가지로 레벨 테스트를 거쳤다. 나중에 호주 사람이라고 알게 된 원어민 선생이 하우아유 물었고, 미라는 파인땡큐 대답했다. 앤유는 안 했다. 선생이 또 왓츄어네임 물었고 미라는 대답했다. 시작이 좋았다. 혹시 땀을 흘리게 될까봐 손에 쥐고 있던 손수건을 가방 속에 넣었다.

그러나 그게 전부였다. 미라는 그후 한마디도 알아듣지 못했고, 미리 외워간 대답들도 말하지 못했다. 그러니까 왜 영어학원에 다니려고 하는지, 왜 영어 공부를 하려고 하는지, 그녀는 예상 질문에 대한 답변을 만들었고 연습도 했다. 그러나 소용없는 짓이었다. 그녀는 준비했거나 외워두었던 어떤 말도 할 수가 없었고, 겨우 오 분도 안 되게 머물렀던 상담실에서 나올 때는 두 뺨이 폭발이라도 할 듯이 달아올라 있었다. 단정하게 보이기 위해 잘 여며두었던 블라우스의 단추를 풀었던 건 너무 더워서였다. 그녀는 그런 몰골로 접수대로 다가가 땀을 줄줄 흘리며 젊은 여직원에게 호소하듯이 말했다.

내가 안에서 하지 못한 말이 있는데……

괜찮아요. 다들 그러세요.

아니, 그래도 그게 해야 할 말인데…… 대답을 못했는데……

그냥 레벨 테스트하는 거니까 상관없으세요.

그러니까, 내 말은……

미라는 결국 그 젊은 여직원에게도 아무 말도 할 수 없었다. 차라리 그렇게 된 게 잘된 일이라는 생각은 나중에야 들었다. 그때 말할 수 있었다면 무슨 말을 했을지 그녀 자신도 알 수 없었기 때문이다. 그때 자신이 외워갔던 대답은 무엇이었을까. 놀랍게도, 아니 실은 놀랄 것도 없게, 레벨 테스트가 끝나는 순간 문장이든 단어든 기억이든 다 사라져, 머리가 텅텅 비다못해 온몸에서 텅텅 비어 있는 소리가 날 것 같았다. 모든 게 그렇게 되어버린 나이였다. 미라의 나이 예순일곱이었다.

제니는 최근에 영어학원에 등록을 했다. 지난 반년 동안 또래는 커녕 얼추 말을 섞어볼 만한 사람조차 만날 수 없었던 미라는 그녀보다 두 살이 아래라는 제니가 반갑기는커녕 은근히 불편했다. 또래와 어울리기를 원했다면 복지관의 요가반이나 댄스반 같은 데에 나갔을 것이다. 그곳에는 시니어 영어반도 있어서, 시니어라는 단어가 무슨 뜻인지도 모르는 늙은이들이 돋보기를 끼지 않아도 볼 수 있게 만든 큰 활자의 영어책을 들고 다니며 하이, 하우아유 한다고 했다.

제니는 사정이 달랐다. 학원에 등록을 해놓고는 갑자기 취직이 된 딸 대신에 다니게 되었다는 것이다. 딸이 좋은 직장에 취직을 했으니 곧 딸이 보내주는 해외여행을 가게 될지도 모른다고, 제니는 손바닥을 마주쳐가며 깔깔 웃으면서 말했다. 우습지도 않은 말에 크게 웃는 버릇이 있는 여자였다. 거짓말을 할 때도 마찬가지였다. 미라는 제니가 딸의 학원비를 환불받아보려고 별별 우는소리를 다 했으나 결국 실패했다는 걸 알고 있었다. 겨우 한두 번 나왔을 뿐이라는 제니의 말과는 달리 제니의 딸은 석 달 코스 수강료를 내고 절반 이상을 이미 수강한 터였다. 그렇더라도 그때 강의실에서 나오는 미라를 발견하지 못했다면, 제니는 분김에라도 자신이 대신 학원을 다닐 생각까지는 하지 않았을 것이다. 제니는 접수대 직원에게 미라의 나이를 물었다. 자신보다 두 살이 많다는 여자가 로비 의자에 앉아 커피를 마시며 우아하게 영어책을 펼쳤다.

더는 내려갈 레벨이 없어서 미라와 제니는 같은 초급반이 되었다. 수강생이 많지 않고, 툭하면 안 나오는 수강생들도 수두룩한 학원이었다. 특히나 초급반은 더해서 월말이면 미라 혼자만 남아 선생과 단둘이 수업을 할 때도 있었다. 그럴 때면 옅은 빛깔의 눈동자를 가진 젊은 원어민 선생이 서툴지 않은 한국말로 미라에게 재미있는 영어 단어 한두 개씩을 가르쳐주면서 시간을 때웠다. 나 한국말 한다고 하지 말아요. 학원에서 한국말 금지. 한국말 하면 원장 아저씨, 나한테 퍽, 쉿, 똥, 욕해요. 선생이 그런 식으로 장난스러운 말을 할 때마다 미라는 입을 가리고 웃었다.

제니가 처음 나온 날은 월초라 처음 보는 수강생들이 꽤 되었다. 제니는 강의실 입구에서부터 두리번거려 미라를 찾았다. 그러고는 반가움이 가득한 얼굴로 다가와 다짜고짜 말했다.

이게 치매에 그리 좋다면서요. 아주 늙어서 해도 효과가 있다잖아. 어때요? 좀 맑아지는 거 같아요?

그러고 나서야 어머, 참 나는 제니라고 해요, 라고 했던가. 누구 엄마라고 해요, 라고 했던가. 아무튼 앞뒤가 바뀐 인사를 제니는 그렇게 했고, 미라는 고개만 까딱여 그녀의 인사를 받았다. 그때부터 시작해 미라는 제니가 마땅치 않을 때가 많았는데, 그녀가 자신을 연장자로 대접하지 않아서가 아니라 선배로 대우하지 않았기 때문이었다. 맑아지다니, 대체 뭐가? 같은 초급반이라고 해서 다 같은 초급은 아닌 것이다. 수강생들이 워낙에 들락날락했기 때문에 레벨도 합쳐졌다 나뉘었다 했다. 같은 반이라고 해서 실력이 같다는 의미는 아니었고, 그 안에 선후배가 없다는 뜻도 아니었다. 그런데 '좀 맑아지는 거 같아요?' 따위의 인사라니……

그럼에도 불구하고, 달리 방법이 없었으므로, 둘은 종종 어울렸다. 미라나 제니나 결석이라고는 몰랐고, 수업시간보다 한참 일찍 오는 것도 똑같았다. 로비에는 아무때나 마실 수 있는 공짜 차와 커피가 있었다. 제니는 자주 손바닥을 마주쳐가며 깔깔 웃었고, 그때마다 미라는 제니의 종이컵을 대신 들고 있어야 했다. 학원 등록을 문의하려고 들어오던 어리거나 젊은 아이들이 미라와 제니를 발견하고는 다시 문밖으로 나가 학원 간판을 확인했다.

학원 밖에서 만난 건 칼국수를 먹은 그날이 처음이었다. 특별한 일이 있어서는 아니었다. 그저 이런저런 이야기를 하던 도중에 칼국수집 얘기가 나왔고, 그 집 칼국수 맛이 뭐 별로 특별할 것도 없는데 사람들이 그리 많이 찾아온다는 얘기가 나왔고, 그럼 우리도 한번 가볼까, 그렇게 된 것뿐이었다. 미라는 약속시간보다 먼저 칼국수집에 도착했다. 혼자 들어가 있기가 뭐해 밖에서 제니를 기다리는 동안 미라는 이 점심 약속이 잘못된 것이며, 뭔가가 잘못 풀리게 될 게 틀림없다는 걸 예감했다. 도무지가 둘이 밖에서 따로 만나 나눌 얘기라는 게 없었다. 미라는 이제 제니에 대해서 알아야 할 것은 물론이거니와 알지 않아도 될 것까지 다 알았다. 그렇게 되기까지 일주일이 채 걸리지 않았다. 월수금 수업, 일주일 말이다. 제니는 쉬지 않고 말했고, 자주 웃었고, 느닷없이 한숨을 쉬거나 갑자기 목소리를 낮춰 무슨 비밀 얘기를 하듯이 별것 아닌 얘기를 속삭이기도 했다. 그야말로 느닷없이 미라의 손을 아프게 움켜잡을 때도 있었다. 뭔가 엄청나게 심각한 이야기 같았으나, 들어보면 손바닥을 치며 깔깔 웃을 때와 조금도 다르지 않은 이야기였다.

말하자면 제니의 이야기는 핵심 요약정리였다. 명사 플러스 동사 플러스 보어, 기껏해야 2형식 문장을 넘어가지 못하는. 제니의 인생에서 중요하지 않은 사건들은 거의 삭제되었다. 가차없이 삭제된 후 아주 중요한 사건들만 남았으나, 그런 것 같았으나, 따지고 보면 그게 보존될 가치가 있을 만큼 중요한 순간인지도 알 수 없었다. 게다가 그 가차없는 삭제를 거친 후 안타깝게 남은 생의 순간들은, 그 찬란하게 빛나거나 견딜 수 없게 고통스러웠던 순간들은, 리피트되고 리피트되고 또 리피트된 회상과 서술과 과잉된 감정으로 인해 이제 그녀 자신에게조차 그다지 감동적이지 않은 기억들이 되어버린 것 같았다. 디테일. 제니의 살아온 이야기를 들으면서 미라는 생각했다. 제니의 이야기가 지루한 건 제니의 탓이 아니라 디테일이 사라져버린 탓이라고.

자신은 다르다고, 미라는 생각했다. 제니를 보면, 제니의 이야기를 듣다보면 드는 생각이었다. 나도 이럴까 생각하다가, 나는 안 그렇겠지 생각하고, 그러다가 나는 다르다고 생각했다. 어쩌면 그래야만 한다고 생각하는 건지도 몰랐다.

그날 칼국수집에서 나온 미라와 제니는 누가 먼저랄 것도 없이 건널목을 건너 박물관으로 향했다. 제니는 여전히 그곳에서 오이지 항아리를 구할 수 있는지 궁금해하는 것 같았고, 미라는 난데없이 그곳에 왜 토기박물관이 있어야 하는지가 궁금했다. 개관 기념으로 전시는 무료였다. 둘은 매표소에서 입장료를 내는 대신 공짜 브로슈어를 받았다. 둘 다 누가 먼저랄 것 없이 브로슈어를 부채 삼아 땀을 식히기 시작했다. 그러나 안으로 들어가자마자 곧 에어컨 냉기가 뼈가 시릴 만큼 차가워 둘은 똑같이 카디건을 꺼내 입었다. 칼국수집에서부터 참았던 소변이 마려워 화장실을 찾아 두리번거린 것도 동시였다. 쪼르르, 피피피, 하는 오줌 소리도 똑같았다.

화장실에서 나왔을 때, 로비는 아이들로 너무 번잡했다. 미라와 제니는 박물관이 좀 한산해지기를 기다리며 의자에 앉아 브로슈어를 봤다. 제1전시실에서는 청자와 백자를 전시한다고 되어 있었다. 제2전시실도 그렇다고 했는데, 청자와 백자가 워낙 많아서 그런 것인지, 아니면 전시할 토기가 별로 없어서인지는 알 수 없었다. 상세 설명을 적어놓은 브로슈어의 글씨들은 너무 작았다. 개관 기념 특별전이 열리는 곳은 제3전시실이었다. 인근 지역에서 발굴된 백제 토기들이 최초로 공개된다고 했다. 미라는 이 도시에서 십 년 넘게 살았지만 이 인근이 백제 토기가 발굴되는 지역인 줄은 몰랐다.

브로슈어에는 토기 발굴 지점들이 표시된 지도가 있었다. 그녀의 집에서 아주 가까워 보였다. 어찌나 가까워 보이는지 자신의 집 마당을 파도 토기 조각들이 우르르 쏟아져나올 것만 같았다. 그러나 지도를 확대해보면 까마득히 먼 거리일지도 몰랐다. 땅속과 땅 밖의 거리, 수천 년의 거리, 태어난 시간과 죽어가는 시간의 거리…… 아직도 어떤 거리는 보기와는 달리 너무나 까마득하다고, 미라는 생각했다.

로비가 한산해졌다. 미라와 제니는 로비를 가로질러 전시실 안으로 들어갔다. 그러나 전시실은 여전히 또다른 무리의 아이들로 붐비고 있었다. 편안히 관람을 하려면 아이들이 나갈 때까지 좀더 기다려야 할 것 같았다. 전시실 한가운데에 의자가 있었다. 제니와 미라가 다가가자 긴 의자에 앉을 공간이 남아 있는데도 아이들이 우르르 일어나 의자를 통째로 양보했다. 미라와 제니는 전시실 한가운데에 앉아 토기를 보는 대신 아이들의 분주한 움직임을 보았다. 아이들은 전시실 안에서도 시끄러웠다. 악을 쓰거나 큰소리를 내는 대신 속삭여가며 이야기를 하는데도 전시실 안이 전쟁이라도 난 듯 웅웅 울렸다. 쌍시옷 자와 지읒 자가 뒤섞여 웅웅웅웅했다.

아이들이 우르르 몰려갔다가 우르르 몰려오는 사이, 잠깐잠깐 유리 상자 안의 질그릇들이 보였다. 언뜻 보면 금방 찍어낸 듯이 말끔한 모양이었지만, 실은 온통 갈라지고 되붙인 금투성이일 것을 미라는 알았다. 그녀는 항상 그것이 궁금했다. 토기는 어떻게 발굴되고 어떻게 맞춰지는지. 집에서 사발 하나를 깨도 그 조각이 얼마나 많은데, 그걸 어떻게 다시 다 꿰맞추나. 분명히 어느 한 조각은 남의 조각일 게 틀림없다고 미라는 믿었다.

미라는 발굴 현장을, 그런 것도 발굴 현장이라고 할 수 있는지는 모르겠으나, 아무튼 그와 비슷한 것을 본 적이 있었다. 그녀와 남편이 동시에 정년퇴직을 하던 해에 둘이 남쪽 지방으로 여행을 갔었다. 좋다는 온천에 가고, 좋다는 바닷가도 보고, 맛있다는 음식도 먹었다. 성터로 가는 이정표를 발견한 건 집으로 돌아오는 길에서였다. 남편이 핸들을 꺾었다. 성터는 공사중이었다. 그래도 둘은 차에서 내려 사진을 찍었다.

다시 차에 타려다가 여자들을 발견했다. 여자들이 천막 아래에 우르르 모여 뭔가를 씻고 있었다. 공사중인 성터 옆에서 씻을 게 뭐가 있나. 가까이 다가가서 보니 여자들이 씻고 있는 건 질그릇

조각이나 기와 조각들이었다. 공사 현장에서 발굴된 거라고 했다. 여자들이 모여 앉은 천막에 무슨 문화재 관련 단체의 이름이 적혀 있는 게 그제야 눈에 띄었다. 하얀 단체복을 입은, 전문가로 보이는 사람들도 같이 눈에 띄었다. 여자들이 잘 씻어놓아 말끔해진 조각들은 종류별로 분류되어 그늘에서 물기를 말리고 있는 중이었다. 숫자와 기호들이 깨진 조각마다 붙어 있었다.

어이구, 그러니까 이것들이 다 문화재네. 남편이 말하며 사진을 찍었다. 한번 봐도 됩니까? 묻고 하나 집어볼 듯이 손을 내밀자 여자 중의 하나가 남편의 손등을 찰싹 때렸다. 어딜, 큰일나려고! 그러고는 여자들이 한꺼번에 깔깔깔깔 웃었다. 갑자기 남편의 뺨이 붉어지더니, 마치 꽃이라도 피듯이 얼굴이 환해졌다.

여자들의 호들갑스러운 행동에도 불구하고 미라가 보기에 그곳은 그저 동네 여자들이 명랑하게 모여 김치 그릇을 씻고 있는 마당 정도로만 보였다. 그랬음에도 미라의 가슴이 쿵쿵 뛰었다. 그 소리가 점점 빨라지고 점점 커져 누가 들을까 무서울 지경이었다. 잠시 전 사진을 찍을 때였다. 공사중인 풍경을 피해 찍느라 남편이 미라를 자꾸 성곽 구석으로 몰았었다. 그때 뭔가가 햇살에 반짝했다. 어찌나 찬란하게 반짝하던지, 안 보려야 안 볼 수가 없는 곳에 사금파리 한 조각이 놓여 있었다. 집어들어 손바닥에 올려놓고 보니 별것도 아닌 사금파리였고 더는 반짝이지도 않았으나 미라는 그걸 던져버리지 않았다. 그 사금파리 조각이 그때까지 미라의 손에 있었다.

집으로 돌아오는 길에 그녀는 심하게 멀미를 했다. 남편이 차를 세우자마자 그녀는 고꾸라질 듯이 차에서 내려 아무데나 구석져 보이는 곳으로 달려갔다. 점심 먹은 걸 다 토해내는 동안, 손바닥을 찌르는 날카롭고 격렬한 통증이 생생했다. 간신히 허리를 펴고, 미라는 사금파리 조각을 멀리 던졌다. 멀리 던진다고 던졌으나 기껏해야 바로 앞이었다. 그녀는 다시 한번 던졌고, 또 한번 던졌다.

차로 되돌아와 그녀는 남편에게 싸움을 걸었다. 알지도 못하는 여자가 손등 한번 건드려주니까 그렇게 좋더냐고 시비를 붙였다. 이제 보니 아주 엉큼한 사람이더라고, 악을 쓰다가 마침내 울기 시작했다. 아주 대성통곡이었다. 남편은 그런 그녀를 물끄러미 바라보다가 차에서 내려서는 아주 오래 그녀를 등진 채로 서서 꼼짝도 하지 않았다.

전시실 안에 앉아 있는 지금, 미라는 까맣게 잊었던 그 일이 생생하게 떠오르는 게 신기했다. 그때 그 사금파리 조각이 어떻게 생겼던가까지 생생하게 떠오르는 것이다. 공책에 써가며 달달 외운 영어 단어가 공책을 덮기도 전에 사라져버리는 나이인데, 그런 건 왜 기억이 날까. 기억이란 게 다 산산조각이 나버린 것 같은데, 왜 그런 조각은 여전히 남아 있는 걸까.

자신이 던져버린 그 사금파리 조각이 귀한 것이라거나 문화재가 될 만한 것일 수도 있으리라고는 생각하지 않았다. 그때에는 어땠을지 모르지만 지금은 절대로 그렇지 않았다. 그런 게 그렇게 아무데나 있겠나. 아무데나 있다고 또 아무한테나 그렇게 쉽게 주워지겠나. 가치가 있는 거였다면 벌써 그 천막 아래로 가져가졌겠지. 그러나 동시에, 미라는 자신이 던져버린 그 한 조각 때문에 어떤 항아리는 영원히 항아리일 수 없게 되었다는 생각도 했다. 그 생각은 그때보다 지금 더 컸다. 기어코 항아리가 되려면 남의 조각을 갖다붙여야겠지. 유물이 될 항아리나 그렇게 되지 못할 항아리나 구멍이 나면 더는 항아리가 아닌 것은 마찬가진데.

그 여행은 남편이 죽기 전 마지막 여행이었다. 퇴직과 동시에 찾아온 병이 느닷없이 너무 깊어 그때 이미 남편은 병색이 완연했었다. 그랬음에도 남편은 그 먼 거리를 직접 운전했고, 사진을 찍었고, 그리고 자주 웃었더랬다. 피로에 지치면 잠시 차를 세우고 눈을 붙였는데, 햇살이 운전석 창으로 들어와 사금파리처럼 그의 뺨을 찔렀다. 전시실 안에 앉아 미라는 그 기억에 찔리는 듯 가슴 어디께가 찌르르했다. 자신을 등지고 서 있던 남편의 모습이 너무나 생생했다.

제니에게는 아직 살아 있는 남편이 있다. 사업을 한다고도 했고, 했다고도 했다. 제니의 몇 안 되는 중요한 이야기들 속에서 남편은 늘 엑스트라이거나 연기력이 매우 부족한 배우처럼 등장했다. 어색하고 아귀가 잘 안 맞고, 꼭 그 이야기 속에 그가 있어야 하나 싶기도 했다. 아직 제니는 모를 것이다. 어떤 존재가 디테일을 갖기 위해서는 상실이 필요하다는 것을. 완전히 잃어버린 뒤에야 오히려 생생하고 너무나 세세해 진절머리가 날 정도로 기억에 남는다는 것을. 그러니, 병들어 죽어가던 내 남편의 모습은 내가 노망이나 나야 잊을까.

그나저나 제니는 레벨 테스트를 받으면서 뭐라고 말했을까. 설마 치매가 어쩌구저쩌구, 맑아진다느니 어떻다느니 하는 말은 한국말로라도 하지 않았겠지. 그러나 제니라면 그런 망신스러운 말도 얼마든지 할 수 있을 것 같았다. 환불을 해달라고 우는소리를 하고, 그게 안 먹히면 접수대 앞 바닥을 뒹굴며 떼를 쓰고, 그러다가 그럼 나라도 다니겠다, 하는 게 조금도 이상하지 않은 사람이었다. 오히려 이상한 건 한마디도 못 알아듣는 게 분명한 수업을 한 시간도 빼놓지 않고 꼬박꼬박 나와 한 번 졸지도 않고 눈을 초롱초롱 빛내가며 듣는다는 사실이었다.

문득 제니가 갖고 있던 사진이 생각났다. 어린 여자아이가 찍힌 사진이었는데 조금 과장해서 말하면 무슨 육이오 때쯤에 찍었다고 해도 믿을 수 있을 만큼 오래되어 보이는 것이었다. 사진은 아주 낡아서 한 귀퉁이가 찢어져 있기까지 했는데, 그 사진 뒷면에 또박또박한 글씨로 '재은이'라는 이름이 적혀 있었다. 재은이, 제니, 재은이, 제니. 학원을 겨우 며칠 다니다가 취직을 했다는 제니의 딸 영어 이름이 바로 제니라고 했었다. 제니 대신 학원을 다니는 거라 제니라고 했고, 그러지 않으셔도 된다는 접수대 여직원의 말에도 불구하고, 그냥 '제니'로 정했다는 것이었다. 제니의 딸 재은이, 재은이의 엄마 제니…… 제니의 엄마 제니……

수업 도중에 전화를 받으러 밖으로 나간 제니가 돌아오지를 않아 그녀의 가방을 맡고 있던 날이었다. 더는 기다릴 수가 없어서 가방을 접수대에 맡기려고 들어올리는데 지퍼가 없는 가방에서 책과 지갑과 열쇠와 판촉용 화장지들이 쏟아져나왔다. 사진도 거기에 있었다.

미라는 가방을 접수대에 맡기는 대신 제니의 주소를 물어서 찾아가기로 했다. 미라의 집에서 멀지 않은 곳에 있는 빌라였는데, 미라도 한때 그곳에서 살았던 적이 있었다. 평수와 구조와 창문의 방향이 다 같은 빌라였다. 그 집엘 들어가보면 기분이 이상하겠다, 생각했는데 그 집에 도착하기도 전에 미라는 제니를 보았다. 길거리 모퉁이에 한 여자가 쭈그리고 앉아 전화를 받고 있었는데, 처음에는 그 여자가 제니인 줄 몰랐다. 그 여자가 핸드폰에 대고 제니, 제니, 제니 하는 소리를 들은 후에야 제니인 줄 알았다. 여자는 쭈그리고 앉아 제니, 제니, 제니 하면서 울고 있었다. 미라는 그길로 다시 학원으로 돌아와 제니의 가방을 접수대에 맡겼다.

그즈음에 미라는 어릴 적 해외로 입양된 사람들이 나오는 TV 프로그램을 봤다. 아이의 이름은 제니가 아니었지만, 미라는 제니, 제니, 재은이, 제니, 그러면서 혼자 중얼거렸다. 제니에게 입양 보낸 딸이 있어서 그 입양 보낸 딸이 마침내 엄마를 찾아내서는 곧 보러 오겠다고 했다면, 그 보러 오겠다는 말에 담긴 것이 그리움인지 복수심인지는 알 수 없지만, 그래도 그래서 엄마인 제니가 딸 제니를 위해 영어를 배울 결심을 했다면 치매 예방이니 머리가 맑아진다느니 따위보다는 훨씬 더 말이 되는 이유일 것 같았다. 엄마를 만나면 뭘 하고 싶으세요? 아나운서의 질문에 입양아는 한동안 말이 없었다. 그러다가 영어로 대답을 했는데 물론 미라는 그 말을 알아듣지 못했고 순식간에 지나간 자막도 읽을 수가 없었다.

더 열심히 해야겠어. 더 열심히 공부해야 해.

또 혼자 중얼거리다 말고, 미라는 문득 TV에 나온 입양아가 제니의 딸 제니일 수도 있지만 자신의 딸이어도 좋겠다는 생각이 들었다. 누가 알겠나. 자신이 어느 시절, 어느 하루에 지금은 기억에서 지워진 아이 하나를 낳았고 또 어느 시절, 어느 하루에 폭풍같이 울면서 그 아이를 어느 길모퉁이에 내다 버렸고 또 어느 시절, 어느 하루에 그 아이가 입양이 되었을지도. 밥 먹기 전에 외운 영어 단어가 밥상을 차리는 사이에 다 사라지는 나이였다. 까마득한 어느 시절의 어느 하루를 잊었다고 해서 이상할 것도 없는 것이다.

잊어버렸으면 좋겠으나 잊어버려지지 않는 것도 있다. 아무리 냅다 내던져 박살을 내버려도 기어코 그 안에서 자기 존재를 증명하는 조각이 있는 법이다. 그런 건 세월이 아무리 흘러도 무뎌지지도 않는다. 남편의 장례식 때였다. 공무원 시험 준비를 한다나, 연예인이 된다나, 햄버거집에서 알바를 한다나, 도무지 어디서 뭘 하고 사는지도 알 수 없는 딸이 어떻게 알았는지 그래도 아버지의 장례식에는 왔었다. 딸이 그녀의 무릎 앞에 고꾸라져 울었다. 엄마 왜 날 낳았어, 왜 날 낳았느냐고, 그러면서 울었다. 아버지가 죽었는데 절 왜 낳았느냐고 통곡하는 딸도 있는데, 입양 보낸 딸이 있다고 해서 이상할 것도 없었다.

한 무리의 단체 관람이 또 끝난 모양이었다. 아이들이 일제히 전시실에서 우르르 몰려나가고 나자 전시실 안에는 이제 미라와 제니밖에는 없었다. 아이들이 몰려나가는 서슬에 꾸벅꾸벅 졸던 제니도 깨어 주변을 둘러보다가 갑자기 어깨를 움츠렸다.

"무서운 느낌이 드네."

"뭐가요?"

"저것들이 다 땅에서 나왔다고 생각하니까."

"그게 무서워요?"

"그럼 자기는 안 무서워요?"

"뭐가?"

제니는 대답하지 않았다. 대답할 수 없는 어떤 비장하거나 비통한 것을 떠올리는 게 아니라 무슨 말을 해야 할지 모르는 얼굴이었다. 단순하고 무식한 얼굴. 뮤지엄도 모르고 디테일이라는 단어도 모르는 초급반 여자의 얼굴이었다. 그 초급반 여자는 학원에

올 때마다 얼마나 요란하게 화장을 하는지 학원 수강생들에게 구경거리가 되기까지 했으나 정작 본인은 그걸 몰랐다. 미라도 차마 말을 해줄 수가 없었는데, 젊은 아이들이 지들끼리 모여 '그 할머니 봤어? 마이클한테 막 꼬리 치고 그러는 거 봤어?' 이러면서 웃어대더라는 말을 어떻게 해줄 수가 있겠는가. 꾸벅꾸벅 조는 동안 화장이 뭉개져 제니의 얼굴은 거의 처참한 지경이었다. 그렇더라도 애들에게 할머니라고 불릴 정도의 얼굴은 아니라고, 미라는 느닷없이 제니 편이 되어서 속으로 애들을 향해 욕을 했다.

……같은, 개……, 씹……, 같은……, 씨팔 년들!

그나저나 무섭다니 대체 뭐가. 기껏해야 무덤이고, 죽음이고, 불구덩이일 뿐인데. 미라의 남편은 화장을 했다. 그는 불속으로 들어갔다가 항아리에 담겨서 나왔다. 하나의 인생이 다 태워지고, 곱게 빻아져, 항아리에 담겼다. 언젠가 그녀도 죽어 그 항아리에 같이 담길 수 있을까. 남편과 항아리 안에서라도 다시 만나고 싶을 만큼 그가 그리워서가 아니었다. 가루가 되어 섞이는 기분은 어떤 걸까. 밀가루처럼 곱게 빻여 속속들이 섞이는 기분은 어떤 걸까. 깨지지 않고, 박살이 나지 않고, 조각이 되어 남지 않고…… 가루가 되는 것은.

남편이 죽은 후, 반드시 남편이 죽어서만은 아니었겠지만, 어차피 그렇게 될 일이었겠지만, 그녀는 자신의 온몸이, 자신의 인생 전부가 깨진 항아리 같다고 여기기 시작했다. 서서히 서서히 금이

가다가 나중에는 무언가가 자꾸 흘러나오는데, 그게 그냥 텅 빈 소리인 것이다. 질그릇의 내벽에 갇혀 있다가 비로소 흘러나오는 소리는 공허했고, 아무것도 아니었고, 그런가 하면 욕설 같았고, 분했다. 집안에 홀로 있으면 그 소리가 온 집안을 채우다못해 온 몸이 그 소리에 봉인되어버리는 듯했다. 불행히도 그녀는 이제 스물네 시간, 열두 달 내내 혼자였다. 집을 나간 딸은 그녀가 죽어서야 그녀를 찾아올 것이고, 그리고 그녀의 영정 앞에 엎드려 울 것이다. 왜 날 낳았어. 왜 낳았느냐고. 그렇게 악을 써가면서 울 것이다. 그녀가 이제 혼자가 되지 않는 방법은 그녀가 언제 입양을 보냈는지도 알 수 없는, 있는지 없는지도 알 수 없는 그런 딸, 제니가 그녀를 찾아와주는 것밖에는 없을 것이다. 그러면 인생이 통째로 다시 시작될 수 있을까. 아이에게 다시 젖을 먹이기 위해 메마른 몸에 물이 돌고, 생리가 다시 터지고, 그럴 수 있을까. 미라의 나이 예순일곱이었다. 겨우, 말이다.

그녀는 자주 산책을 나갔다. 집밖으로 나와도 질그릇의 내벽을 울리는 것 같은 소리는 멈추지 않았다. 그래서 그녀는 점점 더 멀리 걸었고, 점점 더 돌아오는 길이 피로해졌다. 영어학원 플래카드는 토기박물관 플래카드가 걸린 바로 그 자리에 걸려 있었다. 미라는 그 플래카드가 걸리는 걸 봤었다. 한국 남자 하나와 외국 남자 하나가 그 플래카드를 걸고 있었다. 사다리 위에 있는 한국 남자가 플래카드를 거는 동안 사다리 아래의 외국 남자가 높이를 지시했다. 업 다운, 업업, 다운다운…… 미라는 자신도 모르는 사이에 그 말을 따라 했다. 업 다운, 업업, 다운다운…… 머리 빛깔이 옅은, 눈 색깔도 옅은 외국인인 젊은 남자가 미라를 돌아보고 환하게 웃으며 '하이' 했다. 미라도 수줍게 '하이' 했다.

미라가 화장실에 다녀왔을 때, 제니가 보이지 않았다. 먼저 간다는 말도 없이 가버렸나? 미라는 전시실을 한 바퀴씩 다시 돌았다. 제니는 보이지 않았다. 제니뿐만 아니라, 아무도 없었다. 폐관 시간이 거의 가까워서 미라가 화장실에서 나올 때 직원 하나가 말없이 손가락으로 자기 손목시계를 가리켰었다.

그나저나 제니는 어디로 가버린 걸까. 두번째 전시실에서부터 지친 기색이 완연하더니 나중에는 의자에 앉아 일어날 생각을 하지 않았었다. 미라 혼자서 관람을 하며 잠깐씩 돌아보았는데, 그래도 망신스럽다는 생각은 있었는지 자세가 아주 꼿꼿했다. 그러나 다가가보니 졸고 있는 정도가 아니라 아예 깊은 잠에 빠져 낮게 코까지 골고 있었다. 미라는 잠시 전까지만 하더라도 그 소리가 전시실의 환풍기 팬 같은 게 돌아가는 소리라고 생각했었다. 아니면 어떤 사람이 너무 무섭지는 말라고 틀어놓은 배경음이거나. 전시실에는 잠들어 있는 제니와 홀로 서 있는 미라뿐이었다.

미라는 제니를 어디에서 찾아야 할지 알 수 없었다. 아무데서도 보이지는 않았으나 그렇다고 말도 없이 혼자 가버렸을 것 같지도 않아 미라는 제니가 앉아 있던 자리에서 좀더 기다려보기로 했다. 의자 아래에 뭐가 보였다. 제니가 떨어뜨린 브로슈어였다. 그 옆에는 학원 수강증도 같이 떨어져 있었다. 지퍼가 없는 가방을 들고 다니는 제니는 툭하면 뭔가를 떨어뜨리고 쏟아냈다.

브로슈어는 반듯하게 접어 의자 위에 놓고, 수강증은 자기 가방에다 넣어두려다가 미라는 문득 그 수강증을 찬찬히 살펴보았다. 뭔가 이상했다. 분명히 제니의 사진이 박힌 수강증인데, 이름이 자신의 것이었다. 미라는 얼른 백 속을 뒤져 지갑을 꺼냈다. 학원에서 수강증을 검사하는 일은 결코 없었지만, 그녀는 늘 수강증을 지갑 속에 넣어 다녔다. 그러나 지갑 속에 그녀의 수강증은 보이지 않았다.

미라의 미간이 좁고 깊어졌다. 제니와 자신이 이토록 닮은 얼굴이었단 말인가. 내가 내 사진을 분간할 수 없을 정도로 닮은 얼굴이란 말인가. 아무리 봐도, 다시 보고, 또 봐도 사진은 제니처럼 보였다. 그때 만일 전시실 안에 누군가라도 있었다면 미라는 물어봤을지도 모른다. 이 사진이 나 같아요?

전시실은 텅 비어 있었다. 금이 가고 조각이 난 질그릇들을 담은 유리 상자들만 문득, 문득 서 있을 뿐이었다. 미라는 유리 상자 앞으로 다가갔다. 전시실 안에는 거울이 없었으므로 유리 상자에라도 자신의 얼굴을 비춰보고 싶었다. 얼굴보다 먼저 토기가 보였다. 깨진 질그릇들은 오래된 상처를 흔적으로 품고 다시 되맞춰졌다. 어떤 상처도, 어떤 흔적도 완전히 똑같은 것은 없을 터이다. 그러니 수천 개의 조각 중, 수만 개의 조각 중 단 하나의 조각을 찾는 일은 얼마나 힘들었을까. 그럼에도 어떤 토기들은 완전히 똑같아 보였다. 조각을 맞추고, 틈을 메우고, 상처를 채우자 쌍둥이처럼 닮은꼴이 되었다.

미라는 도로 의자에 가서 앉았다. 제니와 자신이 좀 닮았으면 어떻단 말인가. 자기가 제니이고 제니가 자기라고 해도 뭐 그리 펄펄 뛸 일은 아닐지도 모른다. 안 그런가. 어쩌면, 바로 자신이 제니인 걸지도. 자신에게는 입양을 보낸 딸과, 집을 나간 딸과, 학원을 끊어놓고 덜컥 취직을 한 딸이 또 하나 있을지도. 훨씬 말이 된다는 생각이 들었다. 레벨 테스트 때 하지 못했던 말은 아마 그런 것들이었을 것이다. 질그릇처럼 다 깨져 더는 담을 게 없어진 인생을 이야기하기보다는, 그런데 어느 날 저녁, 난데없이 당신이 '하이' 하더라고, 그래서 입술을 새빨갛게 칠하고 당신을 만나러 왔다고, 그런 이상한 말을 하는 것보다는 훨씬 이치에 닿지 않겠나.

폐관시간 때문에 더는 전시실 안에 있을 수 없을 것 같았다. 복도로 나왔을 때, 저쪽 끝에서 왔다갔다하고 있는 제니가 보였다. 길을 잃은 아이처럼 쩔쩔매는 모습으로. 어쩐지 무서운 느낌이 든다는 폐관시간의 박물관 복도에서 홀로 어쩔 줄을 몰라하며, 곧 울기라도 할 것 같은 얼굴로. 제니가 미라를 향해 고개를 돌렸다. 아무리 봐도 조금도 닮지 않은 얼굴이라고 미라는 생각했는데, 그 모습이 실은 맞은편 전시실 유리문에 비친 자신의 실루엣이란 걸 안 건 겨우 두어 걸음도 옮기기 전이었다. 미라는 걸음을 멈췄다. 도대체 제니는 어디에 있는 것일까. 토기박물관의 시간이 저물고 있었다.

넝쿨

형오와의 마지막 만남은 한 달 전이었다. 여름에서 다시 여름으로 이어지던 한 달. 형오는 배편으로 짐을 모두 부친 후 거의 텅 빈 것이나 마찬가지인 집에서 한 달을 보내야 했다. 빌트인으로 설치된 에어컨이 있었지만 냉방을 가동하는 경우는 거의 없었다. 텅 빈 집은 추웠다, 고 형오는 말했다. 열대야가 이어지는 동안 형오는 집의 냉방을 가동하는 대신 심야 영업을 하는 크림생맥주집이나 새벽의 편의점 앞 야외 테이블에 멍하니 앉아 있곤 했다. 출국 전의 복잡했던 일들이 모두 끝나 비행기를 타기 전까지 더는 남아 있는 일이 없었다. 형오가 내게 편지를 쓴 이유는 그래서였다. 그래서였다, 고 편지에 썼다.

윤아. 형오는 내 이름의 앞자를 빼고 불렀다. 마치 다정하고 오래되고 익숙한 연인처럼. 형오가 나를 그렇게 부른 기억이 없었다. 이름의 앞자를 떼든 뒷자를 떼든, 형오가 나를 이름으로 부른 적이나 있었는지 모르겠다. 형오에게 나는 언제나 '야'였다. 야! 야야! 야아! 야, 아 씨발 진짜, 등등, 기타 등등, 언제나 '야'. 형오와 나는 연년생 남매였다. 정확히는 십칠 개월 차. 나보다 십칠 개월 먼저 태어난 형오를 나 역시 오빠라고 불러본 기억이 없다.

우리는 그냥 보통의 남매였다. 내 뒤통수에는 형오가 밀어서 넘어졌을 때 다친 흉터가 있었고, 형오의 팔뚝에는 내가 깨물어서 남긴 상처가 있었다. 보통의 연년생 남매처럼 우리는 툭하면 싸웠다. 어렸을 때는 주로 치고받고 육탄전을 했고, 좀더 커서는 말다툼을 하다가 서로의 방문을 쾅 하고 닫았고, 나중에는 술에 취해 언성을 높이다가 더 만취를 해서는 서로 끌어안고 이제 막 한 자궁에서 떨어져나가야 할 운명인 쌍둥이 남매이기라도 한 양 엉엉 통곡을 하기도 했다. 그러는 동안 내 뒤통수의 흉터는 머리카락에 감춰져 잊혔고, 형오의 팔뚝 상처는 본인이 주장하지 않으면 알아보지 못할 만큼 희미해졌다.

형오의 편지에는 별 내용이 없었다. 그야말로 할 일이 없어서, 심심해서 쓴 편지처럼 시답잖은 말들로, 주어와 서술어가 어긋난 문장들로 가득차 있었다. 형오는 곧 필리핀으로 떠날 예정이었다. '아는 선배' 중의 하나가 그곳에서 '무슨 사업'인가를 한다고 했다. 영어 잘하는 예쁜 여자들도 많대. 그런 여자들이랑 애를 낳으면 일단 애들 영어 교육비는 먹고 들어간다는 거지. 형오는 시답잖은 농담을 했다. 한 달 전, 집 근처의 이자카야에서 저녁을 겸해 사케를 마시고 있을 때였다. 결혼을 한다는 말 대신 애를 낳는다는 말을 할 때 잠깐 웃어줘야 하는 게 아닌가 싶었지만, 끝내 웃음이 나오지는 않았다.

우리는 그때 창가에 붙어 있는 높은 바의 스툴에 나란히 앉아 있었다. 서로 얼굴을 바라보는 대신 창밖을 내다보며 주고받는 말이 이어지다가 끊어지곤 했다. 창밖으로는 좁은 골목을 사이에 둔 카페가 바라보였다. 한 남자가 혼자 앉아 우리처럼 창밖을 내다보고 있었다. 남자의 테이블에는 커피잔 하나만 달랑 놓여 있었다. 달랑 놓인 커피잔처럼 남자 역시 그 텅 빈 카페 안에 달랑 놓인 손님이었다. 이상한 풍경이었다. 늦은 밤, 카페에 홀로 앉아 창밖을 내다보는 남자는 영화 속의 풍경처럼 멜랑콜리해 보이는 대신 위험해 보였다.

"그런데 말이야……"

카페의 남자에게 정신이 팔려 있는 사이 형오가 말했다. 순간, 마치 자동반사처럼 몸안에서 무언가가 찌릿했다. 그럴 줄 알았다. 형오가 그냥 만나자고 했을 거라고는 생각하지 않았다. 무엇보다도 형오가 그냥 떠날 거라고는 믿지 않았던 것이다. 형오는 '개'에 대해서 이야기하려는 것이다. 그런데 말이야, 개 말이야……

나는 모른 척했다. 창밖만 내다보면서, 아무 말도 들은 적 없다는 듯이. '그런데'라는 말 따위는 절대로 들은 적 없다는 듯이. 그러나 다리가 떨리고 있었다. 스툴의 발판에 걸쳐진 발과 바닥의 거리가 까마득하게 느껴졌다. 떨어질 것 같았고, 떨어지면 죽을 것 같았다. 나는 스툴의 둥근 좌판을 두 손으로 움켜쥐었다.

그때 길 건너 카페의 남자가 갑자기 몸을 일으켰다. 그는 두 손바닥을 유리창에 대고 거의 코를 붙일 듯한 자세로 밖을 내다보았다. 골목에는 지나가는 사람이 아무도 없었다. 그가 바라보는 것이 나라는 생각이 들었다. 저기 한 여자, 몸속의 스파크를 감추고 다리를 떨고 있는 여자. 그 남자가 유리창에 두 손을 대고 외치듯이 내게 묻고 있었다. 야, 너 괜찮아?

괜찮지 않았다. 그 일이 있은 이후, 나는 단 한 순간도 괜찮아본 적이 없었다.

형오의 편지를 받은 날, 나는 긴 밤산책을 했다. 시답잖은 말들로만 가득차 있던 형오의 편지가 정작 내게 하려고 했던 말이 무엇인지 나는 알았다. 이제부터 나는 혼자라는 거. 어떤 경우에도 혼자라는 거.

긴 시간을 걸었으나 멀리 가지는 못한 채, 나는 어느 주택가의 작은 놀이터에 앉았다. 여전히 한여름 밤이었다. 밤 열시가 지난 시간이었음에도 날은 여전히 더웠다. 동그란 전구를 매단 가로등에서 더운 불빛이 뿜어져나와 나뭇잎들을 다시 덥혔다. 밤의 공원, 푸른 나뭇잎들이 한낮 개의 혀처럼 늘어져 있었다. 가로등 아래에는 날벌레들이 보였다. 필사적으로 불빛 아래로 몰려들어 필사적으로 무리를 짓고 있는 날것들. 밤의 무늬들이었다.

여자 하나가 유모차를 끌고 다가와 내 옆의 벤치에 앉았다. 더워 잠 못 드는 아기를 데리고 산책을 나온 모양이었다. 유모차의 방충망이 내려져 있어서 안에 든 아기는 보이지 않았지만 노래를 부르는 듯한 옹알이 소리가 들렸다.

"몇 살이에요?"

여자가 미소를 띠며 나를 바라보았다.

"이제 돌 지났어요."

아기를 보여주려는 듯 방충망 쪽으로 손을 뻗던 여자가 대신 그 손으로 다른 쪽 손등을 때렸다.

"올해는 모기도 많은 거 같아요. 그쵸?"

여자가 내게 다정히 말했다. 나는 네, 라고 대답했다.

"모기도 많고, 덥고, 큰일났어요."

"네."

"누구 기다리세요?"

"아니요."

여자가 잠깐 나를 쳐다보다가 유모차 쪽으로 시선을 돌렸다. 다시 아기의 옹알이 소리가 들렸다. 여자가 방충망 쪽으로 고개를 숙였다.

"몇 살이에요?"

여자가 고개를 들어 나를 쳐다보았다. 여자의 얼굴이 살짝 굳는 듯했다.

"하도 어려 보여서. 엄청 동안이신가봐요. 애엄마 안 같아 보여요."

굳었던 여자의 얼굴에 다시 미소가 번질락 말락 했다.

"집에 들어가세요."

여자의 미소는 사라졌다. 그러고는 곧바로 위험을 감지하는 얼굴이었다. 세상에는 미친놈만 있는 게 아니라 미친년도 있을 수 있는 거니까. 어쩌면 미친년이 훨씬 더 위험할 수도 있는 거니까.

"위험하잖아요. 밤인데. 더군다나 그렇게 이쁘고 어려 보이면서."

여자는 두말없이 일어나 유모차를 밀었다. 그 속도가 거의 달리는 듯했다. 여자의 집은 놀이터 바로 앞의 연립주택이었다. 여자는 안으로 들어서자마자 활짝 열려 있던 공동 출입구의 문을 닫으려고 기를 썼다. 문은 낡고 무거워 보였다. 그 문이 닫힐 때 끼익 소리가 내게까지 들렸다. 문안의 여자가 문밖의 나를 멀리 내다보았다. 여자는 벌써 자신과 자신의 아기가 안전하다고 믿고 있는 눈치였다. 고작 저 낡은 유리문 하나를 닫아놓고서. 순진하기는.

오래된 연립주택이었다. 곧 재건축에 들어가지 않으면 무너지기라도 할 것 같은. 낡은 문처럼 벽도 오래되고 부실해 보였다. 거리의 모든 소리들이 덩굴식물의 손처럼 틈마다 기어들어가 잔뿌리를 내릴 것이다. 저 연립주택의 어느 집도 단 하룻밤의 완전한 정적을 기대할 수 없을 게 틀림없었다.

내가 발견되었던 공사장 앞의 연립주택도 그랬다. 낮에는 굴착기가 땅속의 바위를 깨고, 밤에는 낮에 덜 깨진 바위들이 스스로 몸을 굴려 다시 조각이 났을 것이다. 너무 취해 길을 잘못 든 여자가 엄마, 엄마 울며 헤매고 다니기도 했을 것이다. 형오의 원룸 근처였고, 학교 근방이었고, 먹자골목이 가까운 곳이었다. 그날 밤, 어떤 일이 벌어지든, 나와보는 사람은 없었다.

나는 거의 죽기 직전이었다. 비유적인 표현이 아니라 말 그대로 그랬다. 온몸이 찢기고 부러지고 으깨져 살아나더라도 다시는 전과 같은 상태로 회복되지 않을 거라고 했다. 의사의 말은 틀리지 않았다. 붙이고 꿰매고 고치는 반복적인 수술에도 불구하고 내 몸의 어떤 흉터들은 영구적인 것이 되었다. 왼쪽 눈의 시력을 거의 잃었고 그 눈과 눈썹 사이에는 길게 찢긴 상처가 남았다.

연립주택과 공사장 사이에는 컨테이너들이 모여 골목을 이루고 있었다. 컨테이너 사이로 질질 끌려가는 동안 가로등 불빛이 가려졌다가 다시 나타났다. 새벽까지 잠들지 않은 연립주택의 어느 집 불빛도 보였다. 어쩌면 TV 소리도 들었는지 모른다. 나는 비명을 질렀다. 비명을 질렀다고 진술했다. 아무도 나타나지 않았다고도 진술했다. 어떤 집의 불이 꺼졌다고도 말했다. 내가 비명을 지르고 죽도록 얻어맞는 동안 어떤 집의 전등이 굿나잇, 말하듯이 태연하게 꺼졌다고.

형오의 군 입대를 사흘 앞두고 고등학교 동창들과 송별회를 하던 날이었다. 학위를 핑계로 미루고 미루어 거의 서른이 가까워서 하게 된 입대였다. 그랬음에도 그 비장함과 서글픔은 다를 게 없어서 형오는 일찌감치 만취를 했고, 친구들 역시 마찬가지였다. 어쩌다가 그 자리에 합석을 하게 된 나 역시 그랬다. 형오의 원룸에서 자고 가겠다고 엄마에게 전화를 걸었을 때는 완전히 혀가 꼬여 있었다. 미친년, 술이 떡이 됐구나! 욕을 잘하는 엄마였다. 엄마는 형오를 바꿔달라고 했고, 나보다도 더 떡이 되어 있는 형오에게 동생 잘 챙기라는 당부를 했다. 형오가 통화를 하는 동안 나는 옆에서 쉬지 않고 소리를 질러댔다. 엄마, 얘가 더 취했어! 얘가 더 미친놈! 엄마, 얘가 더 미친놈! 어쩌자고 그 통화에 대한 기억은 그토록이나 생생한 것일까.

형오의 원룸에서 3차가 이어졌다. 처음부터 있었던 세 명이 끝까지 남아 있었고 중간에 두 명이 더 합류했다. 좁은 원룸에 앉을 자리가 없을 지경인데도 술 놓을 자리는 필요해서 누구는 침대 위에 앉고 누구는 신발장에 기대 현관 바닥에 앉아야 했었다. 한 사람이 화장실에 가기 위해 일어설 때마다 자리가 바뀌었다. 치마 밑으로 누군가의 손이 들어오는 걸 느끼고 소리를 질렀을 때, 내

오른쪽에는 형오가 있었고, 왼쪽에는 형오의 '개'가 있었다. 형오가 주먹을 날리는 것과 동시에 술자리는 치고받고 말리느라 난장판이 되었고, 아랫집과 옆집에서 소리를 지르고 욕을 했고, 윗집에서는 무언가를 쾅쾅 내리치는 소리가 들렸다. 마치 건물 전체가 서로를 죽일 듯이 싸움을 하는 것 같았다. 형오의 친구들이 떠나자 건물도 조용해졌다. 마치 격렬한 싸움에 지쳐 쓰러져 순식간에 잠이 들어버린 것처럼. 그러니까 형오처럼.

그 일이 일어난 후 형오를 가장 못 견디게 한 것은 그 모든 일이 벌어지는 동안 자신은 잠들어 있었다는 사실이었다. 자기 집에서 일 킬로미터도 안 떨어진 곳에서 동생이 그런 일을 당하는 동안 자기는 이불을 걷어차고 셔츠를 걷어올려 득득 배를 긁어가면서 세상모르고 잠들어 있었다는 것. 오바이트를 몇 번 했고 그러느라 몇 번이나 잠이 깨긴 했지만 그때에도 동생이 집에 없는 것은 알지 못했다는 것…… 아니다. 알았을 것이다. 내가 없다는 것을 알아차리지 못하기에는 그 원룸은 너무 좁은 공간이었다. 자신이 혼자라는 사실을 안 후, 그는 바닥에서 내게 내주었던 침대로 기어올라갔고, 이불을 다리 사이에 말며 아이 씨, 아이 씨 중얼거렸다. 그 새벽에 내가 기어코 집엘 돌아갔다면 나중에 엄마 아빠한테 큰 야단을 맞게 되리라는 생각이 그 와중에도 들었다고 했다. 그랬던 것 같다, 고 형오가 내게 말했었다.

그런데…… 그 새벽에 나는 왜 형오의 원룸에서 나와 밤거리에 있었던 것일까. 냉장고에 생수가 한 병도 없었다. 어쩌면 미칠 듯한 갈증 때문에 편의점을 찾아가는 길이었는지도 모른다. 아니면 그 난장판을 겪은 후 태연하게 곯아떨어진 형오에게 또 미칠 듯이 화가 났던 것인지도 모른다. 혹은 난데없이 엄마 아빠가 너무나 보고 싶어졌던 것일지도 모른다. 그토록 술에 취해 있었으니 그중의 어느 하나 가능하지 않은 감정이 없었다. 그러나 길에서는 달랐다. 무슨 까닭으로, 어떻게 나왔든, 길은 길이었다. 게다가 인적조차 없는 깊은 밤길이었다. 갑자기 정신이 번쩍 들었다.

뒤에서 발소리가 들렸다. 취기로 인해 흔들리던 몸이 이번에는 긴장으로 덜덜 떨리기 시작했다. 발소리는 내가 빠르게 걸으면 빨라지고, 내가 느리게 걸으면 느려졌다. 분명했다. 달아나야 한다고 생각하는 순간, 나를 부르는 소리가 들렸다.

"야."

몸의 긴장이 스르르 풀렸다. 낮고 다정하고 익숙한 부름이었다. 그래도 꼴에 오빠라고, 쫓아 나오기는 했네! 새침을 떠느라 반갑게 뒤돌아보고 싶은 것을 참는 사이였다. 거대한 손이 내 목을 감고 내 입을 막았다.

나는 그곳에 있고, 그가 나를 때려요.

진술은 그렇게 시작됐다. 나는 나중에야 그 말이 얼마나 어색한 것이었는지를 깨달았다. 그건 마치 잘못 배운 외국어 같은 말투가 아닌가. 도대체 어째서 그런 말투가 튀어나왔을까.

그, 김정호는 그의 집 근처 안과에서 검거되었다. 그는 실핏줄이 터진 눈을 치료하던 중이었다. 나만큼은 아니었지만 그 역시 참혹하게 깨지고 다친 모습이었고, 경찰과 마주쳤을 때는 고열 환자처럼 얼굴이 달아올랐다. 경찰차 안에서 그는 울음을 터뜨렸다. 그랬다, 고 경찰이 말해주었다. 울면서 실수였다고 말하더라고.

그래서 내가 물었습니다. 당신은 그런 것을 실수라고 말합니까?

아니다. 경찰이 그렇게 말했을 리가 없었다. 내 머리의 어딘가가 내 말뿐만 아니라 모든 사람들의 말을 번역 투로 교정하고 있는 것 같았다. 경찰의 말은 아마도 이런 것이었을지 모른다.

실수라고? 사람을 그렇게 만들어놓고 실수라고? 씨발좆나개같이 패놨잖아, 네가, 그 아가씨를! 그런데 그걸 실수라고?

경찰은 사투리를 썼다. 경상도 쪽의 억양이 뚜렷했다. 그토록 심한 억양의, 게다가 때때로 욕설까지 섞여 있는 경찰의 말이 자꾸 내셔널 지오그래픽 채널의 내레이터 음성처럼 들렸다.

보십시오. 저 영양들은 죽음을 무릅쓰고 강을 건넙니다. 씨발좆나개같이 건넙니다. 심한 가뭄에 마실 물을 찾아서지요.

내셔널 지오그래픽 채널의 내레이터 음성을 흉내낸 것은 그, 김정호였다. 형오의 원룸에서였다. 일찍 결혼해 얻은 아이가 〈동물의 왕국〉 같은 프로그램에 미친다고 했다. 그렇더라도 술을 마시면서 그딴 걸 흉내내는 그가 이상해 보였다. 연예인의 유행어도 아니고, 술자리에서 내셔널 지오그래픽이라니. 찐따이거나 변태이거나. 아무도 그의 성대모사에 반응을 보이지 않았다.

형오는 이튿날 아침, 아니 거의 정오가 다 된 시간까지 잠들어 있다가 전화를 받았다. 진동 소리가 하도 시끄러워 이불 속에 묻어버렸던 핸드폰에는 부재중 전화 열두 번, 또 그만큼의 문자메시지가 기록되어 있었다. 모르는 번호와 어머니, 아침밥은 먹었느냐는 어머니의 메시지와 경찰이라는 메시지, 다시 어머니와 경찰. 내게서 온 것도 있었다. 첫번째 부재중 전화. 새벽 세시 삼십사분. 사건이 벌어진 후는 아니었다. 형오의 원룸에서 나온 직후 전화를 걸었던 모양인데, 나는 기억하지 못했다.

새벽 길거리에서 환경미화원에게 발견되었을 때, 내게는 핸드폰도 지갑도 없었다. 정신도 없었다. 구급차 안에서였는지, 병원에 도착한 후였는지, 무의식중에 형오의 이름을 부르더라고 했다. 누구냐고 물었더니 대답을 했고, 놀랍게도 전화번호까지 말하더라고 했다. 그야말로 놀라운 일이 아닐 수 없었다. 나는 그때까지 내가 형오의 핸드폰 번호를 외우고 있는 줄도 몰랐었다. 형오는 그 모든 말을 경찰에게서 들어야 했다. 제정신이 아닌 상태로. 피로 범벅이 되어 찢어져 있는 내 옷을 확인하고, 수술실에 들어가 있는 내가 자기 동생이 맞는다는 걸 확인하고, 사시나무처럼 떨면서. 울지도 못하고 떨기만 하면서.

형오는 내 수술이 끝나기를 기다리지 않았다. 덜덜 떨며 경찰의 말을 듣고, 경찰이 묻는 말에 대답을 하고, 부모님께 전화를 하고, 어머니의 비명소리를 전화기로 듣고, 아버지가 그에게 '이 자식아, 이 자식아' 외치는 소리를 듣고, 몇 분쯤 수술실 앞 의자에 고개를 묻고 앉아 있었다. 그러고는 경찰에게는 아무 말도 하지 않고 병원을 빠져나가 김정호에게로 갔다. 김정호는 말짱한 얼굴로 출근해 있었다. 형오야! 문자를 받고 내려온 그가 방문객과 직원을 가르는 로비의 출입구에서 형오의 이름을 불렀다. 형오는 그가 출입구의 바를 밀기도 전에 그 바를 뛰어넘었다. 순식간에 육탄전이 벌어졌다.

그후, 형오는 사투리를 쓰는 형사에게 전화를 걸었다. 자기 손으로 이 자식을 죽여버리기 전에 빨리 잡아가라고 했다. 그때 형오의 목소리는 물론 비통함으로 가득차 있었겠으나, 또한 멋진 복수극 영화의 주인공 같기도 했을 것이다. 김정호가 실핏줄이 터진 눈을 치료받아야 했던 이유였고, 병원에서 검거된 이유였다.

형오는 이틀 뒤에 정상적으로 입대했다. 멍들고 부은 손등을 습관적으로 어루만지면서, 가끔씩 다리도 절면서. 다리를 절 일은 없었을 텐데, 어쩐 일인지 다리까지 아팠다. 그러면서 사람을 때리는 일이 이토록 힘들고 고된 일인가 생각했다. 게다가 그토록 힘들고 고된 일을 치렀음에도 죽도록 얻어맞은 것은 그 자신 같았다. 그는 괴롭고 고통스러웠다. 하나밖에 없는 동생도 못 지킨 주제에 입대를 하고 있었다. 나라를 지키기는커녕 그는 자기 자신조차도 못 지킬 것 같았다. 군 복무 기간 내내 형오를 괴롭힌 것은 그 모든 일이 벌어지고 진행되는 동안 자신은 아무것도 할 수 없다는 사실이었다. 마치 곯아떨어져 잠들어 있던 그날 밤처럼. 내가 몇 번의 수술을 받고, 공황장애를 겪고, 밤마다 비명을 지르고, 때로는 아파트 창문에서 뛰어내리려는 시도까지 하는 동안, 형오는 군대에서 동생 대신 나라만 지키고 있어야 했다는 사실. 김정호가 연행되고, 구치소에 갇히고, 회사에서 쫓겨나고, 이혼을 당하고, 형오와 나처럼 연년생인 두 아이의 친권을 빼앗기고, 재판을 받고, 형을 언도받는 동안, 자신은 단지 군대에 있어야만 했다는 사실.

습관적으로 형오는 입대 당일에 퉁퉁 부어 있었던 손등을 어루만졌다. 김정호를 때린 기억은 아무 위로도 되지 않았다. 그가 이혼을 한 것도, 회사에서 쫓겨난 것도, 감옥에 갇힌 것도 전혀 위로가 되지 않았다. 울분과 우울이 형오를 소대 내 왕따로 만들었다. 선임들에게 툭하면 얼차려를 당하는 동안, 김정호를 때렸던 손등에 굳은살이 다시 생겼다. 형오는 기합과 폭행을 당할 때에만 간신히 울분과 우울에서 벗어날 수 있었는데, 그 고통이 잠시나마 죄의식을 잊게 해주었기 때문일 것이다. 그러나 형오는 자신이 어떻게 한다고 해도 내가 당했던 고통을 실감할 수는 없으리라고 생각했고, 그렇기 때문에 자신의 인생은 이제 완전히 어긋나버렸다고 믿었다. 김정호 대신 진범이 잡혔다는 소식을 듣기 전까지는 그랬다. 그 소식을 형오는 군대 전화로 들었는데, 그때 어쩌면 형오가 들은 말도 외국어 번역문처럼 들리지 않았을까. 당신의 '개'는 누명을 쓰고 감옥에 있었습니다. 이제 당신은 어쩌시겠습니까?

어린 시절 우리는 무적의 남매였다. 우리끼리 있을 때는 그랬다. 형오는 배트맨, 나는 원더우먼, 그런 식으로. 우리는 악당을 물리쳤고, 세상을 구했다. 그러나 놀이터에 나가서 힘센 아이를 만나면 서로 손을 붙잡고 쭈뼛쭈뼛 뒷걸음을 치다가 그냥 집으로 돌아오는 게 다였다. 집에 돌아와 우리가 얼마나 비겁한 남매인지를 확인하며 서로를 비난하는 일은 없었다. 문이 닫히자마자 우리는 다시 무적의 남매였다.

군대에서 형오가 내게 전화를 걸어온 것이 그때가 처음이었다. 그러니까 형오의 '개'가 진범이 아니라는 소식을 듣던 날. 첫 전화일 뿐만 아니라 그 일이 있은 후 처음으로 나눈 단둘만의 대화이기도 했다. 휴가를 나와 부모님의 집에서 같이 머물 때도 형오와 나는 단둘이 있었던 적이 없었다. 우리가 다시 예전의 남매로 돌아간다는 것은 영원히 불가능한 일처럼 보였다. 사소하게 돈을 꾸거나, 식당에서 점심을 먹고 지갑을 가져오지 않았다고 전화를 걸거나, 무거운 택배 박스를 옮기는 걸 도와달라고 소리를 지르거나 하는…… 그러니까, 그런 일들, 그런 남매로 돌아가는 것은.

그러나 그날 형오는 내게 전화를 걸었다. 그러지 않을 수 없었을 것이다. 전화 속, 형오의 목소리가 덜덜 떨리고 있었다.

"어떻게 된 거야, 어떻게 된 거냐고! 걔 맞다고 그랬잖아. 너도 걔라고 그랬잖아! 씨발좆나개같이, 이제 어쩔 거냔 말이야!"

혹시 사건이 있던 날 밤 내셔널 지오그래픽 채널의 내레이터 음성을 흉내냈던 것은 형오의 '걔'가 아니라 형오였던 게 아닐까.

형오가 그 소식을 듣기 전에, 그러니까 진범이라는 자가 따로 있다는 사실을 형오가 알기 전에, 물론 나도 그 이야기를 들었다. 충격이라기보다 어이가 없었다. 처음에는 그랬다. 그건 말이 될 수가 없는 일이었던 것이다.

그날 밤, 아니 그 새벽, 컨테이너 골목을 돌 때마다 가로등 불빛이 밝아졌다 희미해지곤 했었다. 나는 그 얼굴을 봤다. 그토록 낯설고도 익숙한 얼굴은 처음이었다. 익숙한 어떤 사람의 몸에서 한 번도 상상해보지 못한 내부가 튀어나온 듯한 얼굴이었다. 마치 동굴 속 악마처럼, 깊고 음험한 어둠 속에서 아가리를 뚫고 기어나온 내부처럼 말이다. 백 번을 말하고 천 번을 말한다고 하더라도, 나는 그를 똑똑히 봤다. 아무리 술에 취해 있었고 아무리 패닉 상태였다고 해도 그건 틀릴 수가 없는 일이다. 착각을 할 수 있는 일이 아닌 것이다.

경찰의 생각은 달랐다. 사건이 벌어지기 전 형오의 원룸에서 벌어졌던 소동이 내 기억에 영향을 미쳤을 거라고 했다. 내가 경찰에게 진술을 하기도 전에 형오가 먼저 그를 범인으로 몰아 폭행했던 것이 더욱 결정적인 영향이 되었으리라고 했다. 경찰이 그를 검거했을 때 그가 '실수였다'고 자백했던 것도 내가 받은 영향 중의 하나일 거라고 했다. 김정호는 나중에 자신이 말한 실수란 형오의 원룸에서 내 허벅지에 손이 닿았던 것이었다고 필사적으로 해명했지만 조사중에도, 재판중에도 받아들여지지 않았다. 심지어는 그의 변호사조차도 그를 믿지 않았다. 참혹하게 부서지고 으깨진 피해자가 존재하는 사건이었다. 그리고 그 피해자가 가해자를 정확하게 지목한 사건이었다.

그러나 동종 범죄를 저지른 범죄자의 여죄를 추궁하다가 밝혀진 진범에게는 이른바 트로피라고 할 결정적인 증거가 있었다. 나를 그렇게 만든 후 나를 찍어놓은 사진이었다. 기억은 믿을 수 없지만 기록은 증거가 되었다. 그 증거와 기록 앞에서 끝까지 무너지지 않으려고 기를 쓰는 사람은 그때, 오직 나뿐이었다.

"미친 거 아니에요?"

나는 외치듯이 말했다.

"무슨 헛소리를 하고 있어요? 나는 그곳에 있고, 그가 나를 때리고 있는데요! 나는 그가 이렇게 생생히 보이는데요!"

형사가 물끄러미 나를 바라보았다. 그 무표정한 얼굴이 실은 분노와 역겨움을 참고 있는 얼굴이라는 것을 나는 곧 알 수 있었다. 그 역시 곤경에 처해 있었던 것이다.

"그런데 말이요."

형사가 무표정한 얼굴만큼이나 건조한 목소리로 물었다.

"그때 사건 정황을 말할 때마다 아가씨 말투가 이상하다는 거 알아요?"

당황과 충격 때문에 거의 얼이 빠져 있던 나는 형사가 무슨 말을 하는 건지도 알아들을 수가 없었다.

"왜 자꾸 이상하게 말하느냔 말이야."

형사의 말투 역시 이상했다. 그가 내게 이런 말투를 쓴 기억이 없었다. 사건 당시 그가 나를 어찌나 깊이 이해하고 연민해주었던지, 나는 거의 그와 사랑에 빠진 듯했었다. 고통스러운 기억이 떠오를 때마다 그에게 전화를 건 것은 아니었지만, 어떤 날 밤에는 오직 그에 대한 그리움 때문에 가슴이 저며지기도 했었던 것이다. 그런데 지금 그가 말하고 있었다. 아니 욕을 하고 있는 것이다.

"씨발좆나개같이 왜 자꾸 영화 보는 것처럼 말을 하냐고오! 피해자가 아니라 목격자처럼 말하고 있잖아아!"

아아, 하느님, 아버지…… 그러나, 누가 뭐래도, 그건 그였어요.

다시 이 말을 해야 할까. 형오와 나는 무적의 남매였다. 어린 시절에는 배트맨과 원더우먼. 그리고 커서는 보니와 클라이드. 그 오래된 영화를 언제 어디에서 보았는지 기억이 나지 않는다. 영화를 좋아하기는 했지만 예술영화나 고전영화 쪽으로는 취미가 없었다. 그런데 어쩌다가 보게 되었을까.

그렇구나. 비행기에서였다. 그 사건 후, 몸이 어느 정도 회복되자 부모님은 나를 LA에 있는 친척집으로 보냈다. 열 시간이었던가, 열한 시간이었던가. 내 생애 가장 긴 비행이었다. 잠이 오지 않아 몇 편의 영화를 계속해서 봤다. 그중에 〈보니 앤드 클라이드〉가 있었다. 영화가 아주 재미있었던 것은 아니다. 게다가 나는 그때 계속 형오를 떠올리고 있었다. 출국하기 전날 형오에게 집으로 전화가 왔었다. 아버지가 형오에게 내 비행 스케줄에 대해서 이야기하는 것을 나는 내 방에서 들었다. 형오는 나를 바꿔달라고 하지 않았고, 나 역시 마찬가지였다. 그래서 잘 다녀오라는 말을 들을 수도, 잘 다녀오겠다는 말을 할 수도 없었다. 만일 형오와 통화를 할 수 있었다면 어쩌면 나는 말했을지도 모른다.

무서워, 형오야.

대체 그런 일을 당한 딸을 미국으로 보내는 부모의 심정은 무엇일까. 엄마는 내게 샌타바버라 해변에서 선탠도 하고, 할리우드에서 영화배우들 구경도 하고, 베벌리힐스에서 아이쇼핑도 하다가 오라고 했다. 말은 근사했지만 실은 극약 처방이나 다름없었다. 그러니까 나를 다시 문밖으로 나가게 해야만 하는, 세상으로 나갈 수 있게 해야만 하는, 그런 부모님의 마음을 모르는 것은 아니었다. 그러나 중요한 것은 부모님이 내 마음을 모른다는 사실이었다.

무서워, 형오야. 내가 총 맞으면 넌 여기까지 날아올 거야?

그런 생각을 하는 중에도 보니와 클라이드는 무지막지하게 총을 쏘아대고 있었다.

한때 형오는 나의 슈퍼맨, 배트맨. 그러나, 이제 와서 너는 무엇이 되었을까. 진범이라는 자가 잡힌 후 형오의 인생도 뒤틀렸다. 내가 그런 일을 당한 후 한번 꼬여버린 인생이 이번에는 영원히 회복이 불가능할 것처럼 뒤틀렸다. 그전까지는 동생을 지키지 못한 오빠였지만, 그후로는 나의 공범이었다. 그러니까 기껏해야 보니와 클라이드, 아무리 멋있어봤자 보니와 클라이드. 어느 쪽이 더 나았을까. 두 번 생각할 것도 없는 일이었다. 그는 간절히 전자 쪽으로 돌아가고 싶었을 것이다. 설령 동생이 죽는 한이 있더라도. 그러니까 내가 죽어버리게 되더라도.

나는, 어쩌면, 내가 그렇게 했을지도 모른다고, 그렇게 믿으려고 노력도 해봐요. 진심이에요. 나는 여기서 종교를 가졌어요. 세상의 모든 신을 믿는답니다. 그중의 어느 한 신이라도 내게 응답하지 않을까요. 내게 개처럼 땅을 뒹굴며 용서를 빌라고 말하지 않을까요. 아무리 생각해도 당신이 나를 무고해야 할 이유가 없기 때문에, 그래서 나는 나를 설득해야만 해요. 내 지워진 기억, 필름이 끊긴 곳에서, 대체 나는 당신에게 무슨 짓을 한 건가요.

나는 그곳에 있고, 나는 당신을 때려요.

그에게서 날아온 수많은 편지들을 내가 다 읽었던 것은 아니다. 부모님은 그의 편지를 검열했고, 내가 읽어도 좋을 만한 것들을 골랐다. 자신의 범죄를 인정하고, 용서를 구하고, 선처를 애걸하는 편지들이 내게로 왔다. 내게까지 도착하지 못한 편지들에서 그는 억울함을, 분노를, 저주를 퍼부어댔을 것이다. 욕설로 뒤덮인 편지는 교도소의 검열을 통과하지 못했을 것이다.

나는 그를 용서할 생각도 없었지만, 그럴 생각이 있었더라도 그럴 방법을 알지 못했다. 그의 문장 때문이었다. 나는 그곳에 있고, 나는 당신을 때려요, 라니. 그것은 범인의 말투가 아니라 범인이기를 강요당한 자의 말투가 아닌가. 그러나 그것은 또한 나의 말투이기도 했다.

나는 머리를 산발하고, 맨발이 되어, 온몸이 부서지고 찢겨진 채, 거리를 달려요. 살려줘요, 살려줘요, 외쳐요. 아무도 문을 열지 않아요. 그가 보여요. 나는 그곳에 있고, 그가 나를 때려요. 내 치마 밑으로 손이 들어와요. 형오가 걔를 때려요. 야, 불러요. 씨발좆나개같이 영양들이 강을 건너요. 걔예요. 걔가 보여요. 내가 보고 있어요. 걔예요! 걔라고요!

진범이 나타난 후, 당황한 사람은 내 담당 형사만은 아니었다. 형오만도 아니었다. 내 부모님은 또다시 급히 LA행 비행기 표를 끊었다. 소용없는 짓이었다. 미국은커녕 달나라까지도 안전하지 않을 거였다. 그후 다시 시작된 소송과 진술과 정신과 진단에 대해서는 더는 말하고 싶지 않다. 모든 것이 똑같았고, 심지어 더 나빴다. 아니, 아주 많이 더 나빴다. 나는 피해자에서 가해자가 되었고, 정신 나간 년에서 미친년이 되었다가 죽일 년이 되었다. TV에서는 암시와 오인에 의한 잘못된 기억이라는 주제로 프로그램을 기획했다. 얼굴을 가리고 음성을 변조한 김정호가 프로그램에 나왔다. 인터뷰를 시도한 기자 앞에서 그는 삼십 초쯤 침묵하다가 일 분쯤 대성통곡을 했다. 자막이 깔렸다. 아무도 이 사람을 믿지 않았습니다.

그 프로그램, 아니, 세상의 모든 사람들이 말하고 있는 듯했다. 내가 틀렸다고. 아니, 내가 미쳤다고. 아니, 내가 나쁜 년이라고. 내가 죽일 년이고, 그래서 그 밤 컨테이너 골목에서 그런 일을 당해도 싼 거고, 감옥에 가야 할 건 바로 너 같은 년이라고. 그러나 내게도 할말은 있었다. 내 기억이 잘못되었다면, 김정호의 기억은요? 그 진범이라는 자의 기억은요?

그즈음 나는 자주 눈을 감고 있었다. 무언가 더 확실한 것을 떠올리기 위해서가 아니라, 이제까지 확실하다고 믿었던 것들을 지워버리기 위해서였다. 그래야만 했다. 아무짝에도 쓸모없을 뿐만 아니라 이제는 위험하게까지 되어버린 나의 기억들을 지워버리지 않는다면, 나는 미친년에서 나쁜 년이 되었다가 나쁜 년에서 다시 미친년이 될 터였다. 그러나 기억은 지워지는 대신 더욱 선명해졌다. 번번이 나는 컨테이너 골목 사이에 있었다. 나는 번번이 형오의 원룸에서 술을 마시고 있었고, 치마 밑으로 손이 기어들어왔다. 그리고 김정호의 얼굴이 보였다.

더 먼 기억도 있었다. 어두운 밤거리다. 어린아이 둘이 손을 꼭 붙잡고 걷고 있다. 보니와 클라이드. 아니, 배트맨과 원더우먼…… 아니, 길을 잃어버린 형오와 나다. 얼마나 울면서 헤매고 다녔는지 형오와 내 얼굴이 눈물로 범벅이 되어 있다. 꼭 붙잡고 있는 손에 땀이 고여 자꾸만 미끄러진다. 형오야, 형윤아! 어디선가 엄마가 울부짖는 소리가 들린다. 엄마는 절대로 우리를 못 찾는다. 그로부터 지금까지 이십 년이 훨씬 넘도록 누구도 우리를 찾지 못한다. 형오와 나는 그때 영원히 길을 잃었고, 지금의 우리는 아무것도 아니다.

그렇게 믿으면 위로가 될까.

그러나, 그렇게 믿을 수 있을까.

김정호는 경찰과 국가와 무엇보다도 나를 대상으로 가능한 모든 소송을 걸었다. 내가 그를 만나지 않으면 안 되게 되었을 때, 형오는 같이 나가주겠다는 말을 하지 않았다. 형오는 나보다도 더 인생이 망가진 것 같은 얼굴이었는데, 자신이 져야 할 책임을 스스로의 인생을 망가뜨리는 것으로 갚고 있는 듯했다. 나에 대한 비난도 마찬가지였다. 형오는 이미 그때부터 필리핀으로 떠날 준비를 하고 있었다. 아는 선배가 필리핀이 아니라 아프리카 어느 나라에 있었더라도 형오에게는 다를 것이 없었을 것이다.

우리는 광화문의 커피숍에서 만났다. 약속 장소를 정한 것은 그였는데, 가급적 번잡하고 시끄러운 곳에서 만나야겠다고 했다. 자신이 내게 무슨 짓을 하려고 들지 알 수 없다는 게 그 이유였다. 자제력을 잃고 나를 죽이려고 들거나, 세상에 있는 온갖 욕설을 다 퍼부어서 재판에 악영향을 미치게 하고 싶지는 않다고 했다. 어쩌면 자칫 나를 진짜로 죽여 다시 감옥에 가게 되는 일이 벌어질지도 모른다고도 했다. 그는 내게 조심하라는 말은 하지 않았다. 조심해야 할 것은 그 자신이었다.

그는 먼저 와 있었다. 그와 눈이 마주치는 순간 가장 먼저 다가온 것은 그의 눈이 아니라 입이었다. 앙다물고 있는 어금니, 마치 쪼개질 것 같은 턱이었다. 아무리 경계를 하고 조심을 하고 있어도, 그는 여전히 나를 죽이고 싶은 것이다. 한 번 죽이는 것으로 부족해, 죽이고 또 죽이고, 또 죽이고 싶은 것이다. 네가 당했던 일은 유감이야, 따위의 입바른 말도 없었다. 오히려 그는 물었다.

"아팠니?"

나는 대답하지 않았다.

"얼마큼 아팠어?"

나는 대답하지 않고, 입술을 깨물었다.

"네 거기가 찢어졌다며? 찢어질 때 젖었니? 좋았어?"

나는 대답하지 않고, 입술을 깨물고, 그와 마주친 눈을 피하지 않았다.

"말해봐."

그가 이어 말했다.

"아직도 나니?"

나는 그의 눈을 피하지 않았다. 광화문 한복판의 커피숍 바닥에 납작 엎드려 용서를 애걸하고 선처를 구하지도 않았다. 용서를 받아야 할 자도, 용서를 빌어야 할 자도 눈을 피하지 않았다. 마치 눈을 먼저 피하는 쪽이 거짓을 인정하는 게임을 하고 있기라도 한 것처럼. 자, 그러니 눈을 감아야 하는 것은 하느님이 아니겠는가. 그도 아니고, 나도 아니고, 형오도 아니고, 지금 감옥에 있다는 그 개같은 진범도 아니라면, 하느님이 아니겠는가. 그러니 제발 하느님, 눈을 감으세요.

어린 시절 형오와 내가 길을 잃었을 때, 우리는 어딘지 알 수 없는 놀이터에 앉아 있었다. 한 손은 꼭 붙들고 남은 한 손으로 연신 눈물과 콧물을 닦아대면서. 어쩌다가 길을 잃게 되었는지, 어디에서 길을 잃었는지 형오와 나도 기억하지 못했다. 너무나 무서워서 눈에 보이는 모든 집이 다 우리집 같고, 눈에 보이는 모든 사람들이 다 우리 엄마 같았다. 그날 밤에도 유모차를 끌고 나온 여자가 있었다. 여자가 손에 들고 있던 말린 과일을 주었다. 배맛이 나는 그것이 혀 위에서 스르르 녹아 입안이 울음 대신 과즙으로 넘쳤다. 나는 여자를 바라보며 그 여자가 우리 엄마였으면 좋겠다고 생각했다. 그래서 형오와 내 손을 붙잡고 이제 그만 집으로 데려가주었으면.

형오야, 형윤아! 그때 엄마의 울부짖는 소리가 들렸다. 엄마가 놀이터로 달려들어와 우리 둘을 한꺼번에 끌어안았다. 얼마나 울면서 찾아다녔던지 얼굴이 두 배는 부어 있던 엄마가 갑자기 형오와 나를 때리기 시작했다. 어딜 갔었어! 어딜 갔었던 거야, 이것들아! 너무나 놀라고, 너무나 안심이 돼서 그랬던 것이겠지만 엄마의 손은 너무 매웠다. 나는 울면서 유모차의 여자를 바라보았다.

이 사람은 계모예요. 아주 나쁜 계모라고요. 그러니, 나의 진짜 엄마! 나를 구해주세요!

유모차의 여자가 마치 내 말을 알아듣기라도 한 것처럼 기겁을 하고 등을 돌렸다. 그날 밤에도 여자는, 낡은 연립주택의 공동 출입구 안에서 나를 내다보고 있었다. 정말로 저 아이가 내가 오래 전의 어느 전생에 잃어버린 나의 아이가 아닐까, 궁금해하는 것 같은 얼굴이었다.

단 하루의
영원한 밤

삼십 년 전에 선생이 고향에 돌아갔을 때의 일이다. 정신이 맑았을 때도 선생은 그날의 풍경을 자주 추억했지만, 기억이 혼돈 상태로 빠져든 후로는 성겨진 기억의 틈과 틈 사이가 온통 그날의 한순간으로만 채워진 듯했다. 선생은 언제나 기차역이 바라보이는 여관의 창가에 서 있었고, 창문 바깥에서는 키 큰 나무의 잎들이 흔들리고 있었다. 더운 여름날이었으나 폭우가 쏟아진 후 기온이 떨어져 선생은 창문을 열지 않고 창밖을 내다보았다. 선생은 기억할 수도 없는 세월을 거쳐 마침내 고향에 이르렀는데 고향이라 불리는 그 도시가 너무나 달라진 것이 없다는 데 당혹감을 느낀 나머지 자신이 어쩌면 꿈을 꾸고 있는지도 모른다고까지 생각했다. 그때 선생의 가방 속에는 깃털 하나가 들어 있었다. 그 얼마

전 해외여행을 다녀온 지인에게 선물받은 것으로 나쁜 꿈을 막아 준다는 인디언들의 부적이었다. 처음에는 둥글게 뜬 그물에 깃털과 함께 둥근 나무모형들이 달려 있었지만 침대맡 창가에 매달아 놓았던 그것을 고양이가 물어뜯어 남은 것이 깃털 하나뿐이었다. 깃털로만 남은 부적은 소지하기가 수월했다. 여행지에서는 늘 잠을 설쳤기 때문에 선생은 그날 그 깃털을 가방에 넣었다. 그러니까 그날 선생이 꿈을 꾸고 있는 거라고 생각하고 그 꿈이 악몽은 아니라고 여긴 것은 바로 그 깃털 때문이었으나, 정작 꿈을 꾸고 있다면 그 깃털은 꿈 밖에서 그 꿈을 지키고 있어야 할 터이니, 그것이 꿈인지 아닌지를 알 수가 없었다.

게다가 고향이라니. 말하고 싶지 않은, 혹은 굳이 추억할 필요가 없는 몇몇 이유로 선생은 유년 시절에 부모와 함께 고향을 떠나왔다. 누구나가 갖고 있는 어린 시절의 사소한 풍경 이외에는 특별히 좋은 기억도 나쁜 기억도 없는 곳이었다. 그날 선생은 몇십 년 만에 고향의 기차역이 바라보이는 여관방에 머물고 있었지만, 애초의 목적지가 그곳이었던 것은 아니었다. 선생이 충동적으로 그 기차역에서 하차를 하지만 않았다면 기차는 선생을 태운 채로 남쪽 끝의 해안 도시에 이르렀을 것이다. 선생은 그때 해안 도시의 한 대학에서 강연이 예정되어 있었다. 그 강연 원고를 손보느라 선생은 전날 밤을 꼬박 새우다시피 했고, 아침 첫차였던 기차를 탄 후에는 완전히 잠에 곯아떨어져버렸다. 삼십 년 전만 해도 아직 그리 늙지는 않았던 선생이었다. 선생은 꿈을 꾸다 몽정을 했고, 악몽에 쫓기다 비명을 지르기도 했다. 글을 쓰느라 밤을 꼬박 새우고 새벽을 맞는 날과 한 글자도 쓰지 못한 채 불면으로 지새우는 밤이 번갈아 다가왔다가 지나가기도 했다. 꿈이, 혹은 잠이 그를 깃털처럼 어루만지며 간지럼을 태우거나 불편한 갈증을 남겼다.

아무튼 그날 선생은 고향의 기차역이 바라보이는 여관 창문 앞에 서 있었고, 키 큰 나무의 잎들이 빗방울을 매단 채 흐느끼듯 흔들리는 것을 보았으며, 그 흔들리는 나뭇잎 사이로 기차가 지나가는 것을 보았다. 강연은 어떻게 되었을까. 그의 강연을 듣기 위해 강연장을 찾아왔던 청중들은 실망했을까, 분노했을까. 선생은 크게 고민하지 않았고, 크게 걱정하지도 않았다. 잠에서 깨면 다시 기차 안일 것이고, 기차는 여전히 남쪽 해안 도시로 달려가고 있을 테니까. 그리고 꿈속의 깃털과, 꿈속의 나뭇잎과, 꿈속의 기차역이 남겠지.

그렇게 되겠지.

선생은 죽기 전 몇 년 동안 정신이 온전하지 않았다. 마치 늪에 빠지듯 서서히, 그러나 멈추지 않고 기억의 혼돈 속으로 들어가는 선생을 뵙는 것이 괴로운 일이기는 했지만, 제자들은 그래도 선생을 찾아갔다. 그 또한 마찬가지였다. 계절에 한 번까지는 아니었지만 일 년에 한두 번씩은 선생에게 문안했다. 선생은 그를 알아볼 때도 있었고 알아보지 못할 때도 있었다. 선생의 상태가 나쁠 때는 거실에서 사모님이 깎아주는 과일만 먹고 돌아섰다. 마지막으로 선생을 찾아갔을 때는, 몇 달 사이에 몸피가 절반으로 줄어 겨우 한줌밖에 되어 보이지 않는 선생이 그나마 맑은 정신으로 그를 알아보고 그의 손등을 쓸어주었다. 선생의 나뭇가지같이 마른 손가락을 내려다보며 그는 깃털을 떠올렸다. 그러니까 간지럼이나 갈증 같은 것.

정신이 혼미해진 이후로 선생의 삼십 년 전 기억은 이십 년 전이 되었다가 십 년 전이 되었다가 혹은 어제가 되기도 하고 오늘이 되기도 했다. 그러나 기억의 내용만큼은 한결같았는데, 그것은 선생의 몸이 최후의 생존을 위해 남겨놓을 수 있는 만큼만 남겨놓은 것처럼 건조하거나 순정했다. 혹은, 그래서 야비하기도 했다. 삼십 년 전, 기차역 앞의 여관방에 선생은 혼자 머물렀던 것이 아니었다. 그날 해안 도시의 대학까지 선생과 동행하기 위해 기차를 같이 탔던 제자와 함께였고, 제자는 그후 선생의 아이를 낳았다. 정신이 혼미해지기 전에도, 그후로도 선생은 그 일에 관해서는 말하지 않았다. 선생이 말하지 않았으나 소문이 사실보다 더 구체적으로 퍼져 그 일을 모르는 사람이 없었다.

삼십 년 전에, 선생은 비난받지 않았다. 낡고 완고한, 그리고 뻔뻔스럽기까지 하던 도덕관념이 지배하던 시절이었다. 처녀에게 아이를 배게 한 늙은 학자의 하룻밤은 중대하지 않은, 오히려 황홀한 일탈로 회자되었다. 비난은 오히려 치명적인 상처를 입은 그 여자에게 모아졌다. 그녀는 당돌하거나 맹랑하거나, 심지어는 행실이 나쁜 여자로 취급받았다. 그녀의 품행에 대해서 더 치욕스러운 말을 하고 싶었던 사람들이 그나마 입을 다물었던 것은 여자가 아니라 오히려 선생의 인격을 배려해서였다. 선생은 자신의 아이를 낳은 여자와 그 여자가 낳은 아이에 대해서는 한결같이 침묵을 지켰다.

학교를 떠난 후 뜻밖에 한복집 여주인이 된 제자는 평생 혼자 살며 아이를 키웠다. 선생이 그 한복집을 차려주었다는 말도 있었지만 다 근거 없는 소문이었을 것이다. 선생이 그 여자를 평생 동안 기억하며 살았는지, 그랬다면 그 기억은 애틋함이었는지 참회였는지, 대체 선생이 그 한복집을 찾아간 적이 있기나 한지 확실히 알고 있는 사람은 누구도 없었다. 분명한 것은 선생이 주기적으로 그 기차역의 여관방에 관한 꿈을 꾸었다는 것이다. 혹은 그것을 꿈이라고 믿고 싶어했다는 것이다. 꿈이라고 믿고 싶은 살아 있는 날의 한낮인지, 아니면 살아 있는 날의 한낮으로 굴절된 꿈의 한 장면인지는 알 수 없었으나 선생은 언제나 가방 속에 깃털 하나를 지닌 채 나뭇잎이 흔들리는 창가에 서 있는 것이다.

그리고 선생은 모욕에 대해서 생각했다. 놀랍게도 자신이 모욕한 어느 인생에 대해서가 아니라, 그로 인해서 자신이 평생 동안 받아온 모욕에 대해서였다. 아무도 알지 못했지만, 혹은 아무도 알지 못한다고 생각했지만, 선생의 평생은 학문적인 업적을 이루거나 명성을 쌓아가는 나날이기보다 오히려 세상의 모든 모욕으로부터 자신을 지키기 위해 안간힘을 썼던 나날들이었다. 모욕의 은밀한 성격상, 선생은 자신을 공격하는 어떤 것과도 마주 싸울 수가 없었다. 변명도 불가능했다. 선생을 공격하는 것 중에 가장 무서운 것이 바로 선생 자신이었기 때문이다. 선생은 다만 그 모든 것을 삼켰을 뿐이다. 쓴 한약을 삼키듯이 그저 꿀떡꿀떡. 선생의 목울대가 자주 경련했다. 아무리 애를 써도 삼켜지지 않는 것이 있었던 것이다. 왜 그런 일이 일어났나. 선생은 원인도 결과도 받아들이지 못했다. 누군가를 깊이 상처 입힌 사람이 되고 싶지도 않았고, 깊이 상처 입은 사람이 되고 싶지도 않았다. 뻔뻔한 일이었다. 뻔뻔하지 않으려고 했으나 나날이 뻔뻔했고, 부끄러움을 생각하지 않으려고 했으나 나날이 부끄러웠다.

한복집 여주인이 한동안 요양원에 머물러 있던 선생을 찾아왔었다는 소문이 돌았다. 과연 그런 일이 있었을까 의심스러운 소문이기는 했지만, 사실보다 더 구체적인 내용들이 떠돌았다. 여자가 평생 처음으로 선생에게 육두문자를 섞어 욕을 했는데, 삼십 년 전에는 새초롬한 꽃잎 같던 여자가 이제는 쌍시옷 자 섞인 욕이 어색하지 않을 만큼 늙어 있었다고 했다. 자신을 알아보지 못하는 선생의 앞에 서서 한복집 주인답게 한복을 곱게 차려입은 여자가 소리를 질렀다고 했다. 꽉 붙들어! 꽉 붙들란 말이야! 욕설은 그 말의 앞뒤에 붙어 있었겠지만 욕설의 내용까지 전해지지는 않았다.

그런데 꽉 붙들라니…… 붙들어야 할 것이 무엇이었을까. 분명히 정신을 꽉 붙들고 있으란 소리였겠지만, 정신을 꽉 붙들고 그녀가 누구인지를 알아보라는 소리였겠지만…… 과연 그것뿐이었을까. 어쩌면 스러져가는 목숨을 꽉 붙들고 끝끝내 살아남으라는 소리였을지도 모를 일이다. 방안의 사방 벽에 똥칠을 해가면서도 살아남아 그 모욕을 다 견디라는 소리였을지도 모를 일이다.

그날 그 요양원에서 잠깐 정신이 돌아온 선생이 여자에게 용서를 빌었다는 소문도 돌았다. 그런 선생을 여자가 용서하지 않고 욕만 퍼부었다는 얘기도 있었고, 아무 말 없이 조용히 손을 잡아 용서를 해주었다는 말도 있었다.

그는 그 어떤 소문도 믿지 않았다. 삼십 년 전 부당하기 짝이 없던 세월에 사생아를 낳았던 여자, 그리고 그 아이를 삼십 년 동안 홀로 키운 여자에 관한 소문이 여전히 부당하다고 여겼을 뿐이다. 사람들이 말하고 싶은 것은 선생이 아니라 결국 그 여자인 것이다. 그러므로, 만일 누군가 평생 동안 모욕에 대해서만 생각해야 했다면 그건 선생이 아니라 오히려 여자였을 것이다. 그 모든 모욕을 삼켜야 했던 사람 역시 선생이 아니라 여자였을 것이다. 여자에게 세상은, 삶은 맞서 싸워야 할 거친 파도이거나 기어코 기어올라가야 할 암벽인 대신 오직 꿀떡꿀떡 삼키지 않으면 안 될 그 무엇이었을 것이다. 겉보리로 지은 거친 밥을 찬물 한 사발도 없이 꾹꾹 눌러 삼키듯, 그렇게. 방귀를 뿡뿡 뀌어가며. 그러니까 냄새를 풀풀 풍기며. 그러면서 여자는 생각했을지도 모른다. 세상에는 분명히 태어나는 순간부터 시작되는 것이 있다고. 그것은 선택 사항이 아니고 개체마다 다르게 시작되는 운명의 차원이나 상처의 방식도 아니라고. 그것은 존재의 방식이라고. 더럽고, 냄새나고, 그저 꿀떡꿀떡 삼켜야 하는. 그런 생각이 없었다면 여자는 어떻게 그 험한 세월을 다 견뎌올 수 있었을 것인가. 그녀는 자신이 남들과 다르지 않다고 믿었고, 남들과 다르지 않은 가장 중요한 그것은 오직 그들이 동일한 존재의 방식으로 살아 있다는 사실뿐이라고 생각했을지도 모른다.

그러니까, 꽉 붙들어. 꽉 붙들란 말이야, 이 늙은이야.

선생이 병에 걸리던 무렵, 두어 달 간격으로 그를 부른 적이 있었다. 한 번은 불러서 그에게 차를 따라주었고, 또 한 번은 그와 함께 교정을 거닐었다. 두 번 다 곤욕스러운 만남이었다. 첫번째 그를 불렀을 때 그는 이미 M과 결별의 수순을 밟고 있는 중이었다. 선생은 너무 늦게 그와 M에 관한 소문을 들었던 것이리라. 그래서 그는 선생이 자신을 부른 이유를 짐작하면서도 M에 관한 이야기를 한마디도 꺼낼 수 없었고, 그보다 먼저 말을 꺼낼 생각 같은 건 없었을 선생 역시 다른 이야기만 했을 뿐이었다. 두번째는 M과 완전히 헤어진 후였기 때문에 사정이 더욱 나빴다. 이미 헤어진 여자의 아버지에게 건넬 수 있는 말이란 더더욱 없었던데다, 선생이 자신과 M의 결별 사실을 알고 있는지조차 알 수 없었다. M이 들려준 바에 의하면 선생이 M을 만난 것은 평생 동안 손에 꼽을 정도에 지나지 않았다. 그것도 그가 M을 만나기 전의 일들이었다.

그는 처음부터 M이 선생의 딸이라는 것을 알고 있었다. M을 소개해준 사람이 그녀의 어머니를 거론했던 것이다. 한복 디자이너 누구의 딸. M의 어머니가 늘그막에 갖게 된 한복 디자이너라는 명함은 사실 시류를 따른 것에 지나지 않았다. 그녀는 한복집 주인으로 성공했고, 그 한복집은 이제 강남의 작지 않은 빌딩을 소유하고 있을 정도로 규모가 커졌다. 한복집은 M의 외가 쪽 여인들이 대대로 물려오던 것이라고 했다. 문학을 공부하던 이십대의 미혼모 여성이 느닷없이 한복집 주인이 된 데에는 그런 가계의 전통이 작용했던 것이다. 그렇다면 M에게도 그런 가계의 자질이나 소망 같은 것이 있었을까. 그는 M과 만나 헤어질 때까지 한 번도 그녀가 한복을 입은 것을 본 적이 없었다. 오랜 후에까지도 그녀를 생각할 때마다 그는 그것이 애석했다.

M이 비록 선생의 딸이기는 했지만, 그와 M의 만남에 특별한 사연이 있다거나 하지는 않았다. 어떤 자리에서 우연히 만나 서로 호감을 느꼈으며, 사귀다가 헤어지게 되었을 뿐이었다. 첫 만남에서 이미 M이 소문 속 선생의 딸이라는 것을 알기는 했지만, 그러

한 사실이 둘의 관계에 어떤 영향을 미쳤다고 말할 수는 없었다. 그들은 그저 보통의 연인 사이였다. 좀더 오래 만났다면 결혼 이야기를 진지하게 하게 되었을 수도 있고, 그보다 더 오래 만났다면 정말로 결혼이란 걸 하게 되었을지도 모르는. 그러나 많은 연인들처럼 그 단계에까지는 미치지 못한 채 헤어지게 되었을 뿐이다.

그랬음에도 선생은 어쩌면 그를 비난하고 싶었을지도 모른다. 수많은 이유를 들어 그가 M에게 얼마나 부족한 남자인지를 말하고, 심지어는 그를 M에게서 떼어내고 싶었을지도 모른다. 그러나 여자가 홀로 키운 아이에 대해 선생이 이제 와서 어떻게 아비 노릇을 할 것인가. 그를 부른 선생은 M에 대해서는 아무 말도 하지 않았다. 한 번은 차를 따라주고 한 번은 그저 교정을 거닐었을 뿐이다. 그날 선생은 나무 밑에 서서 그를 바라보았었다. 저물녘의 햇살이 나뭇잎 그림자를 만들어 선생의 오른뺨을 물들여놓고 있었다. 선생이 바라본 것 역시 그의 얼굴이 아니라 그의 왼뺨에서 흔들리고 있던 나뭇잎 그림자였을지도 모른다.

"그러고 보니 차도 한 잔 안 주고 밖으로 나왔군."

선생이 느닷없이 차 이야기를 꺼냈다. 선생은 소문난 차 애호가였다. 아끼는 제자가 있으면 오직 차를 따라주기 위해 그 제자를 부를 때도 있었다. 그도 그중의 한 명이었다. 그가 아직 선생을 실망시키지 않았을 때의 일이었다. 그는 선생에게서 언제쯤 M의 이야기가 나올지 궁금해하느라 선생의 말에 귀를 기울일 수가 없었다. 그러나 곧 생각을 바꾸었는데, 이 느닷없는 차에 관한 화제가 어쩌면 M의 이야기로 진입하기 위한 교묘한 메타포일지도 모른다는 생각이 들었던 것이다.

"내가 차를 가까운 친구한테서 배웠네."

선생이 가까운 친구라고 말하는 사람은 P선생이었다. 그는 전에도 선생에게서 P선생에 관한 이야기를 여러 번 들었고, 그렇지 않다고 하더라도 P선생에 대해서는 잘 알고 있었다. 학계는 좁아서 누구나 누구를 어느 정도씩은 알았다. P선생은 그 얼마 전에 세상을 떴고 그 역시 P선생의 장례식장에 다녀왔었다.

"내가 그 친구 연구실에 들르면 온갖 정성을 들여 차를 따라주는 거야. 매번 그랬다네. 간장종지만한 찻잔에 차를 따르고, 또 따르고, 또 따르는 거야. 어느 날은 그게 그렇게 번거롭게 보일 수가 없더구만. 왜 그랬나는 모르겠는데, 그날 내가 잔뜩 골이 나 있었거든. 그 친구 때문이 아니라 다른 일 때문이었는데, 그랬던 거 같은데 종로에서 뺨 맞고 한강에서 화풀이한다고, 내가 그 친구한테 싸움을 걸듯이 그랬어. 자네, 뭘 이렇게 번거롭게 구나. 대충 마시면 그게 차가 아니고 다른 게 되나? 그랬더니 그 친구 대답이 그래. 세상에 이만큼도 안 번거로운 일이 있나? 너는 네 인생이 안 번거로우냐? 적어도 이 차 따라주는 일만큼도 안 번거로우냐?"

P선생이 세상을 뜬 직후, 한동안 유서가 화제가 되었다. 선생이 말하고 싶은 것도 어쩌면 차가 아니라 P선생의 죽음에 대해서일

지도 모른다는 생각이 들었던 것은 그래서였다. 차와 P선생의 죽음과 유서와 M.

P선생은 지병으로 세상을 떴다. 오래 앓았기 때문에 그 죽음이 화제가 될 것은 없었지만, 그가 남긴 유서가 특별했다. 내용이 아니라 유서에 적힌 날짜 때문이었다. P선생이 유서를 작성한 시기가 고작 오십대 초반이었을 때라고 했다.

결혼이 늦었던 P선생은 자식들도 늦게 봐 오십대 초반에 딸과 아들이 둘 다 초등학생이었다. 유서를 작성하면서 P선생은 자신의 모든 재산을, 혹시 앞으로 더 생길지도 모를 재산까지 합하여 아내에게 남긴다고 서명했다. 그 오래전, 유서를 썼던 날에 P선생에게는 무슨 일이 있었던 것일까.

P선생의 유서가 화제가 되었던 것은 그 유서를 맡아놓고 있던 박변호사가 전해준 말 때문이기도 했다. 따듯한 봄날에 햇살이 어찌나 좋던지, 이런 날 유서를 쓰면 좋겠다 싶더랍니다. P선생은 햇살이 따사롭게 비치는 연구실의 창가 책상에 앉아 유서를 썼다. 그러고는 혼자 오래 차를 마셨다. 간장종지만한 찻잔에 따르고 또 따라가며. 유서를 쓴 후 여러 날 동안 P선생은 그런 식으로 자신의 유서를 읽고 또 읽었다. 아내에게 남기는 연서 형식의 유서가 아니었고 다만 자신의 사후 문제를 거론한 내용이었음에도 자신이 쓴 글과 숫자와 보험증서의 번호 등을 보면서 눈가가 뜨거워지기도 했다는 것이다. 박변호사에게 자신의 유서를 맡기면서 P선생

이 농처럼 말했다고 했다. 내가 이걸 오래 간직하고 있다가는 내 슬픔에 지레 죽겠네. 그후 P선생은 다시는 그 유서에 대해 거론하지 않았다. 박변호사는 어쩌다 한 번씩 농처럼, 그사이에 어디 바깥에다 낳아놓은 자식 같은 건 없어? 그럼 그쪽에도 한몫 떼어줘야지, 라고 말했다. 그러나 P선생은 그때마다 그저 빙그레 웃더라고 했다. 내 인생이 노냥 그날이 그날이니, 그걸 다시 쓸 일도 안 생기네. 박변호사가 마지막으로 유서 이야기를 꺼냈던 육 개월 전쯤, P선생의 대꾸였다고 했다.

그런데 선생은 왜 M의 이야기를 꺼내는 대신에 P선생의 이야기를 먼저 꺼낸 것일까. "어디 바깥에다 낳아놓은 자식 같은 건 없어?"라고 물었다던 박변호사의 말 때문일까. 친한 친구의 장례식장에서 오고갔던 그 말에 선생은 모욕을 느끼고 상처를 받았던 것일까. 그래서 그 이야기를 하고 싶었던 것일까.

P선생이 세상을 뜨고 그 유서가 화제가 된 후, 그도 어느 날 P선생 흉내를 내본 적이 있었다. 노트북에 새로운 폴더를 만들고 또 새 파일을 만들어 유서라는 제목을 적어넣었다. 잠시 후에는 유언장이라고 제목을 고쳤다. 그는 제목만 쓰인 노트북 모니터를 물끄러미 바라보았다. 유서든 유언장이든 멋쩍고 어색하기는 마찬가지였다. P선생은 유서를 친필로 썼다고 했다. 봄날의 햇살이 비치는 연구실 책상에 앉아서. 그리고 차를 따라 마시며 그 유서를 읽고 또 읽었다고 했었다. 만년필과 종이를 꺼내기 위해 책상 서랍

을 열다 말고 피식 웃음이 흘러나왔다. P선생의 유서 이야기를 들었던 사람 중에 얼마나 많은 사람들이 자신과 같은 짓을 하고 있을까 하는 생각이 들었기 때문이었다. 모르긴 몰라도 한둘은 아니리라. 오십에 가까운 나이든, 한참 멀어진 나이든, 아직은 죽음과 먼 날이라고 여겨지는 어느 한낮에 문득 유서를 쓰는 건 누구나 한 번쯤 해보고 싶은 일일 수 있을 거였다.

그것을 준비된 죽음이라 말하든, 준비된 삶이라 말하든 다를 것은 없었다. 자신의 생에 가장 엄숙한 순간이 있다면 그것은 죽음을 맞이하는 순간이 아니라 죽음을 예견하는 그 순간일지도 몰랐다. 그 순간이 어느 결정적인 찰나에 오리라는 법은 없었다. 그것은 그저 누구도 알 수 없는 순간인 것이다. 오십의 나이에 유서를 쓰지는 않았으나 오십을 넘겨 딸을 얻었던 선생의 그 어느 순간처럼.

"그런데 말이네."

나무 아래에서 선생이 말을 이었다.

"그게 누구인지가 기억이 나질 않네. 나한테 차를 가르쳐줬던 그 가까운 친구가 누구였는지 기억이 나질 않아."

이것은 점진적으로 이어지는 은유라고 그는 생각했다. 선생이 막역한 지기였던 P선생을 잊을 리도 없었고, 설령 그렇다 하더라도 그에게 그 사실을 털어놓을 이유가 없었기 때문이다. 그래서 그는 가을날의 저녁, 나무 아래에서, 선생이 그에게 던진 암호를 풀기 위해 땀을 흘려야만 했던 것이다. 차의 암호, 유서의 암호,

죽음의 암호, 그리고 기억의 암호…… 거기에 암호 같은 건 존재하지 않는다는 걸 알게 된 것은, 그후 선생의 병에 관한 소문을 듣게 되었을 때였다. 선생이 그를 불렀을 때 선생의 기억에는 이미 구멍이 생겨 있었고, 선생은 당황하고 있었던 것이다. 기억이 성긴 그물 사이로 빠져나가다가 툭툭 어딘가에 걸린 것처럼 선생의 몸 어딘가를 간지럽히는 느낌. 그 간지럼증 때문에 선생은 빠져나간 것을 다시 길어올려야 할지, 툭툭 걸려 있는 나머지 것들마저 다 털어버려야 할지 알 수가 없을 지경이었다. 어떻게 해도 그 간지럼증이 사라지지 않았다. 아무리 차를 따라 마시며 씻어내리려고 해도 가벼워지지 않는, 번거로운, 삶과 기억의 무게.

선생은 아마도 그래서 그를 불렀을 것이다. 더 늦기 전에 해야 할 말이 있다고 여겼을 것이다. 그러나, 기억이 나지 않는다는 얘기를 해놓고 마치 그런 말을 했다는 기억마저 사라져버린 것처럼 선생은 한동안 침묵만 지켰다. 그의 등뒤로 지던 노을 때문인지 마주서 있던 선생의 얼굴이 문득 붉었다. 선생이 한참 만에야 입을 열었다.

"……창피하네."

선생은 끝내 M에 관한 말은 한마디도 꺼내지 않았다.

M과 헤어진 후, 그는 더는 M의 소식을 들을 수 없었다. 한복집 여주인이 선생을 찾아왔었다는 믿기지 않는 소문은 돌았어도 딸인 M에 관한 이야기는 들리지 않았다. 선생의 병세가 깊어져 곧

세상을 뜨게 될 것 같다는 말이 빈번하게 들리면서 그는 까닭도 없이 점점 더 M이 그리워졌다. 교정의 나무 아래에서 선생에게서 듣지 못했던 말 때문이 아니라 자신이 선생에게 하지 못한 말이 남아 있기 때문이라는 생각이 들기도 했다. 그것은 기억을 완전히 손실해버린 선생과는 더이상은 할 수 없게 된 말들이기도 했다.

아니, 어쩌면 그것은 선생에게가 아니라 M에게 다 하지 못한 말일지도 몰랐다. 그는 때때로 M에게 다시 한번 연락을 취해보고 싶은 충동이 일기까지 했지만, 다행히도 그에게는 M의 전화번호가 남아 있지 않았다. M과 헤어진 후 M의 전화번호를 지워버렸기 때문이다. 수소문을 해 M의 전화번호를 알아내는 것은 결코 어려운 일이 아니었지만 그렇게까지 유난을 떨기 전에 충동을 다스릴 수 있었다. 그러면서도 그는 생각하곤 했다. 만일 M이 먼저 전화를 해온다면…… 혹은, 어느 날 선생이 죽어 그 장례식장에서 M을 만날 수 있다면…… M에 대한 생각에서 벗어날 수 없던 어느 날 밤, 선생은 언제쯤이나 죽을까를 곰곰이 생각하고 있는 자신을 발견하면서 그는 소스라쳐 놀라지 않을 수 없었다. 진심으로, 그는 부끄러웠다.

바로 그날 밤, 그는 책상 서랍 안쪽 깊숙한 곳에서 오래된 핸드폰 공기계를 찾아냈다. 기기를 변경하면서 반환하지 않았던 그 오래된 전화기에는 M의 전화번호가 여전히 저장되어 있을 게 틀림없었다. 핸드폰에는 배터리가 남아 있지 않았다. 충전기를 찾아

연결한 후에도 전원이 들어오기까지는 오랜 시간이 걸렸다. 이게 과연 되살아나기나 할까 의심할 즈음에 최초의 배터리 표시등이 들어왔다. 그러나 그때는 이미 누군가에게 전화를 걸기에는 너무 늦은 밤, 혹은 너무 이른 새벽이 되어 있었다. 그는 전화를 거는 대신에 M에게 받았던 메시지들을 보았다.

—우리는 끝났어요.

—전화하지 마세요.

—우리 끝났다고 했잖아요.

그리고 마지막 문자였다.

—창피한 줄 아세요.

M과 헤어지던 날들의 기억이 되살아났다. 그는 자신의 작업실인 오피스텔에서 다른 여자와 함께 있다가 M에게 들켰다. M이 오해할 만한 상황일 수도 있었고 그렇지 않은 상황일 수도 있었다. M과는 결혼을 약속한 사이가 아니었고, 그후로도 그렇게 될 것 같지가 않은 사이였다. 스승의 딸이면서 또한 미혼모의 딸인 여자와 가정을 이룬다는 사실이 껄끄럽게 여겨져서가 아니었다. 그는 다만 무언가를 이룬다는 것에 부담을 느꼈을 뿐이었다. 결혼, 가정, 가족…… 그런 것들을 자연스럽게 받아들이기에는 그의 나이가 이미 적지 않았고, 또 M이라는 상대도 자연스럽게 여겨지지가 않았다. M도 마찬가지가 아니었을까. 다만 잘못을 하다 걸린 쪽이 그였기 때문에 M이 그토록 화를 낼 수 있었던 것은 아닐까.

그는 핸드폰에서 충전기를 뽑고, 그럴 필요까지는 없었음에도 종료 버튼을 눌러 전원을 껐다. 그리고 다시 공기계를 던져넣기 위해 서랍을 열었을 때, 흰 종이 한 장이 보였다. 그 자신의 유서였다. 아무것도 적혀 있지 않은, 그러니까 통장 계좌번호나 보험증서 번호 따위는 전혀 적혀 있지 않은, 그리고 누군가를 향해 마지막 사랑의 고백을 적어놓은 것도 아닌 빈 종이였으나, 그러나 그것은 그의 유서가 틀림없었다.

그에게는 유산을 남길 아내도 없었고 자식들이 있지도 않았다. 노모와 형제들은 그의 알량한 유산 따위는 신경쓰지 않아도 좋을 만큼 잘들 살았다. 그들에게 새삼스레 사랑한다는 따위의 말을 남기는 것도 우스웠다. 그런 말을 마지막 인사로 남길 수 있을 뻔했던 M과는 헤어진 지 오래였다. 그러니 나는 무엇을 위해 여기까지 왔을까. 창피한 줄 알라는 M의 마지막 문자메시지가 계속해서 눈앞에 맴돌았다. 어쩐 일인지 자신의 인생이 통째로 창피하게 여겨졌다.

자신은 몇 살까지 살게 될까. 어쨌든 인생의 절반가량은 살아왔을 자신의 삶이 남들에 비해 보잘것없다고 말할 수는 없었다. 크게 잘못 살아왔다고 말할 수도 없었다. 몇 번의 연애를 거치며 누군가에게 상처를 주긴 했겠지만 그 역시 그들로부터 상처를 받지 않았다고 말할 수는 없었다. 그는 남보다 특별히 이르지는 않았지만 남보다 너무 늦지도 않은 나이에 대학에 자리를 잡았다.

교수 임용이 된 그해에 출간한 산문집이 베스트셀러가 되면서 느닷없는 유명세를 치르기도 했었다. 그는 그후에 두 권의 책을 연달아 출간했는데, 그가 살아오며 한 일들 중 간혹 창피하다고 여기는 것이 있다면 바로 그 책들을 출간한 일이었다. 대중들이 그의 책에 열광하면 할수록 학계에서 그는 가벼운 지식과 언변을 팔아 부족한 밑천을 채우는 사람으로 취급받았다. 선생은 어느 날 그를 불러 차를 따라주다 말고 지나가는 말처럼 그에게 말했다. 그만 쓰는 건 어떻겠나. 그는 자신이 선생을 실망시켰다는 것을 알았다.

그랬음에도 그는 멈출 수가 없었다. 책을 처음 쓸 때는 그렇지 않았지만 그 책과 그후에 출간한 책들의 지속적인 성공을 위해서는 보다 강력한 수사와 과장과 거짓말이 이어져야 했다. 인터뷰와 팬미팅과 강연회, 모두 그랬다. 정신을 차렸을 때는 이미 자신이 무슨 말을 하는지도 모르는 지경이었다. 무슨 말을 하는 줄도 모르면서 목소리는 점점 더 뜨거워졌다. 말이 말을 낳고 그 말이 또 말을 낳아 어디에서 멈춰야 할지를 알 수 없었다. 어느 날의 강연장에서 그는 강연을 하다 말고 청중들에게 잠시 쉬겠다고 정중히 말한 후 화장실로 가 먹은 것을 토했다. 토사물이 휩쓸려들어가는 변기를 붙잡고 앉아서 그는 처음으로 창피하다는 생각을 했다. 실제로 그랬는지 아니면 상상이었는지는 알 수 없지만, 말을 멈출 수 없던 순간에 그는 자신의 성기가 발기하는 느낌을 받았었다.

성기가 홀로 커진 채로 뚜벅뚜벅 강단 아래로 내려가 환호하는 여성 독자와 악수를 나누었다. 어찌 안 창피할 수가 있었겠는가.

혹시 선생도 그래서였을까. 그래서 남쪽 도시로 가는 기차를 타고 가다가 문득 고향 역에서 하차를 해버렸던 것일까. 그렇다면 대체 그것이 무슨 소용이란 말인가. 선생은 그 기차역 앞의 여관에서 말의 수치보다 더한 수치를 남겼는데. 존재하는 생애 내내 모욕과 슬픔을 삼키고 살아가야 할 또하나의 생명을 남겼는데.

그는 M에게 그날의 일을 이야기한 적이 있었다. 물론 자신이 느꼈던 수치심에 대해 말하고 싶었을 뿐 M을 모욕할 생각은 없었으므로 선생 이야기는 꺼내지 않았었다. 그런데도 그날 M이 처음으로 자기 아버지 얘기를 했다. 어렸을 때 기억이에요. 그때는 그래도 아버지가 가끔 찾아오곤 했었던 거 같아요. 참 늙은 아버지였죠. 그런데 이 늙은 아버지가 젊은 엄마한테 말할 수 없는 일을 당하는 거예요. 엄마가 아버지한테 욕도 하고, 닥치는 대로 뭘 집어던지기도 하고 그랬어요. 어느 날엔가는 걸레 빤 물을 뒤집어씌우기도 했을 정도니까요. M이 말을 잠깐 멈추고 그를 바라보았다. 내가 이런 말을 해도 되나요? 나이는 그보다 많이 어렸지만 때로는 그보다 더 성숙했던 M이었다. 자신의 회고가 선생을 욕보이는 일이 되기를 바라지 않는 것이었다. 그는 된다, 안 된다 말하는 대신에 어깨를 한 번 으쓱했고, M이 계속 말을 이어갔다. 늙은 아버지는 한 번도 화를 안 내고, 한 번도 피하지 않고 그 험한 꼴을 다 받아들였어요. 어떤 때는 일부러 그걸 당하려고 오는 사람 같았다니까요. 사실 그건 일종의 벌이었을 테고, 누구나 벌을 받으면 어느 정도씩은 마음이 가벼워지잖아요. M이 잠시 멈추었다가 또 말을 이었다. 당신도 언젠가 대가를 치르는 날이 올 거예요. 당신뿐만 아니라, 누구나 다 그런 거잖아요. 우리 엄마로 말하자면…… 평생 동안 악몽을 꾸는데, 그게 돌을 맞는 꿈이래요. 그런데 재미난 게 돌을 던지는 사람 중에 내 늙은 아버지도 있다는 거예요. 나는 평생 그걸 이해할 수가 없었어요. 도대체 엄마가 치러야 할 대가는 뭐였을까요. 엄마는 그냥 그런 식으로 다른 사람이랑 같아지고 싶었던 거 같아요. 내 탓이다, 내 탓이다 그런 거 있잖아요. 엄마는 아마 그런 식으로라도 평범해지고 싶었나봐요.

M은 자신의 어머니를 위해 부적을 만들었다. 한복집 주인의 딸답게 M은 손재주가 좋았다. 버드나무 가지를 구해 둥글게 테를 만들고, 굵은 실로 장식을 하고, 거기에 깃털을 매달았다. 여러 번의 실패 끝에 마침내 성공했을 때, 그녀는 내친김이라는 듯 한 개를 더 만들어 그에게도 선물로 주었다. 그는 그것을 침대맡에 걸어놓는 대신에 침대 옆 협탁 서랍에 넣어놓았다. 특별한 이유가 있어서가 아니라 침대 옆에 걸어놓을 만한 곳이 마땅히 없었기 때문이었다. 그날 밤, 그는 특별히 좋은 꿈을 꾸지는 않았지만 악몽도 꾸지 않았다. 대신에 꿈속에서 깃털이 흔들렸다. 그리고 그는 기차역이 바라보이는 어느 여관의 창문 앞에 서 있었다. 그로서는 가본 적도 없

고, 알 리도 없는 곳이었다. 그런데도 그는 아주 자연스럽게 창가에 서서 창밖에 서 있는 나무의 흔들리는 잎을 보고, 그 나뭇잎 사이로 지나가는 기차를 보고 있는 것이었다. 불현듯 그가 깜짝 놀라 뒤를 돌아보았을 때, 방안에 여자 같은 것은 없었다. M의 어머니든, M이든.

선생이 마침내 세상을 떴다는 연락을 받았을 때, 그는 물론 당장에 장례식장으로 달려갔고 발인 때까지 자리를 지켰다. 선생은 아들 셋을 두었고 그 아들들의 나이가 거의 그와 비슷했다. 선생의 어린 손주들이 장례식장을 뛰어다녔다. 어느 아들에게서 얻은 손주인지는 알 수 없으나 다섯 살쯤 되어 보이는 아이 하나가 선생의 영정 앞으로 달려가 누가 말릴 사이도 없이 그 영정을 끌어안았다. 아이가 자랑스럽게 "우리 할아버지야!" 외치는 것을 상주도 조문객들도 차마 말리지 못했다.

치매가 점진적으로 손상시킨 선생의 인격이 너무 참혹해서, 가족들은 선생의 죽음에 대해 슬픔보다는 안도를 느끼는 것 같았다. 장례식은 수많은 조화들 속에서, 곧 시들어 완전히 말라붙을 꽃의 향기를 풍기며 조용히, 애잔하게 진행되었다.

발인 전날 밤까지도 한복집 여자나 M은 장례식장에 나타나지 않았다. 술을 마신 조문객들 중의 누군가가 수군거리듯 한복집 여자와 M에 관한 이야기를 하는 것이 들렸다. 한복집 여자는 몰라도 M은 그래도 얼굴을 보여야 하지 않겠는가, 목소리의 주인공이 좀

분개하는 듯한 어조로 말하자 다른 사람들이 역시 수군거리는 목소리로 말을 받았다. 소식을 못 들었을 수도 있지. 또다른 사람이 말을 이었다. 유학 갔다지 아마? 압권은 그다음 말이었다. 난 그 애가 어려서 죽었다는 소리를 들었는데. 홍역을 앓다가 그랬다고. 대화는 거기에서 끊겼다. 그 자리에 있던 사람들 모두가 약간의 충격을 받은 것 같은 얼굴들이었는데, 그건 그들이 몰랐던 M의 죽음을 알게 되어서가 아니라, 그토록 엉뚱한 소문을 듣고 그걸 사실이라고 믿고 있다는 것이 놀라워서인 듯했다. 혹은 그들 모두가 하나쯤은 갖고 있는, 그러나 체면 때문에 한 번도 발설하지 못했던, 들으면서도 소문의 발설자를 바라보며 저 친구가 과연 체면이라는 게 있나 생각했던, 그러나 한 번쯤은 자신도 간절히 입 밖에 내보고 싶었던, 그런 이야기들에 대해 생각하느라 그랬는지도 몰랐다. 선생이 자기 손에 똥칠을 한 채 눈물을 뚝뚝 흘렸다는 소문, 임종 직전에는 아내를 한복집 여자로 착각했더라는 소문, 변기에 얼굴을 파묻고 자살을 시도하다가 갑자기 어린아이로 돌아가 수영장이다, 외쳤다는 소문. 사실일 리가 없는, 그러나 헛된 소문의 매혹으로 인하여 누구나 갑자기 앉은 자리가 불편해지고 있는 것이다. 창피하다…… 그들은 동시에 생각하고 있는 것 같았다.

발인 전날 밤, 그는 바람을 쐬기 위해 장례식장 바깥으로 나가 한동안을 서 있었다. 장례식장 앞에서는 다리 위로 지나가는 전철이 보였다. 전철은 주기적으로 왔다가 가고, 갔다가 왔다. 그는

M을 그리워했던 시간들을 떠올려보았다. 그로 인해 선생이 언제쯤이나 죽을까를 생각했던 것을 떠올리기도 했다. 그러면서 공기계로 남은 오래된 핸드폰 속에 들어 있던 M의 마지막 메시지를 생각했다.

그 와중에도 밤이 속수무책으로 깊어가고 있었다. 여전히 한복집 여자도 M의 모습도 보이지 않았다. 어쩌면 그 누군가의 말이 맞는지도 모른다. M은 어린 시절에 홍역을 앓다가 죽었던 것일지도. 그는 꿈을 꾸었던 것이고, 그의 기억은 깃털이 매달린 둥근 나무 테 속에 갇혀 있었던 것일지도. 그렇다면 그것은 악몽이었을까, 좋은 꿈이었을까.

또 한 대의 전철이 다리 위를 달리고 있었다. 순간 그는 이해할 수 없는 온몸의 통증을 느꼈는데, 그것은 저 거대한 철덩어리가 자신의 몸을 밟으며 달려가고 있는 것 같은 느낌이었다. 생이 통째로 멈출 길 없이, 덜커덕거리고 있었다. 이 통증을 잊는 방법은 어쩌면 깃털을 걸어놓고 잠드는 것밖에는 없으리라. 그 밤에 거대한 새가 날아와 거대한 눈을 동그랗게 뜨고, 그의 온 밤을 지켜보고 있게 된다고 하더라도 말이다. 만일 그렇다면 그는 P선생이 유서를 썼던 것과 같은 심정으로, 그리고 혹은 선생이 잃어버린 기억 속에 마지막으로 남겨놓았을 말을 하는 것과 같은 심정으로 그 새와 대화를 할 터인데, 그는 그 새에게 창피하다는 말을 할 것인가, 아니면 미안하다는 말을 할 것인가. 아니면 심지어 잘못했다는 말을 할 것인가. 그것이 무엇이든 그 비장한 대화는 낡은 핸드폰 속에 남겨질 마지막 메시지이거나 꿈속으로 사라질 잠꼬대에 지나지 않으리라는 것을 모르는 것은 아니었다. 밤이 그렇게 깊어가고 있었다. 그가 살아 있는 동안은 영원히 반복될, 그저 또하나의 밤이었다.

빈집

이십칠 년. 그녀는 남편과 이십칠 년을 함께 살았다. 이십오 주년 기념식을 치르고도 이 년을 더. 그 이 년 동안 그녀는 거실 벽에 걸려 있는 가족사진을 무시로 바라보곤 했다. 청소기를 돌리다 말고 문득 서서 한참 동안, 설거지를 하다 말고도 느닷없이 뒤돌아서서 또 한번. 어떤 때는 외출을 하고 돌아와 자신도 모르는 사이에 서 있는 곳이 바로 그 앞이기도 했다. 이 년 전, 기념식 무렵에 찍은 사진이었다. 그녀와 남편이 사진관의 소파에 앉아 있고, 딸과 아들이 그 뒤에 서 있었다. 사진사가 공을 들여 보정해놓은 사진 속에서 그녀와 남편은 나이보다 젊어 보였고, 실제보다 더 평화로워 보였다.

이십오 주년 기념식을 은혼식이라 부른다고 했다. 그것이 특별하기는 동양이나 서양이나 마찬가지여서 서양에는 그날 이십오 년 전의 결혼식을 재현하는 풍습이 있다는 말을 딸에게 들었다. 그녀의 결혼식은 재현을 하며 축하할 만한 것이 못 되었다. 가진 것 없던 시절의 결혼식은 보잘것이 없었고, 신혼여행도 제주도는 고사하고 고작 경주로 가서 이틀 밤을 자고 왔을 뿐이었다. 결혼식에서는 물론이거니와 신혼여행지에서도 툭하면 우는 그녀 때문에 남편은 항상 그녀에게서 한 발자국 떨어진 곳에 서서 쩔쩔매기만 했다. 주변머리 없는 남편이 한심하고 또 서운해 그녀는 다시 울었다.

그러므로 은혼식이 다가왔을 때 그녀에게 특별하게 여겨졌던 것은 그들이 재현해야 할 오래전의 어떤 날이 아니라 그후의 시간들이었다. 기념식 날 아침, 그녀는 잠들어 있는 남편의 얼굴을 내려다보다 말고 문득 놀라운 마음으로 생각했다.

세상에, 내가 아직도 이 남자랑 살고 있네.

그다음날 아침의 기분은 더 경이로웠다.

이십오 년 하고도 하루를 더 살았어, 내가 이 남자랑.

물론 그 경이로움과 감격이 하루 이틀을 넘기고 일주일을 넘기고, 그리하여 그후 이 년 동안이나 지속되었던 것은 아니다. 그렇더라도 익숙한 감동 같은 것은 여전히 남아 있었다. 그 익숙한 느낌에는 약간의 애잔함도 섞여 있었는데, 어느 날 아침 일 나가는 남편의 어깨를 털어주다 말고 그녀는 문득 생각하기도 했던 것이다. 자신이 지금 털어내고 있는 것이 남편 어깨에 수북이 내려앉은 비듬인지, 비듬처럼 묻은 세월인지, 그 세월 동안 가슴속에 더께처럼 내려앉아 응고되어 있던 무엇인지는 누구도 알 수 없을 것이라고. 분명한 것은 지나간 이십오 년이 다시는 반복되지 않으리라는 사실이었다. 넉넉지 못했던 삶을 등에 지고 가파른 언덕을 오르듯 땀을 흘렸던 기억이나 주저앉아 울음을 터뜨렸던 기억들뿐만 아니라 입안에서 흑설탕이 녹는 것처럼 달콤하고 목마르던 기억 역시 마찬가지일 것이다. 아이들이 자라나는 것을 보며 느꼈던 매 순간의 전율 같은 행복, 내 집을 장만한 첫날 거실 바닥을 쓸어보다가 만져진 물기가 자신의 눈물이라는 것을 알았을 때의 거의 고통에 가까웠던 기쁨, 어렸던 아이들을 이고 지고 피서를 떠난 계곡에서 물난리를 만났을 때 함께 느꼈던 공포와 그들이 함께 내질렀던 비명, 그리고 절대로 놓을 수 없었던 손과 손의 기억…… 그 모든 것들은 이제 지나간 세월 속에 있었으며 다시 되풀이되지 않으리라. 삶은 계속되겠지만 더는 전율도 고통도 아니리라. 서운하고 허전한 것은 아니었다. 그런 느낌이 전혀 없는 것은 아니었지만 그보다는 편안한 느낌이라는 쪽이 더 옳았다. 이십오 주년 기념식 후, 그녀는 자신의 시간들을 두둑이 얹어진 덤처럼 여겼다. 그것은 그녀가 안간힘을 다해 살아온 지나간 삶에 대한 일종의 보상이기도 했다.

아이들은 죽순처럼 자라났다. 아들아이는 대학을 휴학하고 군대에 가 있었고, 딸아이는 대학을 졸업하자마자 취직을 했다. 떠들썩하게 자랑을 할 만한 직장은 아니지만 제 앞가림은 할 만한 곳이었다. 그녀의 결혼 이십오 주년 기념식이 특별할 수 있었던 건 두말할 것도 없이 잘 자라준 아이들 덕분이었다. 그날 아침 남편과 딸아이가 출근한 뒤, 그녀는 식탁 위에 꽃무늬 봉투 하나가 놓여 있는 것을 발견했다. 꽃무늬가 어찌나 화사하던지 꽃바구니가 놓인 것처럼 보일 지경이었다. 그녀는 입술을 비죽거렸다. 말수 적고 잔정도 적은 남편이긴 했지만 무슨 날만큼은 잘 챙기는 사람이었기 때문에 당연히 남편의 선물이라 여겼던 것이다.

그래도 그렇지. 다 늙어가지고 남사스럽게 꽃무늬 봉투는 또 뭐람.

뜻밖에도 봉투는 딸아이가 남긴 것이었다. 호텔의 하루 숙박권과 뷔페 이용권, 그리고 카드 속지에는 빨간 내복 그림이 그려져 있었다. 비죽거리던 그녀의 입에서 웃음이 터져나왔다. 첫 월급 타고 두번째 월급 탈 때까지 아예 작정이라도 한 듯 입을 씻어버렸던 딸아이다. 양말 한 켤레도 필요 없다고 말했던 건 자신이었음에도 서운한 마음이 종내 가시지 않았다. 혼자 있을 때면 자신도 모르는 사이에 '그래도 그렇지, 나쁜 년' 소리가 새어나오기도 했다. 그러나 그날 아침, 그녀는 마침내 외치듯 말할 수 있을 것 같았다.

이만하면 잘 살지 않았는가!

잘 커준 것은 아들아이 역시 마찬가지였다. 그날 밤, 호텔방의 전화벨이 울렸다. 호텔이란 곳이 당최 익숙지 않아서 남편과 그녀가 동시에 겁을 먹었다. 아들아이였다. 핸드폰으로 걸어도 될 것을 일부러 호텔방으로 전화를 걸어, 군인인 아이가 "충성!" 외치기부터 했다. 그 소리가 전화기 바깥으로까지 울려나와 전화를 받은 남편뿐만 아니라 그녀에게까지 들렸다. 삼십 주년 기념식은 자기가 책임지겠다고 아들아이가 또 외쳤다. 남편의 얼굴에 주름 가득한 웃음이 퍼지는 동안, 그녀는 또 생각했다. 이만하면 정도가 아니라 이건 정말로 잘 산 게 아닌가 하고.

그날 밤, 엄마와 아버지의 외박을 틈타 딸아이 역시 깜찍하게도 외박을 했다는 사실을 알게 된 후에도 그녀의 기분은 크게 달라지지 않았다. 사소한 행복처럼 사소한 말썽들은 언제나 있는 법이었다. 그녀는 딸아이가 다 큰 성인이라는 사실을 받아들였고, 자신과 남편이 충분히 나이들었다는 사실도 받아들였다. 남편은 일찌감치 머리가 벗어지기 시작해 쉰이 되기도 전에 거의 민머리나 다름없어졌다. 그녀는 볼썽사납게 벗어진 남편의 대머리를 자연스럽게 받아들였을 뿐만 아니라, 그런 남편의 어울리지 않게 근육질인 몸도 받아들였다. 머리보다는 몸을 받아들이는 데 시간이 더 걸리기는 했다. 그녀는 남편의 잔정 없는 성격이나, 요령이라고는 약에 쓰려고 해도 찾아볼 수 없는 삶의 방식이며, 좀스럽기 그지없는 태도보다 더, 그의 근육질 몸에 익숙해지는 것이 어려웠다.

남편은 평생 동안 이삿짐과 화물을 운송했다. 워낙에 기름진 음식을 좋아하지 않는 사람이기도 했지만, 그렇지 않다고 하더라도 몸에 기름기가 남아날 새가 없었다. 나이 쉰이 넘은 지금도 그는 웬만한 냉장고 하나쯤은 혼자서 번쩍번쩍 들었다. 한창때에는 밧줄로 묶은 장롱을 맨손으로 오층 창문에서 내리고 또 끌어올릴 수도 있던 사람이었다. 노동으로 단련된 그의 근육들은 나이가 들면서 자연스럽게 빠져나가는 머리카락과 달리 요지부동 단단했다. 샤워를 마치고 나오는 남편의 근육질 몸을 언제부턴가 그녀는 자랑스럽기보다는 불편하게 바라보기 시작했는데, 남자가 말이야, 배도 좀 나오고 그래야지, 그래야 좀 있어 보이는 거지, 저건 뭐…… 머리는 다 벗어진 주제에…… 그런 중얼거림이 자신도 모르는 사이에 흘러나오곤 했던 것이다.

남편은, 그녀가 친구들과 함께 수다를 떨 때의 표현대로 말하자면 '쫌생이' 과에 속하는 사람이었다. 술도 담배도 안 하고 화투판에 끼어들 줄도 모르고 딴 데 한눈팔 줄도 몰랐다. 돈을 크게 벌 줄도, 크게 쓸 줄도 몰랐다. 평생 동안 그 어떤 모임에서도 그녀는 남편이 가장 먼저 계산대 앞으로 나서는 것을 본 적이 없었다. 구두쇠여서가 아니었다. 남편은 언제나 무엇엔가 부끄러움을 느끼는 사람이었다. 그녀와 아이들의 생일을 그토록 잘 챙기면서도 당당히 눈 맞추고 선물을 내밀어본 적이 없었다. 혹시 마음에 들지 않는 선물을 골랐을까봐, 어울리지 않는 짓을 한다는 말을 들을까봐, 선물을 고를 때 마지막 순간에 만원 더 비싼 것을 선택하지 않았던 걸 들킬까봐, 선물을 내미는 그의 손은 늘 부끄러웠다.

얌전한 사무원으로 살았어도 그는 출셋줄을 잡을 만한 그릇은 아니었을 것이다. 하물며 노동판에서였으니 출세는 고사하고 변변한 친구 하나 만들기가 어려웠다. 그는 어디에서나 늘 주변에 있는 사람이었고, 잘 보이지 않는 사람이었다. 나이들면서는 마침내 완전히 사라져서 보이지 않을 듯했다. 그가 회사를 관두고 개인 화물을 하고 싶어했을 때, 만만치 않은 차량 구입 비용에도 불구하고 그녀는 그것이 최선임을 인정하지 않을 수 없었다.

소규모 이삿짐을 부리는 고객은 대개 알음알음으로 그를 찾는 독신자들이었고, 젊거나 어린 여자애들이 많았다. 그애들은 이 머리 벗어진 아저씨에게 자신의 원룸 열쇠를 맡기면서도 어떤 걱정도 하지 않았다. 인터넷을 통해 들어오는 이사 일거리는 대개 그런 아이들이 의뢰하는 것이었다. 아들아이가 군대에 가기 전까지 블로그 관리를 대신 해주었기 때문에 남편은 젊은 여자들이 찾는 것은 자기가 아니라 사실 아들아이인 거라고 농처럼 말하곤 했지만 그녀의 생각은 달랐다. 그는 그야말로 친절했고, 친절하다기보다는 공손했고, 공손하다기보다는 때때로 비굴해 보일 정도였다. 이사가 끝나면 어린 고객들은 값을 깎아달라고 요구하기는커녕 몇 번씩이나 반복해 고맙다는 인사를 했다. 다음번에도 꼭 아저씨를 부르겠다는 약속은 대개 지켜졌다.

그의 어린 고객들이 그에게 버릇없게 구는 경우는 거의 없었다. 실은 버릇 있게 굴 이유도, 버릇없게 굴 이유도 없는 관계인 것이다. 남편은 달랐다. 일하는 내내 얼굴에 그려 붙인 듯한 미소가 떠나지를 않았다. 마치 안 웃으면 끝장이라는 듯이 그 무거운 짐을 들어올리고 들어내리면서도, 헉헉거리는 숨을 몰아쉬면서도, 기회가 닿을 때마다 누가 보거나 말거나 미소를 짓고 또 지었다. 한 어린 여자아이가 웃음을 터뜨리던 것을 그녀는 기억했다. 친구 딸의 결혼식이 지방에서 있어서 남편의 일이 끝나면 그 차를 타고 갈 요량으로 일터에 동반했던 날이었다. 차 안에 앉아 있기만 했는데도 남편의 일하는 모습이 거슬리고, 자신의 잘 차려입은 옷도 거슬리고, 급기야 아이의 웃음소리까지 거슬렸다. 그녀가 차에서 내려 마치 싸움을 걸듯이 아이에게 왜 웃느냐고 딱딱거리며 물었다. 깜짝 놀란 아이가 죄송해요, 먼저 말해놓고는 "아저씨가 자꾸 웃으니까 나도 웃겨서요", 덧붙였다. 생글생글 웃을 때는 전혀 나쁜 기분이 아니었을 텐데 느닷없이 나타난 그녀 때문에 기분이 확 상해버린 얼굴이었다. 병신 아냐. 돌아서면서 아이가 욕설을 내뱉는 것이 그녀의 귀에까지 들렸다.

그날 그녀는 친구 딸의 결혼식에 가지 않았다. 남편의 일이 끝나기를 기다리지도 않고 택시를 타고 집으로 돌아오면서 그녀는 욕설을 내뱉던 여자아이의 머리채를 휘어잡지 못한 것에 부아를 삭이지 못해 끝없이 혼잣말을 중얼거렸다. 여자아이의 욕설을 분명히 들었을 텐데도 못 들은 척 이삿짐만 들어올리던 남편을 향해서도 마찬가지였다. 여자아이가 자신에게 했던 욕설을 고스란히 남편에게 퍼부어줘야만 했다.

병신 아냐.

마누라가 욕을 먹고 있는데도 그걸 못 들은 체하다니. 그깟 코 묻은 돈이 얼마나 된다고 그 와중에도 굽실댈 줄밖에 모르다니. 그깟 코 묻은 돈으로 아이들을 키웠고, 쌀을 샀고, 또 집을 샀다는 사실이 갑자기 역겨웠다.

택시기사가 룸미러를 통해 그녀를 자꾸 힐끗거렸다. 그러다가 마침내 물었다. 아줌마, 자꾸 뭐라고 그러는 거요. 그녀가 아무 대꾸도 하지 않자 택시기사가 라디오의 볼륨을 높이며 혼잣말을 내뱉었다. 이상한 아주머니시네. 택시기사의 그 말이 순식간에 그녀의 들끓던 속을 가라앉혔다. 마음속에서 다른 것이 솟아올랐던 것이다. 그것은 분노보다 더한 혐오였다. 이유도 없이 자꾸 웃는 대머리 아저씨는 미친년처럼 혼잣말이나 중얼거리는 아줌마와 살고 있고, 그 아줌마 또한 그런 아저씨와 같이 살고 있는 것이다. 다를 게 뭐가 있겠는가. 그후부터 그녀의 입매가 내리 단단했다. 멀미도 하지 않는데 토할 것 같은 기분이 들었기 때문이다.

그녀는 택시를 집 근처 마트 입구에 세웠다. 그러고는 만원짜리 지폐 몇 장을 넣었다 빼냈다 하기를 거듭했던 축의금 봉투를 전부 털어 장을 봤다. 성미가 급하기는 했지만 그걸 또 빨리 풀어버리는 것이 그녀의 장점이기도 했다. 급하지 않으면 빨리 풀 것도 없겠지만, 그러면 그것이 장점이 될 것도 아니겠지만, 그녀는 언제나 자신을 호탕한 여자라고 생각했다. 그녀는 호기롭게 텅 빈 축의금 봉투를 마트의 쓰레기통 속에 던져넣었다. 그러나 일 분도 안 돼 다시 그걸 주워들어 잘 펴서 백 속에 넣었다. 아직 봉투에 이름을 적지 않은 것이 기억났던 것이다.

오후에 일거리 하나가 더 생겼다고 문자를 보내왔던 남편은 저녁 늦게까지 돌아오지 않았다. 지금 대구에 있는데 공장 화물 하역에 문제가 생겨 하루 자고 가야 할 것 같다는 전화가 밤에 다시 걸려왔다. 그녀는 다시 부아가 끓어올랐다. 기껏 비싼 돈 들여 만들어놓은 반찬들을 고스란히 냉장고에 넣게 생긴 것이다. 그녀는 전화를 끊으려는 남편에게 느닷없이 영천 집 얘기를 꺼냈다. 대구와 영천이 가깝기도 했지만 실은 반찬거리에 쓴 아까운 돈 때문에 떠오른 생각이었다. 크든 작든 돈 문제가 불거질 때마다 그녀는 언제나 영천 집 문제를 들고 나왔다.

남편에게는 영천에서 홀로 살다가 죽은 고모부가 남겨준 집이 있었다. 그게 벌써 오 년 전인가 십 년 전인가 그랬다. 남편에게 혼자 사는 고모부가 있다는 사실은 알았고, 그가 어린 시절의 남편을 많이 예뻐했다는 얘기도 몇 번 들은 적이 있었지만, 설마 집을 물려주기까지 할 줄은 몰랐다. 살면서 로또에 당첨이 되어도 오천원 이상의 배당금을 받아본 적이 없는 그녀였다. 남편의 친가

쪽 살림이 다들 고만고만하니 고모부가 남긴 집이라는 게 엄청난 유산일 거라고는 생각하지 않았다. 그러나, 다만 얼마라도 목돈이 되지 않겠는가. 밤에 잠을 설칠 정도로 달콤했던 꿈은 그후 며칠이 되지 않아 산산조각이 났다. 남편을 채근해서 당장 달려가 살펴본 그 집은 고작 폐가를 면한 수준이었다. 그러니까 이건 유산이 아니라 꼬박꼬박 지불해야 하는 세금과 함께 남겨진 거대한 덩치의 쓰레기에 지나지 않았던 것이다. 고모부가 집을 남겼다는 얘기를 듣자마자 선뜻 고모부의 제사를 맡겠다고 먼저 말했던 약속을 그녀는 그후 단 한 번도 지키지 않았다. 그랬음에도 그녀는 잊을 만하면 영천 집 얘기를 꺼냈다. 집이 팔리기를 기대해서도 아니었고, 그 집 부지가 느닷없이 재개발구역이 되었다는 또 한번의 로또 당첨 같은 소식을 기대해서도 아니었다. 푼돈에 지나지 않는 세금에 대해서는 지겹게 말을 했으므로 새삼스럽게 그 사실을 다시 확인시키려는 것도 아니었다. 말하자면 그것은 그녀에게 일종의 싸움을 거는 방식이었다. 더 정확히 말하자면 아마도 욕설이었을 것이다. 유산을 받아도 기껏 쓰레기 따위나 받는 남편, 그 쓰레기를 헐값에나마 팔아치우지도 못하는 남편, 말하자면 쓰레기를 이고 사는 남편.

딸아이까지 귀가가 늦어 텅 빈 집에 홀로 있던 그 밤, 그녀는 저녁 반찬들을 전부 냉장고에 집어넣고 자신은 고추장에 밥을 비벼 먹은 후, 소파에 누워 책을 봤다. 그녀로 말하자면, 이제는 두둑이 접히는 뱃살을 가진 쉰다섯 살의 중년 여자였고 정기적으로 뽀글뽀글 파마를 했고 버스나 지하철을 타면 앉을 자리가 생기는 데를 찾아 쉼없이 눈동자를 굴리는 사람이기는 했지만, 그리고 저녁 한끼 못 굶어 고추장에라도 밥을 비벼 먹어야 기운이 나는 사람이기는 했지만, 반면에 그 나이에는 어울리지 않게도 여전히 독서가 취미인 사람이었다. 그녀에게 이것이 커다란 자긍심이라는 것은 그녀뿐만 아니라 누구나 아는 사실이었다. 그녀는 지역 도서관의 작가 낭독회를 빠짐없이 찾아갔고 항상 맨 앞자리에 앉았으며 작가의 사인을 받기 위해 꼬박꼬박 줄을 섰다. 그때마다 그녀는 자신이 특별하게 여겨졌다. 노안이 와서 돋보기를 사야 했을 때도 그녀는 자신의 노화가 슬프기보다는 돋보기를 쓰고 책 읽는 자신의 모습이 우아할 것이라고 여겼다.

그녀는 손에 잡히는 대로 책을 읽기는 했지만 그중에서도 추리소설을 좋아했다. 달콤한 로맨스 소설이나 징징 울음을 짜대는 가족 소설보다도 마니악한 장르인 추리소설을 더 좋아한다는 것 역시 쉰이 넘은 그녀의 자긍심 중 하나였다. 소설뿐만 아니라 영화 역시 마찬가지였다. 우습게도 그런 영화를 볼 때 범인을 가장 늦게 알아차리는 것이 그녀여서 놀림감이 되기도 했는데, 자칭 추리소설 전문가인 그녀는 정작 그런 놀림에 전혀 개의치 않았다. 친구들이 "넌 아직도 깜짝 놀랄 일이 필요하니"라고 물을 때도 마찬가지였다. 그들은 추리소설의 진짜 재미를 모르는 것이다. 추리소설은 범인을 알아내거나 깜짝 놀라기 위해 읽는 것이 아니다. 그녀의 주장에 따르면 추리소설의 묘미는 과정의 심리를 읽어내는 데에 있었다. 범인의 심리뿐만 아니라 피해자의 심리, 그 관계와 상황의 심리까지. 때로는 사물의 심리까지. 그러니까 추리소설 속에서는 스테이크 나이프의 상표와 모양과 놓인 자리까지 모두가 다 심리이고 대사인 것이다. 그 어떤 것도 배경이 되기 위해 존재하는 것이 없다. 추리소설에 빠져 있는 동안에는 그녀 역시 주인공이었다. 떨어져 있는 곳의 독자가 아니라 그녀 역시 범인이거나 피해자이거나 증인이었다. 혹은 식탁 위에 놓인 스테이크 나이프였다.

아내는 남편과 이십칠 년을 살았다.

이 문장을 그녀는 미국 유명 작가의 추리소설 속에서 발견했다. 단순한 문장이었지만 이십칠이라는 숫자가 주는 쾌감이 짜릿했다. 그래, 나도 이십칠 년을 살았지. 남편의 차고에서 비밀 상자를 발견하고, 그 속에서 살해된 여인의 사진을 발견하기 전까지는 모든 게 다 평범하고 괜찮은 결혼생활이었지. 그 책을 읽던 날 밤, 소설 속의 문장과 자신의 삶이 마구잡이로 뒤엉켜 그녀를 묘한 흥분 상태로 몰아넣었다. 남편에게도 그런 게 있다면…… 어딘가에 숨겨놓은 비밀 상자 같은 게 있다면…… 물론 자신의 남편이 소설 속 남편처럼 연쇄살인범이기를 바라는 것은 아니었다. 설마 그럴 리가 있겠는가. 그렇지만, 남자가 말이야. 남자라면 말이지…… 하다못해 양말 속에 숨겨놓은 비상금이라도 있어야 하는 거 아니야.

이십칠 년을 함께 산 남편, 이십오 주년 기념식을 치르고도 이 년을 더 산 남편, 그 남자에게서 비밀을 발견해본 적은 한 번도 없다. 거의 없다고 말하는 편이 더 옳겠으나, 그녀는 늘 그렇게 생각했다. '한 번도'라고. 자신에겐 물론 그런 것이 있었다. 그것도 매우 심각한. 자신이 실은 남편을 경멸한다는 사실. 심지어는 잠자리를 할 때조차 그러하다는 사실. 욕설을 내뱉고 싶을 때마다, 결코 그렇게 한 적은 없으나, 대신에 매번 영천 집을 떠올린다는 사실. 남자가 말이야, 쓰레기 하나 못 치우고 말이지, 그렇게 속으로 중얼거린다는 사실. 그러나 그녀가 단 한 번도 그 사실을 들키지 않았다는 사실이었다.

그랬다. 그녀는 들킨 적이 없었다. 때때로 싸우고, 때때로 자신도 모르는 사이에 모욕적인 말을 내뱉기도 했겠지만, 보통의 부부라면 누구나 할 수 있는 정도를 지나친 적이 없었다. 이혼을 진심으로 생각해본 적도 없었고, 가출을 꿈꿔본 적도 없었고, 아침에 일을 나간 남편이 영원히 돌아오지 않기를 바란 적도 물론 천만 없었다. 남편과 자식들을 대신해 강아지나 고양이를 키우고 싶다고 생각해본 적도 없었다. 자신에게 애완동물에 대한 혐오증이 있다는 사실은 별로 중요하지 않았다. 어떻든 그녀는 가족 이외에 아무것도 키우고 있지 않았고, 오직 그들만을 아끼고 돌봤던 것이다.

언젠가 남편이 강아지 한 마리를 데려온 적이 있기는 했다. 고객의 이삿짐 사이에 그 개가 있었다고 했다. 고객은 자신의 개가 아니라고 했고, 그 개 역시 고객을 쫓아가려고 하지 않더라는 것이었다. 진돗개 같다는 남편의 말을 그녀가 믿었던 것은 아니다. 이삿짐이 진도에서 왔다니까. 남편이 어울리지 않게 농담을 시도했을 때에도 그녀는 자신이 치워야 할 개똥이며 개털 따위만을 생각하고 있었다. 그렇더라도 예쁜 강아지라는 사실까지 부정할 수는 없었다. 모든 강아지가 그런 것처럼 그 개 역시 귀여웠고, 무엇보다도 아이들이 강아지를 품에서 놓으려고 하지 않았다. 결국 어디 갖다줄 데를 찾을 때까지만 집안에 두기로 했는데 그게 한 달이 넘고 두 달이 넘었다. 강아지는 그야말로 쑥쑥 자라났다. 처음부터 진돗개일 거라고는 생각하지 않았지만 자라면서는 진돗개는 커녕 잡종견 티가 확연했다. 강아지 태를 벗으면서 못생긴 구석들이 속속 드러났다. 그냥 못생긴 정도가 아니라 눈에 띄게 못생긴 개였다.

그녀는 항상 그 개를 '저놈의 개'라고 불렀다. 저놈의 개 좀 빨리 어디다 갖다주라고 그녀가 성화를 부릴 때마다 남편의 대답은 언제나 "응, 응"이었다. 술도 안 마시고 담배도 안 피우고 별다른 취미도 없는 남편이 뜻밖에도 개를 키우는 일에는 열성이었다. 그녀가 팔짱을 끼고 바라보고만 있는 동안 남편이 아이들과 함께 개를 목욕시키고 산책을 시키고 주사를 맞혀주기 위해 병원에도 갔다. 한번은 그녀가 병원에 맡겨졌던 개를 찾으러 간 적이 있었다. 젊은 수의사가 그녀를 '누구 어머니'라고 불렀는데 그게 개의 이름이어서 그녀를 기겁하게 만들었다.

가족들과 함께 공원 나들이를 할 때도 그녀가 개를 돌본 적은 없었다. 개의 목줄을 붙잡지도 않았고, 킁킁거리는 개의 콧등을 쓰다듬어준 적도 없었다. 공원 풀밭에 쭈그리고 앉아 똥을 싸는 개를 그녀는 늘 눈살을 찌푸린 채 바라보았다. 그야말로 똥 마려운 개라더니…… 똥 눌 자리를 찾아 맴을 도는 개를 볼 때마다 그녀는 자신도 똥이 마렵다는 기분이 들곤 했다. 개가 똥을 다 싸기를 기다렸다가 냉큼 그 똥을 치우는 남편을 볼 때는 더욱 눈살이 찌푸려졌다. 못생긴 개도 싫었지만 그 개의 '밑을 닦아주는' 남편은 더 싫었다. 누가 봐도 잡종견이 분명한 개를 끌고 거리를 산책하는 근육질의 대머리 남자는 무슨 까닭인지 지나치게 의기양양했다.

사람들이 자주 멈춰 개를 바라보고, 그다음에는 그 개의 주인인 늙은 남자를 바라보았다. 이건 무슨 개예요, 묻기도 했다. 진돗갭니다. 남편이 대답하면 물었던 사람도 웃고, 개도 웃었다. 진도에서 왔거든요. 남편이 말을 덧붙이면 말을 건넸던 사람이 한번 더 웃었다. 그때마다 그녀는 얼굴이 달아올랐고, 창피함을 견딜 수가 없었다. 남편은 사람들의 관심을 즐기고 있는 게 분명해 보였다. 그가 못생긴 개를 데리고 산책을 나가는 이유는 오직 사람들이 "이건 무슨 개예요?" 물어봐주기를 기대해서라는 생각이 들기도 했다. 그래서 또 한번 대답할 수 있기를. "이 개가 진도에서 왔거든요." 마치 세상에 둘도 없는 농담을 자신만이 아는 것처럼.

개는 교통사고로 죽었다. 남편이 사람들에게 의기양양하게 농담을 하고 있는 동안 목줄에서 풀려난 개가 차도로 뛰어든 모양이었다. 남편이 죽은 개를 품에 안은 채 돌아왔다. 개도 남편의 몸도 피투성이였다. 그녀는 비명을 질렀고, 잠깐 공황 상태에 빠져 이게 슬퍼해야 할 일인지 놀라워해야 할 일인지 분간을 하지 못하고 있다가, 역시 아무것도 분간하지 못하는 상태에서, 그걸 집안으로 끌고 들어오면 어쩌냐고 악을 쓰기 시작했다. 남편은 한동안 꼼짝도 않고 현관에 서 있다가 마치 던지듯이 죽은 개를 바닥에 떨구었다. 그걸 거기다가 내려놓으면 어쩌냐고 그녀가 다시 악을 썼지만 남편은 그녀의 말을 무시했다. 그가 신발을 신은 채 안으로 들어와 쓰레기봉투를 찾았다. 남편이 죽은 개를 쓰레기봉투 속에 밀어넣기 시작했다. 개는 한 번에 들어가지 않았다. 봉투 바깥으로 삐져나온 다리를 남편이 봉투 속으로 쑤셔박았다. 그러는 동안 남편의 몸은 피범벅이 되었고, 현관 바닥에도 피가 뚝뚝 떨어졌다.

"뭐하는 거야? 당신 미쳤어!"

그녀가 다시 악을 썼다. 남편은 그녀를 바라보지 않았다. 마지막 남은 다리 한쪽이 쓰레기봉투 속으로 들어가는 순간, 그녀는 우두둑, 뼈가 부러지는 소리를 들었다. 아니, 그렇다고 생각했다.

남편이 쓰레기봉투를 들고 현관문을 나서는 걸 바라보며 그녀는 더럭 겁이 났다. 무슨 까닭인지는 알 수 없었다. 그녀는 신발도 신지 않은 채 맨발로, 이미 엘리베이터를 타버린 남편을 쫓아 미친 듯이 계단을 뛰어내려가, 마침내 쓰레기통 앞에 서 있는 남편을 찾아냈다. 맨발인 그녀가 피투성이가 된 늙은 남자의 근육질 가슴을 두 주먹으로 때려가며 악을 썼다.

"내가 뭘 어쨌다고! 내가 죽였어? 내가 죽였느냐고!"

남편은 아무 말도 하지 않았다.

"당장 꺼내서 묻어줘! 묻어주란 말이야!"

남편이 그녀의 두 손목을 거머쥐었다. 손목이 부러질 듯한 악력이었다. 그녀는 또 한번 공포를 느꼈고, 더는 비명을 지를 수도 악을 쓸 수도 없었다. 남편은 곧 그녀의 손목을 놔주었다. 그러고는 입을 열었다. 언제나처럼 일상적인 목소리였다.

"여기 묻을 데가 어디 있다고 그래."

맨발인 여자와 개의 피로 온몸이 젖은 남자는 조용히 집으로 돌아왔고 더는 싸우지 않았다. 저녁때 집에 돌아온 아이들에게는 개를 남의 집에 보냈다고 말했다. 머리가 굵은 아이들은 그 말이 무슨 뜻인지를 알아채는 듯했으나, 그렇다고 해서 울고불고 난리를 쳐대거나 하지도 않았다. 개 짖는 소리 없는 하루가 그렇게 저물었다.

애완동물에 대한 혐오증이 그전부터 있었던 건지 아니면 그때부터 생긴 것인지는 분명치 않았다. 확실한 것은 그녀가 그후로 다시는 그 무엇도 키우려고 들지 않았을 뿐만 아니라 남의 강아지를 쳐다보는 것조차 내켜하지 않게 되었다는 점이었다. 남편 역시 다시 뭔가를 들고 들어온다거나 하는 일이 없었다. 그는 다시 집과 일터를 오고갔고, 친구를 만나거나 술 마시는 일이 없어 남보다 더 많이 한가한 시간에는 TV 리모컨만 돌려댔다. 오락 프로를 보면서 빙그레 웃음을 띠었고, 뉴스를 보다가는 쯧쯧 혀를 찼다. 죽은 개를 쓰레기봉투 속에 욱여넣던 사나운 모습은 어디에서도 보이지 않았다. 그리고 그녀는 그런 남편의 단단한 등과 뒤통수까지 벗어진 머리를 식탁 앞에 앉아 바라보며, 다시 중얼거렸다. 무슨 남자가 취미도 없어. 취미도 없고 돈도 없고 아무것도 없어.

늘 조금씩 부족했고 늘 조금씩 불만스럽기는 했지만, 그러나 평화로운 삶이었다. 남편의 작업복 주머니 속에서 용도를 알 수 없는 열쇠를 발견했을 때도 마찬가지였다. 이건 무슨 열쇠야? 물었더니 원룸 이사를 하고 열쇠 돌려주는 걸 깜빡 잊었다고 했다. 나중에 전화를 걸었더니 자물쇠를 이미 바꿨다며 버리라고 했는데 그걸 또 깜빡 잊은 모양이라고 했다. 당장 버리라고 그녀가 인상을 찌푸린 채 말을 했더랬다. 기분 나쁘게 왜 남의 집 열쇠를 가지고 있느냐는 말을 덧붙이는 것도 잊지 않았다.

그 열쇠를 혼자 있던 그 밤에 다시 발견했다. 이튿날 세탁소에 가져다줄 옷들을 정리하다가 남편의 점퍼 주머니에 들어 있는 그것을 다시 찾아낸 것이다. 남편의 점퍼는 세탁소에 맡길 옷은 아니었다. 남편에게는 그럴 만한 옷이 아예 없다고 말해도 좋을 정도였다. 수도 없이 물세탁을 해서 후줄근하다못해 아예 너덜너덜해진 점퍼는 딸이 조심성 없게 세탁기 앞에다 던져놓은 실크 블라우스 밑에 깔려 있었다. 그녀는 그 쓰레기 같은 남편의 점퍼를 벌써 몇 번이나 내다 버릴 작정을 하다가는 그만두곤 했다. 그날도 마찬가지였다. 이번에는, 그래도 아직은 두어 번 더 입을 수 있을 거라는 생각 때문이 아니라 그 점퍼가 느닷없이 불길하게 여겨져서였다. 젊은 아가씨의 원룸 열쇠가 들어 있던 점퍼라니.

그녀는 잠시 망설이다가 점퍼는 그대로 두고 열쇠만 쓰레기봉투 속에 던져넣었다. 문득 개가 떠올랐다. 남의 집 열쇠라는 찜찜한 기분 때문이었을 것이다. 그녀는 아직 더 채워넣을 공간이 남은 쓰레기봉투를 그대로 꽁꽁 묶어 밖으로 가지고 나갔다. 냄새가 풀풀 나는 대형 쓰레기통 옆에서 또 개가 떠올랐다.

전에는 보지 못했던 대형 화물차 하나가 쓰레기통 옆에 주차되어 있는 게 보였다. 남편의 작은 용달차와는 비교도 할 수 없이 거대한 트럭이었다. 그녀는 다가가 운전석의 문을 당겨보았다. 당연히 문은 잠겨 있었다. 그러나 화물칸에는 걸쇠만 걸려 있었다. 아마 안에 든 것이 아무것도 없는 모양이었다. 무슨 작정도 없이 그녀는 그 화물칸을 열어보았다. 그리고 잠시 후에는 계단을 밟고 올라 그 안으로 들어갔다. 그야말로 엄청나게 큰 화물칸은 텅 비어 있어서 그녀의 발소리가 쿠웅, 쿠웅, 공명했다. 이런 화물차라면 세상 전체의 비밀이라도 너끈히 실을 수 있을 것 같았다. 남편의 작은 용달차가 덜덜거리는 리어카 수준이라면 이건 그야말로 벤츠가 아니겠는가. 그녀의 발이 어둠 속 바닥에서 뒹굴던 음료수 캔을 건드렸다. 빈 깡통이 데구르르 굴렀다. 그러니까 그것은 아무것도 없는 소리였다. 리어카든 벤츠든 빈 소리를 내는 것은 마찬가지인 것이다.

어둠 때문에 보이지 않았던 공구 상자가 맨 안쪽에 놓여 있는 것이 보였다. 그녀는 그 공구 상자 위에 걸터앉았다. 그리고 그곳에서 어두운 거리를 내다보았다. 외진 곳에 있는 아파트 단지에서 바라보는 밤의 거리는 자동차 불빛으로만 빛났다. 모두들 집으로 돌아오는 불빛이었다. 생의 모든 고난들이, 사소한 말썽들이, 해소되지 못한 불만과 욕구들이 차근차근 집으로들 돌아오고 있었다. 그리하여 방과 거실과 욕실과 옷장과 신발장과 찬장 속에, 재활용 박스와 쓰레기봉투 속에 차곡차곡 쌓이거나 쟁여지기 위해. 그러니까 모든 사람들의 스위트 홈으로.

바로 그때 그녀는, 이십칠 년 동안이나 깨닫지 못했던 비밀 하나를 깨달았다. 남편의 작은 용달차 하나쯤은 거뜬히 싣고도 남을 것 같은, 누구의 것인지도 알 수 없는 대형 화물차의 화물칸 안에 도둑처럼 앉아서, 그 화물칸에서 서서히 풍겨나오는 참을 수 없게 퀴퀴한 악취를 맡기 시작하면서, 그녀는 남편의 쓰레기 같던 점퍼를 다시 떠올렸고, 그 옷을 입고 짐을 나르는 늙은 대머리 남자를 떠올렸고, 그 남자의 근육질로 가려진 늙은 몸이 사실은 아주 작다는 사실을 기억했다. 어쩐 일인지 순간 가슴이 먹먹해져서 견딜 수가 없는 지경이었는데, 그때 그녀가 깨달은 사실은 자신이 남편을 경멸할 뿐만이 아니라 사랑한다는 것이었다. 사랑이 별것이겠는가. 누군가를 하루도 빠짐없이 기다린다면, 그 기다림이 안타깝고 애절하지 않다고 해도, 이십칠 년의 그날들은 사랑이었다. 그 남자가 집에 없는 밤이 대형 화물칸의 텅 빈 어둠처럼 저물고 있었다. 쓸쓸하고 고독했다. 그것은 쉰이 넘도록 독서가 취미인 여자가 아니라면 결코 발견하지 못할, 깨닫지 못할, 비밀 같은 사랑일 것이 틀림없었다.

찰칵, 열쇠가 돌아가면서 문이 열리는 소리. 그는 언제나 그 소리에 희열을 느꼈다. 마치 전기가 오는 것처럼, 몸속의 모든 핏줄과 힘줄에서 반짝하고 불이 켜지는 것처럼. 그것은 영천 집에 들를 때마다 그가 느끼는 그만의 기쁨이었다.

왕왕, 개가 짖는 소리가 먼저 들렸다. 어둠 속에서 흰색 꼬리가 흔들리는 것이 보였다. 저놈은 확실히 진돗개가 틀림없다. 백구야. 그가 부르자 개가 달려와 그의 발등과 손등과 턱을 핥기 시작했다. 곧 온몸이 개의 침투성이가 됐다.

충직한 개다. 그가 없는 동안 먹지도 않고 자지도 않으면서 그의 모든 것을 지키고 있었던 것이다. 그놈을 키우기 전까지 그는 이 집에서 소리 내는 것을 키워본 적이 없었다. 사실을 말하자면 그는 아무것도 키우지 않았다. 그런 것도 키운다고 말할 수 있다면 그가 키우는 것은 열쇠들이었다. 그가 영천 집에 열쇠를 하나씩 갖다놓을 때마다 원룸들이 그곳에 자리를 잡고, 그가 열쇠를 갖지 않은 이웃의 원룸들까지 불러들여 스스로 번식했다. 그리하여 몇 년 사이 영천 집은 집이 아니라 무한 번식하는 세계가 되었다. 세계의 어느 구석에서는 어린 여자아이들이 소리 죽여 몸을 씻고 잠을 잤다. 소리 죽여 생글생글 웃기도 했다.

왜 자꾸 웃니.

아저씨가 자꾸 웃으니까 나도 웃겨서요.

하늘에 맹세코 그는 그 여자아이들을 데리고 불순한 상상을 하지는 않았다. 실은 하늘에 맹세할 필요도 없었다. 그가 있는 곳은 신이 존재하지 않는 그만의 세계였으므로. 그는 분주히 집을 옮겨 집을 짓고, 집을 빼내 다시 집을 넓혔다. 자꾸 웃는 여자아이들은 서둘러 내쫓아버렸다. 교통사고로 죽은 개가 그 집에 자리를 잡고 그 집의 모든 집들을 지켰다. 그러니까 말하자면 그가 키우는 것은 세계였고 공간이었다.

아주 간혹 신경에 거슬리는 문짝 긁는 소리가 들려왔다. 그가 자신의 공간을 키우기 위해 내쫓은 모든 것들이 다시 집안으로 들어오기 위해 문을 긁어대는 것이다. 그는 열쇠 하나씩을 문밖으로 던져 그들의 허기를 달래주거나 놀잇감을 제공해주었다. 어느 날인가는 아내가 열쇠를 던지는 그의 손등을 물고 놓지 않았다. 처음에는 손을 저어 쫓아버리려고 했지만, 손등에 박힌 이빨이 빠지지 않았다. 그는 아내의 머리통을 때리고 허리를 걷어차야만 했다. 피투성이가 된 아내가 구슬피 울며 떠나가는 것을 볼 때, 비로소 그도 약간의 죄책감을 느끼기는 했다.

너무 심하게 팼군.

그러나 괜찮았다. 그는 곧 다시 돌아갈 것이고, 돌아가서는 묵묵히 아내의 모든 상처를 치료해줄 것이므로. 자신에게 남은 마지막 힘을 다 짜내서라도 그렇게 할 것이므로. 사랑한다고 말하지 못한다고 해서 사랑이 아닌 것은 아니다. 지나간 이십칠 년 그는 아내를 사랑했고, 영천 집이 생긴 지난 칠 년 동안에는 특히 더 그랬다.

비밀이 사랑을 키웠다. 그가 세상의 한구석에서 세상 전체를 키우고 있다는 사실을 아는 사람은 아무도 없었다. 특히나 아내는 모르는 것이다. 그는 세상 한가운데에 있었고, 또 무덤 한가운데에 있었다. 죽은 자의 목소리가 가끔 들렸다. 그것은 평생을 혼자 살다 가난하게 늙어 죽은 고모부의 목소리였다.

뭐, 이만하면 잘 죽은 거 아니냐.

그 와중에도 열쇠들은 분주히 서로의 몸을 부대껴가며 교미를 하고 번식을 하고 있었다. 그가 영천 집에 머물 때마다 보름달이 환했다. 세상에서 가장 풍성한 고독을 가진 남자의 밤을 밝히기 위해서였다. 그런 밤마다 그는 백구의 등을 쓰다듬으며 홀로 중얼거렸다.

아직도 너무 좁군. 좀더 넓혀야겠어.

아주 사소한 히어로의
특별한 쓸쓸함

산불을 본 적이 있다. 지방 국도를 달리는 중이었는데, 갑자기 길이 막혀 꼼짝을 하지 않았다. 상습 정체 구간이 아니었고 차가 막힐 이유가 없는 시간대였는데도 그랬다. 이상한 느낌이 들었던 것은 뻣뻣해진 목을 풀기 위해 반대편 차선 쪽으로 고개를 돌렸을 때였다. 뭔가 분명히 이상했는데, 반대편 차선의 운전자들이 모두 룸미러로 뒤를 보며 달려가고 있다는 느낌이 들었기 때문이다. 반대편 차선 역시 약간의 정체가 있기는 했지만, 그렇더라도 고속도로급의 국도에서 뒤를 보며 달린다는 건 제정신이 아닌 생각이었다.

그는 반대편 도로 운전자들의 시선을 좇아 고개를 길게 뽑아 앞쪽을 보았다. 사고가 난 모양이었다. 사람들이 길가로 나와 서 있는 것이 멀리 보였다. 사고를 구경하고 싶은 생각은 없었다. 그는 고개를 돌려 다시 반대편 차선을 바라보았다. 여전히 그쪽 운전자들의 시선이 신경쓰였던 것이다. 뭘 봤길래 저럴까.

전방으로 갑자기 확 솟아오르는 불길이 보인 건 그때였다. 비명인지 감탄사인지 알 수 없는 소리가 자신도 모르는 사이 터져나왔다. 불은, 이렇게 말해도 된다면, 그야말로 엄청났다. 마치 저기 어디쯤, 산 하나가 통째로 불타오르고 있는 것처럼.

그는 꿈을 꾸듯이 차에서 내려섰다. 흡사 정지되었던 화면이 바로 그때부터 돌아가기 시작한 것처럼 불타는 냄새가 쏟아져오고, 그을음이 날아오고, 불타는 소리가 터져나오고, 고속도로로 쏟아져나온 사람들이 일제히 질러대는 소리가 들리고, 소방차 사이렌 소리가 울려퍼졌다.

그리고 바로 그때 그는 감전이라도 된 듯 진저리를 쳤는데, 손에 들고 있던 핸드폰의 진동 때문이었다. 그는 잠시 멍한 시선으로 핸드폰을 내려다보았다. 그 와중에도 핸드폰을 들고 내렸구나, 그런 생각이 먼저 들었고, 액정에 뜬 전화번호가 회사 동료라는 걸 알았고, 그가 왜 아직도 회사에 돌아오지 않고 있는지를 추궁하는 전화이리라는 걸 알았고, 산 하나가 통째로 불타든 세상 전부가 불타든 달라지지 않는 건 달라지지 않은 채 돌아간다는 걸 알았다.

K와 같은 버스를 탄 게 바로 그날 저녁이었다. 늦기는 했지만 그는 어쨌든 회사로 돌아왔고, 차량을 반납했고, 그리고 회식중이라는 부서원들을 찾아 고깃집으로 향했다. 그렇게까지 할 필요 없이 곧바로 퇴근을 해도 됐지만, 그는 산불 얘기를 하고 싶었던 것이다.

그러나 그가 식당에 도착했을 때, 그 자리에는 본부장이 함께 있었다. 아마 우연한 합석이었던 듯한데, 간부는 간부답게 부서원들에게 소고기를 시켜주고 시답잖은 농담과 격려를 하는 중이었다. 부서원들 중 누구도 그에게 왜 늦었는지 묻지 않았고, 그 역시 무슨 말이든 끼어들 기회가 없었다. 그는 조용히, 그리고 천천히 먹고 마셨다. 본부장이 자리를 뜨기 직전 핸드폰을 들여다보며 요샌 왜 이렇게 불이 많이 나나 몰라, 라고 중얼거렸는데 아마 포털 메인에 산불 뉴스가 뜬 듯했다. 그는 그 산불을 자기가 봤다고, 물론 말하지 못했다.

그리고 바로 그날 K와 같은 버스를 탔고, K가 그에게 말했던 것이다. 자신에게는 순간이동을 하는 능력이 있다고 말이다.

훅 갔다 오는 거야. 어디든.

K와 같은 버스를 탄 건 그날이 처음이었다. K는 최근에 이사를 했다는데, 새로 이사한 집이 그와 같은 동네에 있었다. 그들이 사

는 동네, 서울 북쪽의 신도시로 가는 퇴근길의 버스는 늘 만원이었지만, 그날 그들은 운이 좋게도 둘 다 자리를 차지할 수 있었다. 그들은 아주 잠깐 동안 폭등하는 서울의 아파트 전셋값과 좀처럼 오르지 않는 그들 동네의 아파트값에 대해 이야기를 나눴다. 그러고는 곧바로 각자 끄덕끄덕 졸기 시작했는데, 그렇다고 생각했는데, 흔들어 깨우는 듯한 느낌에 눈을 떠보니 K의 얼굴이 바로 코앞에 있었다. K의 눈이 붉었다. 그가 잠들어 있던 동안, 내리 울었던 사람처럼.

그런데 문제는 거기가 내가 의도한 곳이 아니고, 또 그 순간이 너무 빨리 지나가버려서 거기가 어딘지를 도무지 알 수가 없다는 거지. 그래서 증명이 안 된다는 거지. 그래서 누구도 안 믿어준다는 거지.

그는 그냥 듣기만 했다. 달리 뭘 할 수 있었겠는가.

누구도 안 믿어준다는 거지.

K는 같은 말을 한번 더 반복했다.

버스는 그때 실내등을 끈 채로 외곽순환도로를 달리는 중이었다. 세상은 어둡고, 버스는 만원이고, 버스 천장의 고리에 매달린 사람들은 둥근 고리와 함께 둥글게 흔들리고, 그는 옅은 취기와 졸음으로 인해 머리가 어지러웠다. 그는 다시 자고 싶었지만, 그러나 예의를 다해 물었다.

얼마나 빨리 지나가는데?

그냥 훅.

훅?

눈 깜짝할 사이에, 그냥 훅.

K는 이제 앞을 보고 있었다. 살짝 통로 쪽으로 고개를 틀고 있어서 옆모습조차 제대로 볼 수가 없었다. 그는 K의 귀가 쪽박귀라는 사실을 처음 알았고, 그 귓가에 자라난 흰머리가 눈에 띄게 덥수룩하다는 사실도 처음 알았다. 그와 K는 동갑이었다.

그날, K는 대체 얼마나 취해 있었던 것일까. 편안한 회식 자리가 아니었으니 누구도 취하도록 마실 수는 없었을 것이다. K에게서는 술냄새보다는 숯냄새, 그리고 숯불에 탄 고기 냄새가 더 많이 풍겼다. 그도 마찬가지였을 것이다. 어중간하게 취해 있거나 어중간하게 깬 채로 만원인 직행버스 안에서 흔들리면서 고기 냄새와 숯냄새를 마구 뿜어내고 있었을 것이다. 그는 K와 똑같았고, K는 그와 똑같았다.

사실은 말이지.

그는 K에게 말했다.

난 오늘 산불을 봤어.

하지 말았어야 했다. 순간이동을 하는 남자 앞에서 기껏해야 산불 구경 이야기라니. 게다가 산불이 '고작, 겨우, 기껏'이 되어버리다니. 그는 부끄러웠고, 까닭을 알 수 없게도 몹시 쓸쓸한 기분이었다.

그의 회사 근처에는 피규어를 파는 상점이 있었다. 피규어가 장난감과는 다르다는 것을 알게 된 건 그것들에 붙어 있는 놀라운 가격표 때문이었다. 어떤 피규어는 그의 월급 전부를 털어야만 할 정도로 비쌌는데, 그런 걸 누가 사랴 했지만 '가게'가 아니라 '숍'에 가면 그 정도는 오히려 싼 축에 속할 거라는 말을 들었다. 가게와 숍의 차이는 장난감과 피규어의 차이와 같았다.

그곳에서 K를 만난 적이 있었다. 정확히 말하면 그 가게 앞에서였다. 점심시간이 끝날 무렵이었는데, K는 근처 치과에 다녀오는 길이라고 했고, 그는 살짝 멋쩍은 표정으로 아들이 곧 생일인데 애가 이런 걸 좋아한다고 말했다. 그런데 뭐 이딴 게 지랄맞게 비싸다고, 욕을 섞어 덧붙였다. K는 이가 많이 불편한 모양이었다. 뺨에 대고 있는 한 손을 떼어내지도 못하고 찡그린 얼굴로, K는 말없이 다른 한 손으로 그의 어깨만 툭툭 두드렸다. 위로하듯이, 혹은 격려하듯이.

K에게서 순간이동 이야기를 들은 후, 그 장면이 계속해서 떠올랐다. 눈 깜짝할 사이에 세상 어디에든 갔다 올 수 있다는 K는, 그렇게 엄청난 일을 할 수 있다는 K는, 정작 자신의 치통 하나도 해결할 수 없는 것이다. 어디 치통만 그렇겠나. 변비도 그렇고 배탈, 설사도 그렇겠지.

K와 다시 순간이동에 관한 이야기를 할 기회는 없었다. 다른 어

떤 일반적이고 사소하고 개인적인 이야기를 할 기회도 없었다. 같은 버스를 탈 일도 더는 없었는데, K가 자신의 집 앞에서 내리는 더 빠른 노선을 알아냈기 때문이고, 그걸 가르쳐준 사람은 바로 그였다. 물론 그들은 여전히 한 사무실에서 일을 하고, 같은 구내식당에서 점심을 먹고, 그 점심을 간혹 한 테이블에서 먹기도 하고, 회식 자리에서는 옆자리에 앉거나 마주앉기도 했다. 그는 눈도 깜빡하지 않고 K를 지켜보려고 했으나 그건 불가능한 일이었고, 자신이 눈 깜빡할 사이에 K가 어디를 다녀왔는지 말았는지, 어쨌든 K는 늘 있던 그 자리에 있었다. 다만 K의 얼굴이 가끔 쓸쓸하다고 여겨졌는데, 그러나 그건 순간이동의 비밀 때문이 아니라 끝없이 같은 문제를 일으키는 업무 때문이고, 나이 때문이고, 월급 때문이고, 건강 때문이고, 상승하는 전셋값에 관한 뉴스 때문일 터였다. 그럴 거라고 생각했다. 말하자면 그들 모두의 쓸쓸함, 누구에게도 특별할 것이 없는.

그렇더라도 그는 K가 왜 자신에게 그런 말을 했는지가 궁금했다. 왜 굳이 그에게 그런 말을 했는지. 피규어 가게 앞에서 그와 마주친 적이 있었기 때문일까. 그가 결국 값이 너무 비싼 피규어도, 값이 너무 싼 조잡한 장난감도 사지 못했던 걸 알았기 때문일까.

아니면, 혹은 그날 오후에 그가 목격했던 산불 때문인지도 모른다. 그날 회식 자리에서 어쩌면 K는 산불 이야기를 하고 싶어 안달이 나 있던 그의 기색을 눈치챘던 것인지도 모른다. 홀로 술이 올라 있던 본부장의 격려사는 지겹기 짝이 없었고, 호응하고 박수치고 웃어줘야 할 포인트는 자동적으로 주어졌고, 그래서 모두들 한꺼번에 딴생각에 빠져 있었는데, 여전히 산불을 목격한 흥분에 사로잡혀 있던 그를 바라보며 K는 생각했을지도 모른다. 저 정도로 안달이 나서 하고 싶은 이야기는 뭘까.

K는 오래전에 사표를 내려고 했던 적이 있었다. K가 해주었던 말이다. 사표를 품에 지니고 있던 그 하루, 실은 고작 반나절, K의 얼굴이 바로 그랬었다고 했다. 화장실 거울에 비친 자신의 얼굴이 거의 불덩이 같았다고. K는 바로 그 자리에서 품에 지니고 있던 사표를 꺼내 찢는 대신 손을 씻던 물에 적셔버렸는데, 사표가 젖어가는 속도로 K의 얼굴 역시 젖어들었다. 슬픔이 아니라 안도 때문에, 환멸이 아니라 평화 때문에. 아무튼 간에, 저자의 흥분은 무엇 때문일까, K는 생각했을 것이다. 사표 따위를 낼 위인은 못 될 것이라고 생각했을 것이고, 본부장에게 입 닥치라고 말할 용기는 더 없을 것이라고 생각했을 것이다. 그러면 그것보다 딱 한끗만 덜 간절한, 그러나 정말이지 하고 싶은 말이란, 여보세요, 부서 사람들, 실은 나는 말입니다, 슈퍼맨이랍니다, 그쯤은 돼야 하지 않을까, K는 생각했을지도 모른다. 실은 그렇다고 해도 별로 놀랍지도 않았을 터인데, 택배 회사의 직원인 그들은 영업소의 차량기사가 아니고 거리를 미친듯이 달리는 퀵 딜리버리맨도 아니었음에도 불구하고 그들 자신을 대충 스피드맨쯤으로는 여겼기 때문이

다. 게다가 K, 그 자신은 순간이동도 하지 않는가 말이다.

피규어를 파는 가게에서 빈손으로 나온 후, 아들의 생일이 일주일 앞으로 다가올 때까지도 그는 아무 선물도 사지 못했다. 중학생인 아들은 그 나이답게 히어로를 좋아했다. 한동안은 거의 마니아급이었다. 히어로의 세계에 DC와 마블이 있다는 것도 그는 아들을 통해서 알았다. 아들은 마블 팬이었다. 우주에서 날아온 슈퍼맨보다는 엄청난 부자에다가 잘생기고 신형 장비들이 빵빵한 아이언맨을 더 좋아한다는 것이다. 물론 이건 아들이 아니라 그의 해석이기는 했다.

전처와 사는 아들과 만날 때마다 그는 히어로 영화를 보고, 히어로 피규어를 사고—아니 히어로 장난감을 사고, 히어로 이야기를 하면서 햄버거나 피자를 먹었다. 그런데 이 히어로들이 얼마나 많은지, 아들에 의하면 공식적으로 활동하는 히어로들이 뉴욕에만도 오천 명이 넘는다는 것이다. 그러니 전 세계적으로 활동하는, 혹은 잠시 잠수를 타고 있는 히어로들까지 합친다면 그 수가 어느 정도나 되겠는가. 그는 뉴욕에는 가본 적이 없지만, 만일 히어로의 날 같은 게 있어서 세상의 모든 히어로들이 뉴욕의 타임스스퀘어에 모인다면 그건 정말이지 장관이겠다 싶었다.

처음 뵙겠습니다. 실례지만 무슨 히어로신지?

아 그렇습니까? 저는 이런 히어롭니다.

아 그러시군요. 저쪽 저분도 비슷한 히어로시던데. 그럼 전, 우리 소그룹 쪽으로 이만.

그런 상상을 하면 웃음이 나왔다. 그러나 아이와 함께 본 히어로 영화 속에서는 히어로들의 능력이 그런 웃기는 수준인 게 아니라 그야말로 어마어마해서, 누구는 무엇이든 부술 수 있고 누구는 무엇이든 불태울 수 있는데 또 누구는 무엇에도 부서지지 않고 무엇에도 불타지 않는 능력이 있었다. 불행히도 그는 그런 영화들을 좋아할 수가 없었다. 영화가 상영되는 내내 그가 깨어 있었던 건 오직 도무지 잠들 수가 없을 정도로 압도적인 화면과 엄청난 소리 때문이었다. 상영시간 내내 그는 불타는 영화관 안에 있는 느낌이었다. 한꺼번에 활활 불타오르는 영화관이 그는 뜨겁고 불편했다. 노력하기는 했지만, 끝없이 노력하고는 있었지만, 그는 정말이지 어떻게 해도 영화 속 그 히어로들의 이름을 외울 수 없었고 그 이름과 능력을 매치시킬 수가 없었다. 아들과의 대화는 자주 끊겼고, 아들은 그가 자신의 눈치를 살핀다는 걸 눈치채기 시작했고, 화를 내다가, 그 화를 참기 시작했다. 중2병. 사람들은 그런 걸 중2병이라고 말한다고 했다.

아들의 생일을 앞두고 그는 아들과 통화를 했다. 기억할 수도 없을 정도로 오랜만에 연결이 된 통화였고, 너무나 바빠서 다음다음 주, 또 그다음 주쯤에야 그를 만나줄 수 있겠다고 아이가 허락

해준 날짜는 지난번 만남으로부터도 근 반년, 어쩌면 거의 일 년쯤이 지난 날이었다. 생일을 사흘 앞둔 날이기도 했다.

아이들이 어른보다 더 바쁘다는 건 그도 잘 알고 있는 사실이었다. 바쁘지 않은 게 이상한 일이었고, 그래서 아이가 바쁜 건 정말 다행한 일이라고도 생각했다. 아이의 핸드폰이 꺼져 있는 경우는 없었지만, 고객님이 전화를 받지 않습니다, 그런 안내 멘트를 들을 때마다 그는 아이가 아마도 공부중인 모양이라고 혼자 생각하며 안심했다.

아이와 만나던 날, 아이보다 먼저 피자집에 도착한 그는 창가 테이블에 앉아 건널목 건너편에서 신호를 기다리는 아이를 지켜보았다. 파란불이 켜지자 아이는 마지못한 듯 건널목을 건너기 시작했다. 지난번보다 조금은 더 커졌나. 그는 눈을 가늘게 뜨고 아이를 바라봤다. 적어도 아이가 지난번보다 조금 더 빠르게 걷는 건 분명했다. 그를 만나고 싶은 열망 때문이 아니라 그만큼 자랐다는 뜻이고, 그만큼 보폭이 커졌다는 뜻이었다. 자신의 성장 속도를 이기지 못해, 아이는 만나기가 귀찮고 성가신 아버지를 일 분쯤 더 빠르게 만나야 하는 것이다.

그는 아이와 피자를 먹고 운동화를 사고 영화를 볼 작정이었다. 최근에 본 영화에서 이혼을 한 아버지가 전처와 함께 사는 아들에게 운동화를 사주는 장면을 보고, 왜 모든 이혼한 아버지들은 전처와 사는 아들에게 운동화를 사주는지가 궁금했었다. 심지어 그는 운동화 매장에서 이혼한 회사 동료가 아들을 데리고 온 걸 본 적도 있었다. 불행히도 서로 눈이 마주쳐버린 그들은 멋쩍게 웃으며 눈인사를 나누지 않을 수 없었다. 어쩐 일인지 그후부터 그들은 회사에서 마주쳐도 서로를 피했고, 회식 자리에서는 결코 가까운 자리에 앉으려고 들지 않았다. 그러니까 이혼한 전처가 키우는 아들에게 운동화를 사주는 건 부끄러운 일이라는 소린가. 그는 알 수 없었다.

어쨌든 선물, 창의적인 선물이 필요했다. 아이는 더는 초등학생이 아니었다. 대화도 마찬가지다. 창의적인 대화, 부끄럽지 않은 대화, 그런 거.

그는 아들에게 산불 이야기를 했다. 그게 얼마나 엄청났는지. 세상에 산불을 직접 보다니, 놀랍지 않니? 아이는 빨대로 콜라를 마시고 있었는데, 그 쪽쪽 빨아대는 소리가 산불을 끄러 달려오던 소방차 행렬의 사이렌 소리보다 더 크게 들렸다. 화제를 바꿔야 했다. 실은 그 자신에게조차도 산불을 본 놀라움과 감동 같은 건 이미 사라졌다. 그러니 무슨 얘기가 되겠는가. 그러나, 그렇다면 무슨 이야기를 해야 하나. 그는 K의 얘기를 했다. 아빠가 어떤 사람을 아는데, 그 사람이 글쎄 말이다, 그런데 웃기는 게 얼마나 빨리 갔다 오냐면…… 아이가 빨대에서 입술을 뗐다.

그래서 그 사람은 뭐를 하는 사람인데요?

어……

그는 당황했다. 질문도 질문이었지만 존댓말 때문에 더욱 그랬다. 아이에게는 말끝을 흐리는 나쁜 습관이 있었고, 그 때문에 그는 아이의 달라진 말투를 미처 알아채지 못하고 있었다. 잘 지냈니, 물었을 때는 고개만 끄덕였고, 뭘 먹을래, 물었을 때는 턱끝을 올릴락 말락 해서 메뉴판의 어느 지점을 가리켰었다. 그런데 지금, 아이는 마지막 물음표까지 똑똑하게 존댓말로 발음을 하고 있었다. 물음표에도 존댓말이 있다면, 분명히 그런 어조로. 그러니까 따지듯이. 그는 당황한 채로, 어쩌면 겁을 먹은 채로 아무 대답도 하지 못했고, 아이가 말했다.

아빠, 세상에 그런 게 어디 있다고…… 그래……

아버지, 세상에 히어로 같은 게 어디 있다고 그러세요. 아버님, 세상에 히어로 같은 게 어디 있다고 그러십니까. 아버지, 그만하세요. 아빠, 입 닥쳐!

그가 아들 앞에서 주눅이 드는 이유는 아들과 같이 살지 않기 때문이 아니었다. 아들이 무얼 좋아하는지 몰랐고, 지난번에 좋아하던 걸 여전히 좋아하는지도 알 수 없었고, 지난번에 외웠던 아들이 좋아하는 히어로의 이름을 그사이에 또 까먹어서도 아니었다. 그 모든 게 다 섞여 있기는 했지만, 핵심적으로 말하자면, 그가 그 아이의 어머니와만 이혼한 게 아니라 또다른 아이의 어머니와도 이혼했다는 사실 때문이었다. 그러니까 두 번의 이혼, 그리고 두 명의 아들, 그 아들들을 데리고 사는 두 명의 전처. 한 번의 이혼과 두 번의 이혼은 정말로, 아주 많이 달랐다. 첫번째 이혼이 슬픔이었다면 두번째 이혼은 좌절에 가까웠고, 첫번째 이혼이 상처였다면 두번째 이혼은 실패에 가까웠다. 그리고 거기에는 수치심이 있었다. 자신은 결코 성공하지 못할 것이라는, 실수를 고치지 못할 것이라는, 그러니까 첫번째 이혼도 굳이 할 필요는 없었을 거라는, 더 따지고 들어가면 아예 결혼 같은 것도 하지 말고, 아이 같은 것도 낳지 말았어야 했다는……

두번째 아들, 이제 여섯 살인 그 아이도 그 나이답게 히어로를 좋아했다. 다행히도 그 아이가 좋아하는 히어로들은 다들 꽤나 유명해서 그도 별 노력 없이 이름을 외울 수 있었다. 그러니까 슈퍼맨, 배트맨, 스파이더맨, 뭐 그런 평범한 히어로들. 그리고 그 아이는 피규어가 아니라 장난감만으로도 충분히 행복해했다. 아직은 창의적인 생일선물이 필요한 나이가 아닌 것이다. 물론, 창의적인 대화도.

그 여섯 살짜리 아들을 만나던 날, TV에서 산불 소식이 속보로 계속 올라오고 있었다. 불길은 좀체 잡히지 않았고, 산등성이를 넘어가며 다시 타오르기를 거듭하고 있었다. 무서운 불, 이라고 그는 생각했다. 자신도 모르는 사이에 산불 이야기를 한 모양이었다. 아이의 축축한 손이 그를 건드리는 걸 느끼고 쳐다봤을 때, 아이는

가쁘게 숨을 몰아쉬며 땀까지 흘릴 정도로 그의 이야기에 깊이 빠져 있는 상태였다. 뭔가 뜨거운 것이 울컥하는 기분이 들었다. 그러고 보니 그는 며칠이 지나도록 K를 제외한 누구에게도 그 산불 이야기를 한 적이 없었다. 안 한 게 아니라 할 수 있는 기회도, 그 이야기를 들어줄 사람도 못 찾았던 것이다. 그런데 이제 여섯 살짜리, 두번째 전처가 키우는 둘째 아들이 그의 이야기를 들어주고 있었다. 얼마나 굉장했던지, 얼마나 뜨거웠던지, 얼마나 활활 탔던지, 얼마나 무서웠던지, 다 들어주고 있는 것이다. 그가 말을 마치는 순간, 아이는 마치 참았던 숨을 토해내듯이 물었다.

그래서 아빠가 불 끌 거야? 그럴 거야?

불은커녕…… 그는 두번째 전처가 키우는 여섯 살짜리 둘째 아들의 머리카락을 쓸어주며, 혼자서만 생각했다. 갑자기 불에 홀랑 다 타버린 것 같은 마음으로, 이렇게.

불은커녕, 아빠는……

아비이기는커녕, 위자료는커녕, 인간이기는커녕…… 첫번째 아내가 그에게 가장 많이 한 말이었다. 그나마 에둘러 해준 말이었을 터이다. 그냥 거두절미 말하고 싶었을 텐데. 대책 없는 인간, 뻔뻔한 자식, 어쩌면 쓰레기. 왜냐하면 그들이 같이 살던 동안 그녀가 가장 빈번히 했던 말이 바로 그거였으니까. 쓰레기 좀 치워,

그 쓰레기 좀 치우란 말이야! 첫번째 아내와 살던 당시 그는 영업소에서 일을 했었다. 쏟아져들어오는 택배 박스들과 쏟아져나가는 박스들. 쏟아져들어오는 트럭들과 쏟아져나가는 트럭들. 그리고 쏟아져들어오는 입고 기록과 쏟아져나가는 출고 기록들. 현장에 있으면 세상이 얼마나 거대하게 돌아가는지 머리가 어질어질할 정도였다. 그래봤자 그 거대한 박스들의 행렬은 박스와 박스의 집합일 뿐이었고, 그 박스 안은 모조 장신구와 값싼 옷들과 고양이 모래와, 생수 묶음과 간장게장과 굴비와, 다시 한번 고양이 모래, 그 빌어먹을 고양이 모래, 고양이 모래들일 뿐인데. 그 사소하고 자질구레하고 구질구질한 생활의 찌꺼기들은, 그러나 박스에 실려 다시 다른 박스들과 만나 쌓이고, 다시 쌓이고, 탑차 하나, 탑차 둘, 탑차 셋을 채워가며 거대한 세계가 되었다. 그래봤자 고양이 모래, 빌어먹을 고양이 모래들일 뿐인데.

첫번째 아내는 아들 하나와 고양이 두 마리를 키웠다. 고양이들이 똥과 오줌으로 만들어내는 쓰레기는 많기만 한 게 아니라 대단히 무겁기도 해서 그 쓰레기를 처리하는 것은 전적으로 그의 몫이었다. 아내는 아들의 똥을 치우고, 그는 고양이들의 똥을 치웠다. 아내는 아들의 똥이 묻은 기저귀와 고양이 똥이 뭉친 모래를 쓰레기봉투에 넣고, 그는 그 봉투를 치웠다.

쓰레기 좀 갖다 버려, 그 쓰레기 좀 갖다 버리라고, 이 쓰레기야!

그가 쓰레기를 갖다 버리는 사람에서 쓰레기가 되어버리기까지의 과정은 다시 떠올리고 싶지 않았다. 특별히 고통스러워서가 아니라 너무나 평범해서였다. 그걸 깨닫게 된 건 두번째 결혼이 실패할 즈음에 이르러서였다. 왜 자신은 똑같은 걸 다시 한번 반복한 후에야 그 잘못을 깨닫게 되는지 알 수 없었다. 말하자면 복습. 예습은 없는데 복습만 있는 것 같은 삶. 그러고도 또 틀리는 것이다. 한번 틀린 문제는 영원히, 완전히 교정되지 않는다. 그는 어쩌면 자신이 또 한번 결혼을 하게 될지도 모른다고, 그러고는 또 아들을 낳을지도 모르고, 세번째 아내는 또 고양이를 키울지도 모른다고 생각했다.

첫번째 아내가 키우는 첫째 아들과는 피자집 앞에서 헤어졌다. 같이 볼 만한 영화도 없었고, 신발도 새것인 게 분명했다. 피자집 앞에는 버스정류장이 있었고, 아이가 탈 버스가 거기에서 섰다. 배차 간격이 드문 버스였다. 그는 초조하게 버스를 기다렸다. 아이가 핸드폰과 함께 손에 쥐고 있는 오만원짜리 지폐 몇 장이 계속 눈에 거슬렸다. 그가 생일선물로 아이에게 준 돈이었다. 중2인 아이가 받기에는 충분히 넉넉한 돈이었으나, 괜찮은 피규어를 사기에는 모자랄 터였다.

생일선물로 비싼 피규어를 사지 않은 게 부끄럽지는 않았다. 아이가 여전히 히어로 마니아인지 히어로를 좋아하기나 하는지도 알 수 없었고, 중2쯤 되는 아이에게 줄 수 있는 가장 창의적인 선물이란 결국 돈일 거라는 생각에도 변함이 없었기 때문이다. 그렇더라도, 당연하다는 듯 돈을 받아 그걸 주머니에 집어넣지도 않고 마치 그를 무시라도 하듯이 손에 쥐고 있는 아들의 태도는 그를 괴롭혔다. 일 년에 두 번만 만날 수 있어도 아들에게 훈계를 했을 것이다. 계절에 한 번만 만날 수 있어도 야단을 칠 수 있었을 것이다. 그러나 일 년에 한 번 만나는 아들에게 그가 무얼 할 수 있겠는가.

그때 길 건너 건널목에 낯익은 사람이 보였다. 그와 같은 동네로 이사를 온, 바로 K였다. K가 아들이 건너왔던 건널목의 건너편에 서 있었다. 뜻밖의 발견이었기 때문일까. 어찌나 반갑던지 그는 아이의 손을 움켜쥐면서 거의 외치듯이 말할 뻔했다.

아빠가 말한 사람이 바로 저 사람이야! 순간이동!

정말로 그러지 않아서 얼마나 다행인지 몰랐다. 만일에 그랬다면 앞으로 또 일 년 후에나 만날 수 있을까 싶은 아이를 어쩌면 훨씬 더 오래 기다려야 하게 됐을지도 모른다. 아이는 어쩌면 정말로, 그에게 닥치라고 말했을지도 모른다.

아이가 버스를 타고, 그가 그 버스를 우두커니 바라보고 있는데 어깨를 건드리는 손길이 느껴졌다. K였다.

여긴 어떻게?

그는 물었다. 버스를 타고 왔는지 자기 차를 타고 왔는지 아니면 순간이동을 해서 왔는지 물었던 것인데, K는 피자를 사러 왔다고 대답했다. 방문 포장을 하면 배달시키는 것보다 십 프로가 더 싸다나. 그는 K를 좇아서 다시 피자집으로 들어갔다. K의 피자가 나올 때까지 그는 K와 함께 잠시 전 아이와 함께 앉았던 자리에 앉아 신도시의 아파트와 전셋값 시세를 얘기했다.

피자집은 그들이 사는 신도시의 공원 건너편에 있었다. K는 아내와 아이들과 공원에 놀러온 참이었고, K의 아내와 아들들은 공원에서 그가 사올 피자를 기다리고 있다고 했다.

그런데 말이야.

K가 말했다.

공원에서 오늘 애들이 핫도그를 사먹었거든. 피자를 사먹을 줄 알았으면 핫도그를 안 사주는 건데, 그땐 피자까지 사달랄 줄 몰랐지.

그는 듣기만 했다. 무슨 말을 하겠는가.

혹시 배터리맨이라고 알아?

그는 여전히, 듣기만 했다. 이 자식이, 이번에는 순간이동만 하는 게 아니라 자기가 배터리맨인지 뭔지라고 말하려는 걸까.

그런 사람이 있더라고. 몸에서 전기가 난대. 비바 뭐라고 하는 사람인데, 저기 동유럽 어느 나라 사람이야. 정말로 사람이라고. 만화가 아니라.

그런데?

말을 거들지 말았어야 했다. 실은 피자집에도 따라 들어오지 말았어야 했다. 내일이면 회사에서 또 만날 사람인데, 뭐하러 이렇게까지 했을까.

그자가 말이야. 어느 날, 비가 내리는 날에 친구들이랑 어떤 펜스 옆을 지나가고 있었다는 거야. 그런데 그 친구들 중 하나가 펜스에 무심코 손을 갖다댔다가 그냥 나가떨어졌대. 감전이 된 거지. 난리가 나지 않았겠어? 비바, 그자도 놀라서 소리를 질렀는데, 그때 자기가 펜스를 움켜쥐고 있더래. 소리를 지르는 내내 펜스를 붙잡고 있었다는 거지. 친구들이 그걸 보고는 나가떨어진 놈이 장난을 치는지, 펜스를 움켜쥐고 있는 놈이 장난을 치는지 아리송해진 거지. 안 그랬겠어? 그런데 멀쩡한 걸 멀쩡하지 않은 것처럼 꾸미기는 쉬워도 그 반대는 어렵지 않겠어? 공갈은 나가떨어진 놈이 친 거라고 생각한 거지. 그래서 너도 나도 펜스에 손을 댔다가 다들 한꺼번에 나가떨어졌다는 거야.

그래서?

비바, 그자를 봤는데, 소시지를 굽고 있더라고. 맨손으로. 자기 몸으로 전기를 일으켜서 말이지. 포자 뭐라고 하는 동유럽 어디던데, 거기가. 그런데 그 소시지 냄새가 얼마나 리얼하던지…… 정말 맛있는 냄새가 나더라고. ……뭐, 정말로 냄새가 좋았다는 얘기야.

테이블 위에서 진동벨이 울렸다. K가 피자를 가지러 일어섰고,

그는 그사이에 말도 없이 피자집에서 나왔다. 거리에는 일요일 한낮의 햇살이 쏟아지고 있었다. 그의 몸속에서도 뭔가 뜨겁고 쨍한 것들이, 불타는 것 같은 것들이, 감전될 것 같은 것들이 부글거리고 있었는데, 그건 아무래도 K에 대한 분노인 것 같았다. 그렇지 않으면 아들에 대한 분노이겠나.

K는 그를 우습게 보는 게 틀림없었다. 그렇게밖에는 달리 생각할 수가 없었다. 언제부터 그랬는지는 모르겠지만 한번 우습게 보기 시작하니 계속 그러게 된 것이다. K는 이제 기회가 될 때마다 그를 쫓아다니며 그를 조롱할 작정인 것이다. 지난번에는 순간이동이었지만 이번에는 소시지를 굽는 배터리맨이고, 다음번에는 어쩌면 투명인간일지도 모른다. 그가 회사 화장실에서 똥을 누고 있는 동안, 그 비좁은 칸에 순간이동으로 들어와 같이 끼어 앉아서는 그에게 아무도 믿어주지 않는 투명인간의 슬픔을 이야기할지도 모른다.

그는 다시 피자집으로 들어갔다. 막 포장 피자를 들고 나오는 중이던 K와 문 앞에서 마주쳤는데, 마주치자마자 그는 떨리는 목소리로 물었다.

나한테 왜 그러는 거야?

K는 아무 말도 하지 않았다. 좀 놀란 듯한 표정이었다. 내가 우스워? 내가 만만해? 내가 그렇게 우습냐고? 그는 연이어 외칠 작정이었다. 그때 K가 그의 손목을 잡았다. 그리고 눈 깜짝할 사이

였다. 정말로, 훅…… 정말로, 훅 그는 어딘가엘 다녀왔고, 그 눈 깜짝할 사이에 무언가를 보았다. 미친 게 아니라면 분명히 그랬고, 분명히 그럴 수는 없었으므로, 그는 눈 깜짝할 사이에 잠깐 미쳤던 것이 틀림없었다.

배터리맨, 비바 스트루자에 대한 정보는 인터넷에서 쉽게 찾을 수 있었다. K의 말처럼 십대 시절의 어느 날 자신의 놀라운 능력을 알게 된 비바는, 나중에 그 능력으로 소시지를 굽게 되는 비바는 놀라운 능력만큼이나 놀라운 감동을 느꼈다. 그의 능력은 하늘에서 떨어진 횡재 같은 선물이 아니었다. 그는 자신의 능력이 일종의 대가이고 보상이라고 생각했다. 배트맨이 아버지를 잃고, 슈퍼맨이 자신의 별을 잃은 뒤에야 갖게 되는 능력들처럼 그가 겪고 있는, 겪어온, 또 겪어야 할 고독이나 고통에 대한 보상.

그는 무한증 환자였다. 없을 무無, 땀 한汗. 태생적으로 땀을 흘릴 수가 없는 몸이라는 것이다. 땀을 흘리지 않는다는 것이, 아니 흘릴 수 없다는 것이 어떤 고통을 수반하는지, 땀을 흘릴 수 있는 사람들은 결코 알지 못할 것이라고 비바는 인터뷰에서 말했다. 더럽고 지저분하고 축축한 땀을 흘리는 사람들은, 뜨겁고 숨가쁘고 들척지근한 땀을 쏟아내는 사람들은, 온몸을 쥐어짜내듯이 뻘뻘 땀을 흘려내는 사람들은.

땀을 흘리지 않는다는 것은 몸의 냉각장치가 고장났다는 것과 똑같은 말이다. 팬이 돌아가지 않는다는 것이다. 팬이 돌아가게끔 설계된 기계에 팬이 딱 멈춰 있다는 것이다. 그래서 팬이 돌아가지 않는 그는 대개의 날들을 개처럼 헐떡이며 살았다. 혀를 길게 내빼고, 헉헉헉헉. 물기라고는 하나도 없는 바짝 메마른 몸으로, 헉헉, 헉헉. 땀 대신 침을 줄줄 흘려가며, 헉헉, 헉헉. 더위가 시작되는 늦은 봄부터 여름의 끝까지, 그는 죽어 있는 사람이나 다를 바가 없었다.

그러니 불을 뿜어내는 그는, 전기를 만들어내는 그는 순간의 존재, 순간의 자아였다. 살아내게 하는, 그 순간으로 버티게 하는, 다시 죽어 있는 사람으로 돌아가지 않게 하는, 더는 개처럼 헉헉거리게 하지 않는.

비바, 배터리맨은 비범한 능력을 가진 사람이기도 했지만, 또한 현실적인 사람이기도 했다. 그는 엔터테인먼트 사업에 뛰어들 것을 결심했다. 비범한 능력이기는 했으나 그 능력이 세상을 구할 정도는 아니라고 생각했고, 또 자신이 세상을 구해야 하는지, 구해야 한다면 어떤 세상을 구해야 하는 건지 그런 고민을 하느라 골머리를 썩이기보다는 차라리 세상을 즐겁게 하는 편이 더 낫다고 생각했다. 그의 가장 큰 장기는 몸으로 만들어내는 전기로 소시지 굽기. 사람들이 가장 좋아하는 그의 재능이기도 했다. 세상에는 별별 사람들이 많아서 그와 같은 무대에서 소개되는 사람들 중에는 유리를 먹는 사람도 있고 쇠못으로 자신의 몸을 찔러대는 사람도 있었다. 관객들은 좋아하지 않았고, 비바는 그런 사람들의 능력을 의심했다. 그는 달랐다. 그는 진짜였다. 그는 연기를 하는 게 아니라 그의 능력을 보여주는 것이었다.

물론 그는 통돼지를 구워낼 수는 없었다. 산불을 일으키기는커녕 쓰레기통 하나도 태울 수 없었다. 그러나 소시지는 얼마든지 구울 수 있었다. 그는 소시지를 살 돈이 필요했고, 그래서 그의 고향인 세르비아 포자레바츠에서 마사지 일을 시작했다. 전기 마사지. 그는 소시지를 굽듯이 고객들의 아픈 관절과 예민한 신경을 덥혀주었다. 그리고 돈을 받았고, 소시지를 샀고, 사람들을 위해 소시지를 구웠고, 그 대가로 돈을 벌었다.

언젠가 K와 함께 옥상에 있었던 적이 있다. 둘 다 담배를 끊기 전, 둘은 옥상 난간에 기대어 삼십이층 아래를 같이 내려다보고 있었다. 늦게 출근하는 회사들의 늦은 점심시간이 시작되는 시간대였다. 점심을 끝내고 돌아오는 회사원들과 점심을 먹으러 나가는 회사원들이 뒤섞여 거리는 분주하고 활기차고 나른하고 쾌활했다.

갑자기 사람들의 발걸음이 빨라졌다. 갑작스레 빗방울이 듣기 시작했는데 그 빗방울이 난데없이 굵었다. 그와 K도 비를 피해 몸을 옮겼다. 잠깐 사이였는데도 그의 흰 와이셔츠에는 빗방울 자국들이 남았다. K 역시 마찬가지였다. 눈 깜짝할 사이에는 빗방울 하나 피하지 못하는 K였던 것이다.

그토록 사소한 능력을 가진 K가, 그러나 그의 손목을 붙잡았을 때, 그는 눈 깜짝할 사이에 아들이 타고 있는 버스 안에 있었다. 훅 하는 사이, 눈 깜짝할 사이, 그는 아들이 오만원짜리 지폐를 움켜쥔 손으로 흘러내리는 눈물을 닦는 것을 보았다. 아이의 얼굴에 얼룩진 눈물 자국이 길게 남았다.

그러나 본 것일까, 느낀 것일까, 상상한 것일까. 눈 깜짝할 사이, 훅 할 사이는 그토록 짧았다. 아무것도 믿을 수 없을 만큼. 그런데도 왜 그렇게 가슴이 아팠을까. 왜 그렇게 저미도록 아파 견딜 수가 없었을까.

그는 다시 산불을 생각했다. 그 산불이 뭐가 그리 대단해서 그렇게 가슴이 두근거렸을까. 한 번도 눈에 띄지 못한 삶. 앞으로도 그럴 것 같은 삶. 소리 없이 조용히, 영원히 그럴 것 같은 삶. 그런 생각들 때문이었을까. 실패조차, 슬픔조차, 쓸쓸함조차 너무 별 볼 일 없어서, 산불 하나 본 게 그리 대단했을까.

산불에 넋이 나가서 차에서 내렸을 때, 자신도 모르는 사이에 계속해서 쥐고 있던 핸드폰이 울렸었다. 그가 어디에 있는지 묻기 위해 전화를 걸어온 회사 동료는 K였다. 고속도로에 쏟아져나온 사람들의 소리와 불타는 소리와 소방차 소리 때문에 그는 K의 목소리를 거의 알아듣지 못했다. 알아들었더라도 마찬가지였을 것이다. 그는 산불을 바라보며 어어, 어어어, 와아아, 우우우, 하고만 있었다.

그리고 그날, K와 같이 버스를 탔었다. 그보다 한 정거장 먼저 내려야 하는 K가 '조심해 들어가' 말하면서 그의 손등을 건드렸었다. 다음 정거장이면 내려야 했으므로 그는 다시 졸지 않으려고 애를 쓰면서 창밖을 내다보았는데, 그 잠깐 사이에 깜빡 잠이 든 모양이었다. 창밖의 신도시로, 서울에서 밀려난 사람들의 가난한 동네로, 세상의 모든 히어로들이 퇴근을 하고 있었다. 배트맨이나 캡틴 아메리카 아이언맨과는 견줄 수 없는, 물론 슈퍼맨 헐크 토르와도 비길 수 없는 세상의 모든 사소한 히어로들이 누군가는 날아서, 누군가는 절름발이 늑대처럼 절뚝절뚝 달려서, 누군가는 잠자리 같은 날개를 퍼덕이며, 누군가는 담뱃불 같은 불을 뿜어내며 모두들 집으로 돌아가고 있었다. 사소한 히어로들의 피로한 퇴근길 풍경이었다.

그때, 창밖의 누군가와 눈이 마주쳤다. 그 누군가가 쓰윽 미소를 지으며 순식간에 하늘 높이 솟아올랐다가 사뿐히 내려앉았다. 그러고는 슬쩍 윙크를 하고는 다시 자기 갈 길을 가는 거였다. 너도 이제 우리 팀이 됐구나, 하는 듯한 윙크였다. 기왕이면 우리 소그룹으로 들어와, 라고 하는 듯도 했다. 그는 알고 있었다. 그가 아니라면 누구도 보지 못할 장면이라는 걸. 산불이 났을 때 반대편 차선 운전자들의 눈까지도 들여다보았던 그가 아닌가.

산불을 봤을 때처럼 흥분되지는 않았지만, 쓸쓸하고 달콤한 꿈이었다. 그 꿈에는 적어도 보통의 쓸쓸함이 아니라 특별한 쓸쓸함이 있었다. 아무도 믿어주지 않으면 어떻단 말인가. 너무나 사소해서 빗방울 하나 못 피한다 해도 무슨 상관이란 말인가.

그는 알고 있었다. 자신은 어떻게 해도 특별한 존재가 될 수 없을 거라는 걸. 그러나 그는 이제 특별한 쓸쓸함이 뭔지는 알 것도 같았다. 적어도 그 쓸쓸하고 달콤한 느낌이 뭔지는 알 것 같았다. 너무나 평범하고 너무나 사소한, 그래서 비루하기까지 한, 그러나 누구에게나 특별한, 아니 오직 자신에게만 특별한. 그걸 아무나 알 수 있는 것은 아니다. 절대 그럴 리가 없다. 그러니, 그도 어쩌면 저 사소한 히어로들의 소그룹 하나쯤에는 끼어들 수 있을지도 모를 일이다. 초대장은 이미 도착했다. 이제 이 꿈에서 깨어나지 않기만 하면 되는 것이다.

내 이럴 줄 알았지

여름의 끝 무렵에 홍콩 여행을 하기로 했다. 부모님과 함께였다. 더 정확히 말하려면 쫓아서 다녀오는 거라고 해야 할까. 내 여행 경비를 지불한 건 그들이었고, 뭘 먹고 뭘 할 건지 계획을 짠 것도 역시 그들이었다. 나로 말하자면 서른이 넘은 아들이, 그것도 실직 상태에서 부모님을 따라 해외여행을 한다는 게 내키는 일일 리가 없었다. 다른 사람들의 시선에 대해 말하는 게 아니다. 그런 건 아무래도 상관없었다. 그건 오히려 여행을 제안한 아버지에 대해서였는데, 내 생각이 맞는다면 아버지는 내게 여행이 아니라 구원을 요청한 셈이었다. 도와다오. 여행 얘기를 꺼내놓고는 당황한 듯, 수줍은 듯, 심지어는 노엽기까지 한 눈빛으로 아버지가 시선을 피했다. 그러나 그 잠깐 사이 아버지가 내게 침묵으로 한 말은 그랬다. 그러니까 SOS.

어머니는 아버지가 '가족 여행'에 관한 얘기를 할 거라는 건 알고 있었지만 정작 내가 같이 가겠다고 나설 줄은 예상치 못했던 모양이었다. 어머니는 기뻐하기보다는 뭔가 들킨 듯한 표정이었는데, 어머니와 아버지 사이가 심각한 지경에 이르러 있다는 것은 사실 들키고 말고 할 것도 없이 이미 겉으로 다 드러나 있는 사실이었다. 다만 누구도 그걸 먼저 알은체하지 않고 있을 뿐이었다. 부모님의 집을 한 달에 한 번 정도 들르곤 할 뿐인 나로서는 더욱 그랬다. 방문의 간격이 넓어서 갈 때마다 그들이 드러내는 간극이 선명했다. 아버지에게 인사를 하고 다시 주방에 있는 어머니에게로 갈 때면 한 영역을 넘어 다른 영역으로 가는 듯한 기분이 들기까지 했다. 하나의 아파트가 거실 어디쯤에서 완전히 분리되어 있었다. 그들은 더는 같이 살아서는 안 될 것 같았다. 적어도 그렇게는.

그랬음에도, 그 여행이 이별 여행으로 보이지는 않았다. 두 분은 어떻게든 노력을 해볼 결심을 한 모양이었다. 무슨 수를 쓰든 간에 간극을 메워보려는. 무엇으로 메우든, 어떻게든 메우고 때워, 다시 살아보려는. 혹은 한번 더 견뎌보려는. 그 노력의 일환으로 해외여행을 계획한 건 나쁘지 않은 생각인 것 같았으나 하필 그곳이 왜 홍콩일까. 물어보지는 않았지만 두 분에게는 아마도 두 분만의 추억이 있을 터였다. 젊었을 때의 어느 날, 연인이었던 시절에 두 분은 극장에서 같이 홍콩 누아르 영화를 보았을지도 모른다. 장국영, 주윤발이 나오는 〈영웅본색〉 같은 영화들. 그러다가 아버지의 손이 어머니의 손등에 얹히고, 어머니의 손바닥에는 땀이 고였을 것이다. 쿵쿵쿵쿵, 영화를 압도하는 심장 소리.

아니다. 어머니와 아버지가 연인이었던 시절, 그들이 극장에서 본 홍콩 영화는 〈취권〉이었다. 명절에 그 영화가 TV에 방영되면 어머니는 추억에 잠겼다. 한번은 이런 얘기도 했다. 영화를 보고 나와서 중국집엘 갔는데, 네 아버지가 나무젓가락으로 자꾸 나를 찌르려고 드는 거야. 단무지를 집을 때마다 내 젓가락을 쳐서 떨어뜨리면서 호이, 호이 그랬던가 아이야아, 했던가 암튼…… 어린애처럼, 그 사람 많은 중국집에서…… 어머니는 참다못해 아버지의 젓가락을 밀쳤는데, 그때 집고 있던 단무지가 아버지의 얼굴로 날아가버렸다. 명중, 그야말로 성룡 같은 솜씨로. 선물로 들어온 와인 몇 잔에 기분이 나른해져 있던 어느 해의 추석 오후, 우리는 거실 바닥을 뒹굴며 웃었다.

어머니와 아버지에게 존재했던 어떤 시절, 중국집에서 단무지를 던지고 그 단무지로 얻어맞던 시절, 그러고도 그게 분하거나 부끄럽지 않고 유쾌하고 행복하기만 했던 그 시절. 그 청춘의 시절은 어느 구멍으로 빠져나가버렸을까. 어머니는 갑자기 웃음을 멈추고, 느닷없이 그 추억을 부끄러워했다. 그리고 멋쩍어하는 아버지. 어머니는 서둘러 주방으로 가 와인잔을 씻기 시작하고, 아버지는 채널을 돌려 뉴스를 보기 시작했다. 그날 오후 와인의 취기 때문에 잠깐 잊기는 했지만, 그들은 이미 같은 추억을 돌아보며 함께 젖어들 수 있는 그런 사이가 아니었던 것이다. 구멍으로 빠진 건 청춘만이 아니고 자식을 키우느라 고단했던 시절, 혼자서만이 아니라 같이 고단했던 나날들, 그 시절의 땀내 나고 짠내 나는 추억도 마찬가지인 듯했다.

그래서 어쩌면, 마치 그 보상이라도 하려는 듯 아버지는 어머니에게 뭔가를 사주고 싶은 걸지도 몰랐다. 아주 비싸지는 않은 명품백이나 주얼리 같은 것들. 구멍을 채울 수 있는 것들. 빛이든, 향기든, 무늬로든. 그렇게 어머니의 마음을 다시 사고 싶은 걸지도. 아니면 젊은 시절 중동으로 출장을 나갈 때마다 매번 홍콩을 경유하곤 했다던 아버지의 개인적인 추억 때문일까. 아버지가 그 시절 이야기를 할 때마다 어머니는 말하곤 했었다. 그때 난 한 번도 못 따라가봤어.

여행지가 홍콩이 된 건 그 모든 게 다 합쳐진, 그러나 매우 우연한 결정이었다는 건 나중에야 알게 되었다. 두 분에게 다 홍콩은 그냥 경유지이기만 했던 것도, 초행인 여행지가 아니었다는 것도 역시 나중에야 알게 되었다. 공항에서, 그것도 비행기에 오르기 직전에야. 어이가 없는 기분이었는데 정작 나는 홍콩 근처에도 가본 적이 없었기 때문이다. 그러니 이게 부모님의 손을 양쪽으로 잡고 쫄레쫄레 쫓아가는 여행길이 아니라면 무엇이란 말인가. 심지어 아버지는 영어도 잘했다.

비행기 안에서 나는 어머니의 책을 읽었다. 어머니가 게이트 앞 의자에 떨궈놓았던 책인데 도서관 마크가 찍혀 있었다. 네 엄마가 도서관에서 책을 한꺼번에 일곱 권이나 빌려왔다, 라던 아버지의 말이 떠올랐다. 여행 관련 책자들일 줄 알았는데 그중에 소설책도 끼어 있었던 모양이다. 비행기에 탄 후 어머니에게 건네주려고 했더니 두어 칸 떨어진 곳에서 어머니가 귀찮다는 듯이 손을 저었다. 그러고는 곧 눈을 감아버렸다. 여행을 떠나기도 전에 피로하고, 무언가에 이미 깊이 실패를 한 듯한 얼굴이었다. 아버지는 그런 어머니 옆에서 여전히 당황하고 수줍고 심지어는 노엽기까지 한 눈빛으로 창밖을 내다보고 있었다.

어머니의 책을 읽고 싶은 생각은 없었다. 그건 뭐랄까, 일기장까지는 아니더라도 어머니의 어떤 사연을 들춰보는 기분이랄까. 혹은 허락도 없이 어머니의 협탁 서랍 같은 곳을 열어보는 기분이랄까. 도서관에서 일부러 빌려온 책이었다. 일곱 권의 책은 매우 무거웠을 것이다. 무게를 감당해도 좋다고 생각할 만큼 읽고 싶은 책이었다는 소리다. 어머니가 챙이 넓은 밀짚모자 같은 것을 쓰고 배낭을 메고 도서관에서 집까지 걸어오는 모습은 어쩐지 엄숙한 기분이 드는 상상이었다. 도서관 옆에는 어머니가 늘 다니는 마트가 있었고, 밀짚모자와 배낭은 마트에 가는 어머니의 거의 한결같은 차림이었다. 그러나 배낭 속에 든 것이 감자나 양파, 오징어나

고등어 대신 『홍콩 자유 여행 베스트 5』 『침사추이 완전 정복』 『리얼 홍콩 마카오』 이런 여섯 권의 여행 책자들, 그리고 소설책 한 권인 것이다. 그러니까, 한 권의 소설책.

나는 책의 표지를 열어보았다. 처음 보는 작가의 얼굴 사진이 있었다. 특별히 인상적일 게 없는 얼굴이었고, 사진도 마찬가지였다.

전자 기기를 사용해도 좋다는 안내 방송이 나왔다. 책을 비좁은 포켓에 꽂아두느니 빈 옆자리에 둘 생각이었는데, 갑자기 그 자리에 누군가가 있었다. 뒤늦게 탑승을 한 모양이었다. 그렇더라도 옆에 누가 앉는 줄도 모르고 책에 집중을 했던가. 겨우 표지 한 장 들춰보고 그 사진을 들여다보았을 뿐인데. 그 옆자리, 나도 모르는 사이에 내 옆자리에 앉아 있던 남자가 나를 빤히 쳐다보면서 웃고 있었다.

"무슨 책을 그렇게 정신을 쏙 빼놓고 봐?"

무슨 소린가.

"이야, 여기서 만나네. 그동안 어떻게 지낸 거야? 잘 지냈어?"

누군가.

"이 친구 참! 나 기억 안 나는구나? 나, 송민호!"

송민호라니…… 흔한 이름이었다. 그런 이름을 가진 연예인도 있지 않았던가? 어쨌든 더는 송민호라는 이 남자를 모르는 체할 수 없는 상황인 건 분명했다.

"아, 미안 미안. 이야, 진짜 여기서……"

말을 놓아도 될까. 상대가 놓았다고 해서 같이 말을 놓는 사이는 아닐 수도 있었다. 그러나 달리 무슨 수가 있겠는가.

"홍콩은 무슨 일로? 태풍 온다던데, 설마 여행?"

비행기에는 공석이 제법 있었다. 체크인을 할 때 카운터 직원이 세 분이 같이 앉는 자리 드릴까요, 물었을 때 '아니요'라고 대답을 한 사람은 내가 아니었다. 편하게 앉아서 가자. 어머니가 뒤에서 말했고, 아버지가 동의한다는 듯 고개를 끄덕였다. 어쨌거나 다행이었다. 송민호라는 사내가 누구든 간에 부모님을 '쫓아가는' 여행을 들키고 싶지는 않았다.

"거긴…… 무슨 일?"

대답 대신 나는 같은 질문을 했다. 거기라는 말이 적절치 않게 들리지 않기를 바라면서. 그건 사람이 아니라 지역을 가리키는 말로 들릴 수도 있으니까.

"나야 출장이지 뭐. 맨날 그렇잖아."

다시 한번 당황하지 않을 수 없었다. 맨날 출장이라니. 나는 그런 사람을 알지 못했다. 그런 사람을 알 리가 없었다. 그동안 꽤 여러 회사를 전전했지만 그 어떤 회사에서도 '맨날 출장'인 사람을 안 적이 없었다. 얼마 전까지 나는 스타트업 게임 회사의 UI 디자이너였다. 유저 인터페이스. 그중에서도 아이콘을 그리고 아이콘의 위치를 정하고, 아무튼 열심히 아이콘을 그리는 일. 내가 일

했던 회사의 어느 부서에는 분명 출장이 잦은 사람도 있었겠지만, 적어도 우리 팀 내에는 없었다. 그리고, 나는 팀원들 이외에는 그리 가까운 사람이 없었다. 적어도 비행기 안에서 이렇게 반갑게 인사를 할 정도로 아는 인물은.

"근데 마일리지도 안 쌓여. 맨날 이런 데만 출장이라. 미국이나 유럽 정도는 돼야 뭐 어디 좀 갔다 오는 기분이 들 텐데 말야."

그는 웃으면서 내 무릎을 치기까지 했다. 무례한 사내였다. 잘 알지도 못하는 사람의 무릎을 건드리다니. 그러나 따지고 보면 잘 알지 못하는 건 내 쪽의 문제이지 그의 문제는 아닐 수도 있었다.

"아, 화장실 비었네."

자리에서 일어서면서 그는 다시 한번 내 어깨를 건드리며 웃어 보였다. 웃을 때 눈가에 주름이 상냥하게 접히는 남자였다. 화장실 갔다 와서 더 얘기해. 그는 눈가의 웃음과 주름만으로도 그런 말을 내게 전달할 수 있었다. 정말 얼마나 오랜만인지. 게다가 비행기 안에서 만나다니. 거기다가 같은 날 홍콩에 가다니. 그런 모든 말까지 다 들렸다. 어쩌면 이 남자는 세일즈 계통의 일을 하는 사람일지도 모르겠다고 나는 문득 생각했으나, 여전히 그가 누군지는 떠오르지 않았다.

그는 돌아오지 않았다. 분명 돌아올 것처럼 말했는데. 아니, 웃었는데. 내 옆자리는 여전히 공석으로 남아 있었다. 그, 송민호는 아마 다른 자리의 승객인 모양이었다. 화장실에 가다가 나를 알아보고 화장실이 비기를 기다리는 사이 나를 알은체했던 것일 터이다. 그러니까 고작 화장실이 비기를 기다리는 시간만큼만 반가운 사이. 사실 그런 것은 반가움이라기보다는 충돌이라고 말하는 게 더 옳을 텐데. 반가워해야 할지 피해야 할지 분간도 하지 못하는 사이에 이루어지는 충돌. 아이고야, 깜짝이야.

좁은 좌석 틈에 끼인 채 어정쩡하게 내 엉덩이에 눌려 있던 어머니의 소설책을 여전히 공석인, 확실히 공석인 옆자리에 놓았다. 이상한 제목의 소설책이었다.

'내 이럴 줄 알았지.'

뭘 그럴 줄 알았다는 걸까. 두 분의 결혼생활이 어쩌다 그렇게 파국으로 치닫게 된 건지 나는 알지 못했다. 짐작하기로는 아버지의 변화 때문이 아닐까 싶기는 했다. 어느 시기부턴가 아버지는 점진적으로, 그러다가 매우 결정적으로 다른 사람이 되어갔다. 젊은 시절, 턱없이 사람 좋기만 하다는 말을 들었던 아버지는 어느 시기부턴가 사소한 일에도 자주 노여워했고, 고집을 부렸고, 어깃장을 놓았다. 호르몬의 변화 때문일 것이다. 갑작스러운 여성호르몬의 증가를 견디기 힘든 것일지도. 몸이 기억하는 남성과, 그러나 실은 기억 말고는 아무것도 남은 것이 없는 텅 빈 남자의 몸속으로 흘러들어오는 낯선 호르몬, 그 충돌을 견디기 힘든 것일지도.

TV 드라마를 보는 아버지의 눈이 자주 붉었다.

한번은 보통 때와 다름없이 끓여 낸 된장찌개가 짜다고 타박을 부려 어머니가 그 된장찌개를 뚝배기째 들어 개수대에 쏟아붓는 것을 본 적도 있었다. 그 뚝배기가 얼마나 뜨거웠을까. 그러나, 혹시 뜨거워서 다행이라고 생각해야 했을까. 젊은 시절에 단무지를 아버지의 얼굴로 던질 수 있었던 어머니는 이제 와서는 혹시 그 뜨거운 된장찌개를 아버지의 얼굴에 부어버리고 싶었을지도 모를 일이니.

싱크대 앞에서 두 손을 마주 쥔 채 서 있던 어머니의 등, 척추뼈가 솟아나올 듯이 팽팽하게 당겨져 있던 그 등이 묘하게 소설책의 제목과 겹쳐졌다.

'내 이럴 줄 알았지.'

"누굴 만났니?"

홍콩 공항에서 입국 수속을 밟고 있는데 어머니가 물었다. "전 회사 사람이요." 나는 되는대로 대답했고, 어머니는 더 묻지 않았다. 입국 수속 줄이 길었다. 앞뒤로 살펴봤으나 송민호는 보이지 않았다. 다행이었다. 위탁수하물이 없으니 배기지 클레임에서 다시 한번 그와 '우연히' 마주치는 일도 없을 것 같았다.

"근데 태풍이 올 거라네요."

어머니에게서는 아무 대꾸도 없었고, 아버지는 내 말을 듣지 못한 눈치였다.

태풍이 온 건 여행 이틀째였다. 아침에 일어났을 때 이미 분위기가 심상치 않았다. 암막 커튼을 열어보니 빗방울이 거칠게 창을 때리고 있었다. 필사적으로 온몸을 부딪쳐오는 빗방울이었다. 시간은 아직 오전 일곱시도 되지 않은 때였다. 나를 깨운 게 뭔가 싶었더니 바로 태풍이었던 것이다. 두꺼운 암막 커튼과 이중 유리창에도 불구하고 방안은 완전히 물에 잠긴 듯했다. 습기를 말하는 게 아니다. 필사적으로 몸을 부딪친 빗방울들이 유리와 벽의 틈을 뚫고 방안에까지 들어와 있었다. 말이 안 되는 얘기라는 건 알고 있지만 그렇다고밖에는 설명하기가 어려웠다. 온 방안이 비와 바람으로 가득했다.

부모님 방으로 전화를 걸어볼까 하다가 관두고 대신 방문을 열어보았다. 바로 앞방이니 혹시 깨셨으면 무슨 기척이 있지 않을까 해서였는데 문을 열자마자 깜짝 놀라 다시 방문을 닫지 않을 수 없었다. 복도에 가득찬 물이 한꺼번에 쏟아져들어오는 것 같은 착각 때문이었다. 그러니까 마치 재난 영화의 한 장면처럼, 난파선의 객실로 쏟아져들어오는 바닷물. 아무래도 피로 탓인 모양이었다. 어제 점심 무렵 홍콩에 도착해 고작 반나절을 지냈을 뿐인데도 나는 이미 완전히 지쳐 있었다. 불화하고 있는 부모님 사이에 끼어 있는 건 짐작보다도 훨씬 더 피로한 일이었다. 더위와 습기는 몸이 아니라 몸의 내부를 적시고 달궜다. 어제는 저녁을 먹기도 전에 이미 호텔로 돌아가고 싶은 생각뿐이었고, 방에 들어와서는 편의점에서 사온 맥주를 한 캔 다 비우지도 못한 채 그대로 쓰러져버렸는데, 깨어보니 태풍인 것이다. 어쩌면 아직도 잠에서 깨어나지 못한 것인지도 모른다.

전화벨이 울린 건 다시 잠이 들려고 하던 순간이었다. 당연히 어머니나 아버지 둘 중 한 분일 거라고 생각했는데, 받아보니 낯선 목소리가 '여보세요' 했다.

"아, 미안. 내가 혹시 너무 일찍 깨웠나?"

정신이 번쩍 들지 않을 수 없었다. 내 짐작이 틀리지 않는다면 그 목소리는 송민호가 분명했다. 그러니까 누군지도 모르는 송민호, 비행기에서 잠깐 마주친 송민호, 맨날 출장중인 바로 그 송민호 말이다.

"그건 그렇고, 깜짝 놀랐지?"

전화기 저쪽에서 키득키득 웃는 소리가 들렸다. 웃을 때 상냥하게 접히던 그의 눈가 주름이 떠올랐다. 소리를 내 웃을 때도 그렇게 주름이 접힐까.

"어제 로비에서 내가 불렀는데도 못 알아듣더라고. 체크인할 때는 툭툭 치기까지 했는데. 이야, 그런데 진짜 무슨 이런 우연이 있대? 어떻게 호텔도 같아?"

"그럼…… 여기 호텔?"

"아니면 어떻게 알고 내가 전화를 했겠어. 프런트에 방 번호를 물어봤지. 근데 밖에 봤어? 태풍 죽이지?"

"어…… 어……"

"태풍 온단 얘긴 들었지만 이렇게 순식간에 올 줄은 몰랐네. 근데 아침 먹었어? 난 오늘 체크아웃이거든. 오후 비행긴데 뜰지 모르겠네. 아무튼 오늘 아침 아니면 얘기할 시간도 없겠는걸."

부모님과 함께 아침을 먹어야 한다고 말해야 했지만 이상하게 입이 떨어지지 않았다. 어제 로비에서 나를 봤다면 같이 있던 부모님도 봤을 가능성이 컸지만, 그래도 내 입으로는 말하고 싶지 않은 것이다. 효도 여행이라고 우겨볼 수도 있을 것이다. 그러나 누군지도 모르는 송민호에게 내가 굳이 그런 구차한 말을 해야 하나 싶기도 했다.

그건 그렇고 이자는 꽤나 무례한 송민호가 아닌가. 일곱시를 겨우 넘긴 시각에 남의 방에 전화를 걸어서는 내게 일행이 있는지 없는지, 스케줄이 있는지 없는지도 묻지 않은 채 아침을 같이 먹자는 것이다.

"아니면 내 방에서 커피나 한잔할래? 난 실은 아침 잘 안 먹거든. 호텔에서야 돈 아까우니까 먹는 시늉이라도 하려고 하는데, 그것도 잘 안 되더라고. 오늘은 어째 더 그렇네."

그의 방에서 커피를 같이 마신다니. 이건 호텔 뷔페식당에서 같이 아침을 먹는 것보다도 훨씬 나쁜 일일 게 분명했다. 그의 방 안에 단둘이 앉아 그가 타준 커피를 앞에 두고 그와 '얘기'란 것을 해야 한다는 것이다. 그런데 무슨 얘기를? 아마도 그는 묻고, 나는 대답하지 못할 질문들. 그러니까 이런 질문들. 내가 누군지 이제 기억난 거야? 내가 누군데? 날 정말 기억하는 게 맞아? 내가 누구냐니까? 내가 누구냐고! 내가 누군지 말해보란 말이야!

호텔 맞은편에는 스타벅스가 있었다. 아홉시에 거기서 보자고 하고서야 전화를 끊을 수 있었다. 아홉시까지 무슨 핑계가 떠오르기만을 바랄 뿐이었다. 갑자기 일찍 호텔에서 나갈 일이 생겼다고 말할 수도 있을 것이다. 일행과 약속한 출발시간을 착각했다거나. 그러나 바깥은 여전히 태풍이었다. 여전하기만 한 게 아니라 점점 더 거세질 기세였다. 적어도 오늘 하루는 꼼짝없이 비에 갇혀 있어야 할 듯했다.

아버지의 여행 계획에 따르면 오늘 오후는 나의 '자유 여행'이었다. 그러나 정작 자유가 필요한 건 내가 아니라 아버지일지도 몰랐다. 일종의 구원투수처럼 아들을 데려오기는 했지만 이런 여행이 어색한 건 아버지 역시 마찬가지일 터였다. 혹은, 여행 계획을 짜면서 느닷없이 낙관적이 된 아버지는 여행지에서의 하룻밤이 말도 못하게 로맨틱한 나머지 다음날부터는 그 여행이 늙은 아내와의 달콤한 허니문 같을 거라고 생각했을지도 모른다. 언제부턴가 아버지는 멋대로 생각하고 멋대로 판단해버리는 경향이 있었다.

그나저나 불화중인 늙은 부모님의 호텔방에서의 하룻밤이라니. 그런 밤은 무엇으로 채워지는 것일까. 불경한 상상을 말하는 게 아니다. 로맨틱한 밤을 기대하기에는 어제 여행지에서의 첫날이 끔찍했다. 어머니는 홍콩에 도착한 이후로 갑자기 더 화가 난 사람 같았다. 말도 하지 않았고, 거의 먹지도 않았다. 말하고, 먹고, 마시는 걸 혼자 다 해야 하는 아버지의 노력은 끔찍해 보였다. 땀이 줄줄 흘러 아버지의 셔츠가 곧 젖은 빨래 같아졌다. 할 수만 있다면 아버지를 꼭꼭 비틀어 짜주고 싶을 정도였다. 어젯밤만 하더라도, 어쩌면 나는 내 역할을 다하기 위해 품안에 베개를 끌어안은 채 그들의 방문을 두드려야 했을지도 모른다. 무서운 꿈을 꿨어요, 울먹인 뒤 둘 사이에 누워 엄마 아빠는 아직 날 사랑하는 거죠, 그런 거죠? 물어야 했을지도 모른다. 그런 상상은 얼굴을 확 달아오르게 만든다.

대체 어쩌자고 쫓아온 것일까. 부모님의 황혼 이혼을 막기 위해 함께 여행을 하기에는 내 나이가 너무 많은 게 아닌가. 아니, 어쩌면 그 반대일까. 부모님의 불화를 두려워하며 그걸 막아보자고 기를 쓰고 있는 나는 아직도 어린아이에 불과한가.

나는 여전히 전화기 옆에 서 있었다. 비 때문에 어두운 바깥은 내다보이지 않았다. 그러나 태풍은 소리도 모습도 냄새도 아닌, 그 전체로서 압도적인 존재였다. 나는 방을 가로질러 창가로 다가가 두 손바닥과 코를 창에 갖다붙이고 바깥을 내다보았다. 무언가가 날아가고 있었다. 무언지 알 수 없는, 무언가가. 새도 아니고, 나뭇잎도 아니고, 종이비행기도 아닌 것이. 내가 순간적으로 알아본 것이 맞는다면 그건 나무둥치였다. 그냥 나무둥치도 아니고 한쪽에 쇠막대 펜스를 매단 나무둥치였다.

착각일 것이다. 태어나서 지금까지 이런 태풍을 본 적이 없었다. 다큐멘터리 필름이나 TV 뉴스를 통해 태풍이 지상을 휩쓰는 장면을 본 적이 있고 물론 쓰나미가 몰아치는 장면을 본 적도 있지만, 그건 TV 속에서나 일어나는 일이었다. TV 속에서 망치가 날아온다고 내 이마에서 피가 흐르지는 않는다. 그러나, 나는 지금 태풍의 한복판에 있다.

노크 소리가 들렸다. 문을 열어보니 두 분이 나란히 복도에 서 있었다. 마치 벌을 서는 소년 소녀처럼 복도 벽에 기댈 듯 말 듯 나란히.

"비가 온다."

아버지가 말했고, 어머니는 침묵했다. 아버지가 다시 말했다.

"태풍이라는구나."

네, 그렇다네요. 그런데, 그래서요?

"어쩌면 좋으냐."

다시 SOS.

이른 시간의 호텔 식당에는 사람들이 많지 않았다. 어차피 태풍이니 서둘러야 할 일이 없을 것이고, 우리만 몰랐던 태풍경보가 있었을 터이니 아마 투숙객도 많지 않았을 것이다. 창가 쪽 테이블이 드문드문 채워져 있었다. 사람들은 먹는 것보다는 창밖 풍경에 더 몰두하고 있었다. 이십삼층에 있는 식당은 전망이 좋았다. 바다가 보였고, 홍콩섬도 보였다. 그러나 지금 보이는 것은 태풍뿐이었다. 파도가 어마어마했고, 둥치가 굵은 가로수들이 휘청휘청했다. 차량도 행인도 거의 보이지 않았다. 어쩌다가 보이는 사람들은 긴 비옷을 입고 헬멧을 쓰고 있었다. 그들은 잔뜩 허리를 굽히고 두 주먹을 쥔 채 바람을 거슬러 가고 있었다. 그렇게 하지 않으면 바람에 떠밀려갈 거라는 걸 잘 아는 사람들 같았다. 비옷이 애드벌룬처럼 부풀어올라 곧 공중으로 떠오를 듯했다.

"굉장하구나."

어머니의 말이었다. 나는 창밖, 태풍을 내다보며 대답했다.

"그러게요. 엄청나네요."

"네 아버지 말이다."

나는 어머니를 바라봤다.

"날도 기가 막히게 잘 잡았단 말이다."

아버지에게서는 아무런 반응도 없었다. 그저 묵묵히 창밖을 바라보고 있을 뿐이었지만, 순간 관자놀이께가 불끈했다. 화가 나서가 아니었다. 그것은 압도적으로 부끄러워하는 모습이었다.

최근 몇 년 동안 불화의 원인은 늘 아버지였다. 말도 안 되는 고집과 성마름, 괴팍함과 트집, 그 모든 것이 뒤죽박죽이 되어 아버지는 점점 더 나조차도 참아주기가 힘들 정도로 이상한 사람이 되어갔다. 어머니는 늘 타박을 당하는 입장이었고, 늘 무엇이든 억지로 참아야 하는 사람이었다. 그러나 지금, 두 분은 완전히 반대로 보였다. 홍콩에 도착한 이후로, 아니 도착하자마자 어머니가 휘두르면 아버지는 맞았고, 어머니가 입을 다물면 아버지는 쩔쩔맸다. 나라가 바뀌면 사람도 달라지나?

지난밤 호텔방에서 아버지와 어머니는 무엇을 했을까. 다시 한번, 불경한 상상을 하려는 게 아니다. 그 방식이 무엇이든, 나는 체벌을 하는 어머니와 반성을 하는 아버지를 상상하고 있는 것이다. 미안해, 미안해. 나도 힘들어서 그랬어. 그렇게 빌고 있는 아버지. 정말로 힘들었단 말이야. 여보, 용서해줘. 여보, 현수 어머니, 현수 엄마, 어머니, 엄마, 엄마, 도와줘.

청킹맨션이란 게 있다. 그게 아니었다면 아버지의 구원 요청을 받아들이는 일에 보다 시간이 걸렸을 것이다. 아버지가 '가족 여행' 얘기를 처음 꺼냈을 때였다. 선뜻 내킬 리가 없었다. 아버지의 시선을 피해 핸드폰을 만지작거리다가 홍콩이라고 검색어를 입력했다. 그때, 청킹맨션을 발견했다. 그 청킹맨션이라는 게 영화 〈중

경삼림〉의 배경 무대라는 건 알고 있었다. 지금은 악명이 높은 게스트하우스인 모양이었다.

네티즌들이 올려놓은 몇 편의 체험기들이 있었다. 좋은 위치와 가격만 보고 예약했다가 낭패를 봤다는 사람도 있고, 악명을 알고는 있었지만 그쯤은 감당할 수 있다고 생각했다가 기절초풍을 했다는 사람도 있었다. 그들이 묘사한 청킹맨션은 마치 범죄 소굴 같았다. 무슨 까닭인지 나는 그 '청킹맨션'이 보고 싶어졌다. 실은 단지 아버지의 구원 요청을 받아들이기 위한 핑계가 필요했을 뿐인지도 모른다.

아버지가 예약한 호텔이 바로 그 청킹맨션 근방이었다. 공항에서 호텔로 오는 버스 안에서 그 건물이 보였다. 나중에 저녁을 먹은 식당에서도 그 건물이 보였다. 리모델링을 광고하는 전광판이 계속 점멸하고 있었다. 아버지가 그 건물의 역사에 대해 이야기를 했다. 지어질 때는 최고급 맨션이었다는 것, 나중에는 마약 소굴이 되었다는 것, 지금은 인도인과 파키스탄인들의 주요 생활 터전이라는 것. 값이 괜찮은 환전소와 서민적인 맛을 내는 커리집도 있다고 했다. 아마도 어머니가 도서관에서 빌려왔다는 여행 책자에서 읽은 것들일 터이다.

내가 인터넷에서 본 정보에 의하면 그 건물이 지어진 건 1960년대였다. 그러니 이미 오십 년이 된 건물이라는 소리였다. 한때 빛나던 고급 맨션은 쇠락의 관광상품이 되어 리모델링을 광고하는 중이었다. 내가 청킹맨션을 보고 싶었던 것은 오래전의 여자친구 때문이었다. 홍콩으로 유학을 떠났던 친구인데, 갑자기 경제 사정이 나빠졌다며 얼마 동안 그곳에 머문 적이 있었다. 그때 그곳에서 찍은 사진을 보내오곤 했었다.

나도 이렇게 허물어져가고 있어.

여자친구가 구석구석 오물이 묻어 있는 낡은 계단 사진과 함께 보내온 글이었다. 겨우 스물두 살에, 청킹맨션처럼 허물어져가고 있다고 편지를 보내왔던 아이. 그 아이는 지금 뭘 하고 있을까. 연락이 끊긴 지 오래되었다. 눈에서 멀어지면 마음도 멀어진다는 말처럼 한국과 홍콩 사이에서 점점 멀어지다가 완전히 사라져버린 관계였다. 그렇더라도, 비행기에서 누군가를 우연히 만나야 했다면 그 아이였으면 좋았을 것이다. 그 아이는 지금 청킹맨션에서 커리를 팔고 있거나 마약을 팔고 있을까. 어쩌면 게스트하우스를 열었을까. 당시 그녀가 꿈꾸었던 것처럼 최고급 호텔의 매니저가 됐을 수도 있을 것이다. 그러나 특급 호텔의 로비에서 깔끔히 정장을 한 그녀를 만나는 것보다는 청킹맨션, 사연을 알 수 없는 핏자국이 얼룩진 계단에서 그녀를 마주치는 게 더 근사할 것 같았다. 그러면 그녀가 말해주지 않을까.

괜찮아. 이래 보여도 아주 허물어지는 건 아니더라고.

유학을 결정한 그 아이에게 화가 나서 만취를 하고 울음까지 터뜨렸던 기억. 스물몇 살에. 가기 전에 한 번 자. 한 번 자고 가. 한

번만 자주고 가란 말이야. 술에 취해 울면서 터무니없이 졸라대던 기억. 그 기억이 까마득히 오래전의 일처럼 떠오른다. 나이 서른이 조금 넘었을 뿐인데, 나는 공룡처럼 늙었다는 생각이 든다. 실직 때문은 아니었다. 사실을 말하자면 실직이라기보다는 자발적인 퇴직이었고, 그동안 모아놓은 돈으로 당분간 다시 공부를 해볼 작정이었다. 뭐, 그렇게까지 딱히 비참한 지경은 아니라는 소리다. 적어도 매일매일 나 자신을 그렇게 위로하거나 속일 수는 있었다. 정작 더 큰 문제는, 공부 그후였다. 공부를 한 후에는 다시 직장에 들어가야 할 것이고, 그 직장을 언젠가 또 퇴직하게 될 날들. 어떻게 해야 삶을 한순간이라도 짜릿하게 살 수 있는 것일까. 남들이 들으면 배부른 소리라고 할 것이다.

스타벅스는 호텔 바로 앞에 있었다. 호텔 문을 밀고 나가 스타벅스 문 앞까지 열 걸음도 안 될 거리였다. 그런데도 나갈 엄두가 나지 않았다. 태풍을 뚫고 나가 만날 정도로 송민호는 내게 '무엇'인 사람이 아니었다. 약속을 취소하는 방법도 있을 것이다. 그러나 순순히 그렇게 끝이 날까. 그러면 그는 호텔 안 어딘가에서 보자고 할 수도 있을 것인데. 이렇게 태풍이 부는 날 아무데도 가지 못한 채 그에게 하루 온종일 붙잡혀 있을 수도 있다는 상상은 태풍을 뚫고 나가는 것만큼이나 괴로웠다.

"뭘 그렇게 자꾸 내다보니? 비 오는 거 처음 보니?"

아버지가 음식을 가지러 간 사이, 어머니의 말이었다. 아버지에게만 화가 난 게 아니라 내게까지 화가 나 있는 것 같은 목소리였다. 이해 못할 건 없었다. 어머니는 지금 아무에게나, 누구에게나 화가 나 있을 테니. 그렇더라도 비 오는 걸 처음 보냐니. 이건 비가 아니라 태풍이었다.

"누굴 만났는데, 그게 누군지 떠오르지가 않네."

나는 부드럽게 대답했다.

"누군데."

"송민호라는데…… 누군지를 모르겠네. 아무리 생각해도."

"위너."

"응?"

"위너 애들 중에 하나가 송민호야. 〈쇼미더머니〉에도 나왔어, 걔. 잘생겼잖아. 무지하게 잘생겼어."

"그런 것도 보세요?"

"너 유치원 때 싸웠던 애도 송민호야. 1002동 104호. 네가 걔 손등을 연필로 찔렀잖아."

"아, 그애. 기억나요. 그렇지만 걔는 절대로 아니에요."

"소설책에도 나오는데. 『내 이럴 줄 알았지』. 그 인간이 그래. 아주 나쁜 놈이야. 지가 누구인지를 절대로 가르쳐주지 않아. 어느 때는 지가 순간이동을 한다고 하고, 어느 때는 빈집에서 어린 여자애들이나 생각하면서 이상한 짓을 하지 않나, 또 어떤 때는 지 친구 동생한테 흉한 짓도 해. 그런 놈이 실은 자식 멀쩡히 둔,

멀쩡한 놈이야. 근데 그게 멀쩡한 놈이란 게 말이 돼? 멀쩡하지 않은 건 그 마누라도 마찬가지지. 병신 같잖아."

어머니가 말하고 있는 건 내가 비행기 안에서 표지만 펼쳐봤었던 소설책 이야기가 분명했다. 책에는 일고여덟 편의 단편소설이 실려 있었다. 그중 어느 한 편의 이야기라기보다는 그 모든 소설을 전부 합쳐놓은 이야기인 듯했다. 한 편의 이야기라기에는 순간이동에 빈집에 성폭행까지, 그 인생이, 아니 그 스토리가 지나치게 복잡다단하지 않나. 물론 그게 중요한 게 아니었다. 그걸 모를 만큼 내가 바보인 건 아니었다. 어머니는 지금 아버지 얘기를 하고 있는 거였다. 그렇더라도, 사기꾼에 비도덕자에 성폭행범이라니 너무 심하지 않나. 심지어 어머니는 비록 아버지를 직접적으로 지칭하지는 않았다고 하더라도 '병신'이란 단어까지 쓴 것이다. 누구를 향해서든, 어머니가 그런 말을 쓰는 걸 이전에는 본 적이 없었다.

"엄마, 괜찮은 거 정말 맞는 거죠?"

나는 묻지 않을 수 없었다. 어쩌면 문제는 아버지 쪽이 아닐지도 모른다는 생각이 불쑥, 불길하게 들었던 것이다. 어머니는 최근에 유방암 검사를 했다. 아니, 자궁암이던가. 아무튼, 어머니는 암을 확신했던 사람처럼 아무에게도 알리지 않은 채 혼자 병원을 예약하고 혼자 택시를 타고 혼자 병원에 가서 검사를 받았다. 그리고 결과가 나온 후에야 아버지와 내게 그 사실을 통보했던 것이다. 참으로 이상한 통보가 아닐 수 없었다. 암과 관련한 일언반구의 이야기도 없다가 어느 날 문득 하는 말이 '나 암이 아니래'라니.

포크로 딤섬을 쿡쿡 찔러대고만 있던 손을 문득 멈추고 어머니는 나를 바라봤다.

"다 해봤어. 암이란 암은. 다 아니래."

"그러니까요."

"근데 왜 아프지."

아무 말도 할 수가 없었다. 어머니가 말하는 게 몸의 통증에 관한 이야기인지, 아니면 그 내부의 것에 관한 것인지 알 수 없었기 때문이다.

"병원 가기 전날, 꿈을 꿨었어. 조용히 흰 산을 내려다보는 꿈이었는데, 괜찮더라고. 꿈속에서 좀 울기는 했지만, 뭐 괜찮았어. 받아들이자, 했거든. 근데 아니라는 거야."

내 이럴 줄 알았지. 다시 한번 소설책의 제목이 떠올랐다. 이상한 순간에 이상한 연상이 아닐 수 없었다. 암이 아니라는데, 내 이럴 줄 알았지, 라니. 그 말에는 부정적인 의미가 함축되어 있지 않나? 아닌가?

"좀 무서웠지만, 사는 건 안 무서웠나, 뭐. 꿈속에서 울면서도 그렇더라고. 왜 우는지를 모르겠는 거야. 죽는 게 슬픈가? 그럼 사는 건 안 슬펐나, 뭐. '그는 이처럼 기꺼이 굴복하는 삶을 다시 묵인하고 싶다는 느낌이 들었다……' 소설책 속에 나오는 구절이야. 네가 갖고 있던 그 책 말고 다른 거. 「킬리만자로의 눈」에서 헤밍웨이, 그 양반이 그래."

어머니는 한 호흡을 쉬고, 말했다.

"이년아 이 늙은 년, 이건 시야."

어머니가 왜 이러는 거지. 나는 어머니가 낯설어서 견딜 수가 없었다. 남의 나라에서 맞닥뜨린 태풍처럼 어머니는 낯설다가 매우 무섭기까지 했다. 말하자면 그 순간 어머니는 누군지도 알 수 없는, 맨날 출장중인 송민호만큼이나 나로서는 도무지 알 수 없는 사람처럼 보였다는 것이다.

혼자 암 검사를 받으러 가는 어머니를 생각해봤다. 그런 일은 어느 날 문득 영화나 한 편 볼까 하고 집을 나서듯이 그렇게 결정하게 되는 일은 아닐 거였다. 혼자 암 검사를 받고, 그 전날에는 하얀 산을 내려다보는 꿈까지 꿨다는 어머니는 어쩌면 아주 오래 자신의 병을 의심하고, 그러다가 확신하고, 그러다가 받아들였을지도 모른다. 그러는 동안 어머니를 괴롭혔던 건 혹시 외로움이었을까. 두려움이 아니라, 분노도 아니라. 그래서 이렇게 외로운 바에야, 뭐, 받아들여도 괜찮겠지, 어머니는 생각했을지도 모르고, 어느 날 밤, 나쁜 멍울이 만져지는, 분명 그렇게 믿어지는 가슴을 손바닥으로 둥글게 어루만지다가 생각했을지도 모른다.

'내 이럴 줄 알았지. 결국, 이럴 줄.'

"너는 아프지 말아야 할 텐데."

어머니의 말이었고, 나는 웃었다. 분위기가 너무 무거워서, 아니 무서워서 농담 같은 대답을 하고 싶었다. 걱정 마, 엄마! 나 슈퍼맨, 안 아파. 죽어도 안 아플 거야. 평생! 약속! 그러나 내 입에서 나도 모르게 흘러나온 말은 그게 아니었다.

"미안해요, 엄마."

"너는 미안하지도 말아야 할 텐데. 평생."

"평생."

자꾸 대답이 엇나오고 있었다. 이번에는 그런 장난 같은 대답이 아니라 이렇게 말해야 했을 것이다. 잘못했어요, 엄마.

그때 갑자기 기이한 소리가 울려퍼졌다. 설마 내 내부에서 울려나온 소리는 아닐 터였다. 식당의 사람들이 거의 다 벌떡 일어나거나 창가 쪽으로 달려가고 있었다. 나무둥치가 날아가고 있었다. 쇠막대 펜스를 매단 나무둥치가. 이십삼층 창밖에서. 이건 말이 안 되는 거였다. 아무리 태풍이라고 하더라도 쇠막대를 매단 나무둥치를 이십삼층 높이로 날릴 수는 없는 것이다.

만일 영화의 한 장면이었다면 나는 식탁을 뛰어넘어가 어머니를 온몸으로 감싸며 창을 뚫고 들어온 그 나무둥치에 어머니 대신 등이 찍히고 머리가 으깨졌을 것이다. 쏟아지는 유리 파편과 유리보다 더 날카로운 빗방울과 미친 듯한 바람 속에서. 나로서는 잘못했다는 말보다는 차라리 그게 더 쉬운 일이라고 여겨지는 것이다.

그러나 달려와 어머니를 감싸안은 건 아버지였다. 아버지와 어머니는 너무 놀란 나머지 거의 서로 끌어안다시피 하고 창밖을 내다보고 있었다. 날아온 건 나무둥치가 아니라 나무로 된 고정대를 매단 거대한 플래카드였다. 호텔 옥상에 묶여 있던 한쪽 매듭이 풀려버린 모양이었다. 거대한 천이, 거대한 새처럼 온몸으로 창에 부딪치고 있었다. 돈 워리, 돈 워리! 위 아 세이프! 식당 매니저인 듯한 사람이 식당을 뛰어다니며 외쳤다. 그랬음에도 모두들 얼굴을 두 손으로 감싸고 있었는데, 일 초에 한 번씩 거대한 손바닥으로 양쪽 뺨을 얻어맞는 기분이었기 때문이다.

놀라운 일은 또하나 있었다. 이십삼층 저 아래, 송민호가 걸어가고 있었다. 송민호가 분명했다. 필사적으로, 태풍을 뚫고, 비와 바람과 벽돌과 입간판과 쇠막대 펜스를 매단 나무둥치 사이를 뚫고, 바람에 맞서 온몸을 둥글게 말고 스타벅스로 가고 있는 송민호가.

어머니가 송민호만큼이나 낯설게 여겨졌던 잠시 전처럼 이번에는 송민호가 낯설었던 어머니만큼이나 무섭게 여겨졌다. 나는 어쩌면 송민호에게 무슨 잘못을 했던 게 아닐까. 그것도 아주 엄청난? 다른 나라, 이런 어마어마한 태풍 속에서라도 반드시 따져야 할, 어떤?

송민호는 마침내 스타벅스에 도착했다. 문을 열려는 송민호가 보였다. 어쩐 일인지 송민호는 그 문을 잘 열지 못하는 듯했다. 바람 때문에 문이 무거워져서일지도 몰랐다. 있는 힘을 다해 문을 밀던 송민호가 한 걸음 물러나, 여전히 잔뜩 몸을 웅크린 채, 순간 날아온 무언가를 간신히 피해가며, 스타벅스의 문을 살폈다. 그러고는 두 손으로 머리를 감싸는 거였다. 휴업. 내 짐작이 맞는다면, 스타벅스는 휴업이었다. 송민호가 스타벅스의 유리문을 두드리기 시작했다. 태풍에 떠밀려온 사람처럼, 제발 구해달라는 듯이.

'열어주세요, 제발 열어주세요, 제발요!'

그나저나 소설 속 송민호는 어떤 송민호였을까. 그 와중에 왜 그게 궁금한지 몰랐다. 그 소설책 속에는 설마 그렇게 이상한 사람들만 있지는 않을 것 같았다. 그런 사람들 말고도 행복한 사람들, 아프지 않은 사람들, 단무지를 던지고 맞으며 폭소를 터뜨리는 중국집의 연인 같은 사람들, 비록 창밖의 플래카드에 호되게 두 빰을 얻어맞고는 있지만 서로 끌어안고 손을 잡고 있는 사람들. 미안한 사람들, 잘못했다는 말은 잘 못해도 잘못한 줄은 잘 아는 사람들, 그래서 정말이지 미안한 사람들.

나는 어쩌면 지금이라도 이십삼층 아래 스타벅스로 달려가야 할지도 모른다. 태풍을 뚫고 송민호를 만나 미안하다고 말해야 할지도. 나는 끝내 그가 누구인지 모르겠지만, 어쩌면 송민호라는 사람이 이 태풍 속에서 나를 끌어안아주기 위해 기다리고 있는 유일한 사람일지도 모른다. 마치 소설처럼, 아주 다정하게 내게 이런 말을 하기 위해.

네가 올 줄 알았어. 내가 그럴 줄 알았다니까.

해설

–

양경언

레츠 킵 고잉

* 이 글의 제목은 영화 〈델마와 루이스〉(리들리 스콧, 1991)의 대사에서 인용한 것이다.

1

우리의 대화는 '단 하루의 영원한 밤'이라는 야릇한 표현의 뜻을 찾아 헤매는 자리에서부터 시작한다. 시간의 길이를 제한함으로써 주어진 '하루'란 말을 부각시키는 '단only'과 시간 길이에 제한을 두지 않는 방식으로 시간성 자체를 무화시키는 '영원한eternal'이 나란히 등장할 때 이 표현이 일으키는 상상의 범위는 어디서부터 어디까지일까. 좀더 분명하게 말해볼까. 이 표현은 어쩌면 어떤 하루의 밤에 일어난 모종의 사건이 누군가의 삶을 영원히 제약할 때 쓰는 말일 수도 있고, 영원했으면 하는 특별한 밤이 한 사람의 일생에는 단 한 번 찾아온다는 마법 같은 말일 수도 있다. 중요한 건 '단 하루의 영원한 밤'이라는 말을 발음할 때 이 말을 꺼낸 이가 주목하는 시간성에는 어떤 특별함이 깃들어 있다는 것이겠다. '단 하루의 영원한 밤'이 일컫는 '특별한 때'란 언제일까. 이미 지나가버린 때일까, 혹은 아직 오지 않은 때일까. 어쩌면 저 특별한 때는 아주 오래전에 지나가버렸으나 '지나갔음'을 인정하고 싶지 않은 이가 착잡함을 감춘 채 오늘에 이르러서도 그것이 정확히 언제인지를 자꾸 묻기 위해 '단 하루의 영원한 밤'이란 야릇한 표현을 꺼내들었을 뿐인지도 모른다.

이와 같은 생각을 길게 하는 까닭은 김인숙의 소설집을 오랜만에 만난 우리가 표제작이 빚어내는 은밀한 분위기에 서서히 감염되어가고 있어서이기도 하지만, 저 표현에 깃든 특별한 시간성을 이해하는 일이야말로 지금의 김인숙을 이해하기 위한 통로 중 하나로 삼을 수 있겠다는 짐작이 들어서다. 범박함을 감수하고 다시 말하자면, 이는 광장의 목울대가 뜨겁던 1980년대를 거쳐 어디로 가야 하는지 그 방향성을 심각하게 고민하던 1990년대, 도무지 승패로 나눌 수 없는 삶을 사회가 앞서서 심판하려 들 적마다 각자가 짊어진 생의 무게를 알아서 가늠해야 했던 2000년대를 온몸으로 건너온 작가가 지금 이 시기에는 과연 어디에 서 있는지를 묻는 방식이기도 할 것이다. 오늘 우리가 만난 김인숙의 인물들이 과거에 대한 향수에 젖지 않으려 할 뿐 아니라 함부로 전망을 제시하려고도 하지 않는다면 이들은 어디에서 무엇을 바라며 살고 있다고 말할 수 있을까.

기왕 표현의 의미를 찾는 김에 표제작 「단 하루의 영원한 밤」에서 힌트를 얻자. 간추려 소개하면 소설은 '선생'의 제자이자, 선생의 숨겨진 딸 'M'과 연애를 했던 '그'가 돌아가신 선생을 회고하는 내용으로 이루어져 있다. '그'의 입장에서 선생의 삶을 반추한다고 했거니와, 소설은 3인칭 시점을 유지한 서술로 이야기를 전개시키면서도 오직 '그'의 관점만으로 편집을 가한 듯한 선생의 모습을 형형하게 제시한다. 가령 살아생전의 선생을 떠올리기 위해 이 소설은 선생이 평생에 걸쳐 공을 들였을 학문적인 업적이나, 선생이 추구했던 삶의 방향을 비추는 방식을 택하지 않는다. 그런건 '그'가 아니더라도 다른 누군가에 의해 제시될 수 있을 법한 선생의 모습일 테다. 소설은 도리어 정신이 온전하지 않은 상태가 되어 인생의 막을 내리기까지 꿈의 형태로든 아니면 생각과 생각 사이로 쳐들어오는 기억의 형태로든 계속해서 선생의 의식 속으로 침투해왔던 한 장면을 집요하게 끄집어오는 방식으로 선생을 그린다. 그러니까 삼십 년 전의 선생이 "고향의 기차역이 바라보이는 여관 창문 앞에 서 있었고, 키 큰 나무의 잎들이 빗방울을 매단 채 흐느끼듯 흔들리는 것을 보았으며, 그 흔들리는 나뭇잎 사이로 기차가 지나가는 것을 보았"(145쪽)던 경험을 소환하는 방식으로, 그리고 그 경험 이후에 선생 자신은 왜 세상으로부터 모욕을 당했다 여겼으며 선생 자신이 느낀 감정은 왜 수치에 가까웠는지를 생각하는 방식으로.

소설이 선생의 삶에서 하필이면 '선생이 창문 앞에 선' 장면을 열람한 이유는, '그'가 한때나마 사랑했던 연인 M이 선생의 삼십 년 전 그날에 생긴 아이였으므로 이 여인이 평생 품었을 비의의 시작을 한 번쯤 떠올려보기 위해서라거나, 겉보기에는 나름대로 번듯한 삶을 살아갔을 노교수에 관한 추문이 일으키는 흥미를 느낄 법한 독자가 있어서가 아니다. 그보다는 해당 장면이 '그'의 삶에서도 마치 짝패를 이룬 것처럼 반복되고 있어서라고 해야 맞을 것이다. 그러니까 이 소설은 단지 선생의 삶을 조명하기 위한 이야기가 아니라, 선생의 발인 전날 밤에 선생을 그러한 방식으로 떠올리려 하는 '그'란 사람이 지금 어떤 삶을 살고 있는지에 대한 이야기이기도 한 셈이다. 소환된 기억은 지금의 상태를 우회적으로 말하기 위한 방편이다.

선생을 경유해 '그' 자신이 떠올린 '그'의 삶은 다름아니라 M과 만나던 중에 다른 사람을 만나 그녀에게 실망을 안긴 적이 있고, 집필한 산문집이 유명해지는 과정에서 진술하지 못한 말을 이어갔던, 적어도 자기 자신이 '창피한 줄 알아야만' 하는 삶이다. 물론 '그'나 선생은 자신이 느끼는 창피함을 저 홀로 생각할 뿐 타인에게 누설하지는 않는다. 이들이 느끼는 창피함이란 자신이 겪었던 일에 대한 반성적 차원에서 발발한 것이 아니라, 책임을 면피하기 위해 살아왔던 삶을 자기 자신이 어떻게 받아들여야 하는지 잘 모르겠어서 만들어낸 곤혹에 가깝기 때문이다. 그러니 선생을—이라고는 했지만 선생과 같은 자리에 서 있는 '그'를—향한 M의 어머니의 음성, 선생이 창문을 향해 서서 기차를 바라보았던 그날로 인해 사생아를 낳고 평생 동안 세상 사람들이 던지는 모욕을 정면으로 감당해야만 했으며 결국 삶 자체를 "더럽고, 냄새나고, 그저 꿀떡꿀떡 삼켜야 하는" "존재의 방식"(150쪽)으로 받아들이기로 한 여인의 "그러니까, 꽉 붙들어. 꽉 붙들란 말이야, 이 늙은이야"(같은 쪽)라는 외침은 독자에겐 매우 통렬히 와닿는다. 그녀의 외침은 자신이 벌인 일들로 모욕을 당하더라도 어떻게든 살라는 충고로, 계속 살다보면 자신을 향한 모욕도 실은 삶에 대한 확신이 만들어낸 오만에서 비롯된 것임을 깨닫는 날이 오리라는 울림으로 들리는 것이다.

그러나 삶에 관한 매서운 진실을 운반하는 이러한 목소리를 제대로 듣지 못하는 선생 또는 '그'가 여전히 창피해하면서 서 있는 곳은 꿈인지 현실인지 분간이 가지 않는 자리, 아직 열리지 않은 창문 앞, 그리고 그들의 눈이 포착한 것은 창밖의 흔들리는 나무와 기차역일 뿐이다. 해당 장면들을 다시 살핀다.

> 선생은 언제나 기차역이 바라보이는 여관의 창가에 서 있었고, 창문 바깥에서는 키 큰 나무의 잎들이 흔들리고 있었다.(143쪽)

분명한 것은 선생이 주기적으로 그 기차역의 여관방에 관한 꿈을 꾸었다는 것이다. 혹은 그것을 꿈이라고 믿고 싶어했다는 것이다. 꿈이라고 믿고 싶은 살아 있는 날의 한낮인지, 아니면 살아 있는 날의 한낮으로 굴절된 꿈의 한 장면인지는 알 수 없었으나 선생은 언제나 가방 속에 깃털 하나를 지닌 채 나뭇잎이 흔들리는 창가에 서 있는 것이다.(147쪽)

그는 기차역이 바라보이는 어느 여관의 창문 앞에 서 있었다. 그로서는 가본 적도 없고, 알 리도 없는 곳이었다. 그런데도 그는 아주 자연스럽게 창가에 서서 창밖에 서 있는 나무의 흔들리는 잎을 보고, 그 나뭇잎 사이로 지나가는 기차를 보고 있는 것이었다.(163~164쪽)

제시한 장면은 자신이 저지른 일에 대한 책임을 회피하고 싶은 자가 저 스스로를 방어하기 위해 설치한 환상의 장치에 불과할 수도 있겠으나, 그래서 어쩌면 이 장면들로 말미암아 우리가 짐작할 만한 선생과 '그'의 말로란 자신이 설치한 '꿈', 그리고 그 꿈이 반복될 '밤'에 영원히 그들 자신이 갇히고 마는 것이리란 예감도 부기할 수 있겠으나, 3인칭의 서술자가 왜 하필이면 '창문' 앞에 이들을 세워두었는지에 새삼 주목하다보면 우리는 이들에 관한 다른 말을 더할 수 있다. 인물들이 서 있는 곳이 거울 앞이었다면 저 자신의 꼴을 비춰보면서 성찰의 기회를 얻을 수도 있었을 텐데, 냉정한 서술자는 인물들을 결코 그렇게 두지 않은 것이다. 서술자는 오히려 선생과 '그'를 유리창 너머 바깥 풍경을 향해 있도록 둠으로써 끝끝내 자기 자신을 이해하지 못하도록, 하여 스스로와 화해하지 못하도록 만들었다. 게다가 소설의 마지막 장면에서 '그'는 유리창 너머인 바깥으로 나가 "다리 위로 지나가는 전철"(165쪽) 앞에서 생각에 잠기는 모습을 보이기까지 했던 것이다. 왜일까.

다음과 같은 가정은 어떤가. 만약 '그'와 선생의 모습 중에서 우리의 시선이 집중해야 할 부분이 있다면, 그것은 아마 이들이 자신의 삶을 대하면서 느꼈을 '창피함'이 아니라 그 창피함이 어디에서 발생했는지 몰라 계속해서 헤매게 되는 이들만의 '곤혹' 그 자체일 것이라고. 이들이 자신의 삶을 이해하는 일에 줄곧 실패하는 상황은 사실 다른 이들이 함부로 왈가왈부하는 풍문에 휘둘리지 않은 채 자신의 삶을 들여다보려는 최소한의 노력으로 빚어진 것이기도 하거니와, 꿈과 현실 중 어느 한 곳에 완전히 정착하지 않은 채로 경계에서 현재를 살아가고자 하는 열린 태도에서 비롯된 것이기도 하기 때문이다.

어쩌면 '단 하루의 영원한 밤'이라는 표현은 선생과 '그'의 삶을 구성하며 이들의 삶을 지속시킨 곤혹을 뜻하는 것이자, '단'이라는 특이성singularity을 포함한 채 유지되는 구체적 보편성으로서의 '영원'을 가리키는 말인지도 모른다. 생의 밑바닥까지 다 들추어져서 온갖 창피가 우리를 덮친다 하더라도 쉽게 끝나지 않는 것이 곧 삶이라고, 삶은 언제나 하나의 추문과 또다른 추문과 그다음의 추문을 넘어서서 계속되는 자리에 있더라고 김인숙은 기어이 말하려는가보다. 바로 이와 같은 이유로 회피도 포기도 아닌 그 사이의 상태로 감당해야만 하는 게 또한 삶이기도 하다고.

기나긴 시간을 거쳐 온갖 감정을 두루 겪어본 이가 특별할 것 없이도 징그럽게 삶이 이어지더라는 말을 건네고야 마는 자리. 무슨 일이 일어날지 정말 아무도 알 수 없는 게 삶이라면 계속해서 헤매는 속에서 매 순간의 과오를 맞닥뜨리는 수밖에 없으며, 그를 피할 수 있는 별다른 꾀조차도 통하지 않는 게 곧 삶이라고 서늘하게 전하는 자리. 그러므로 우리는 지금 여기에 주어진 만큼의 걸음을 계속 이어나감으로써 주어진 생을 증명하는 수밖에 없지 않겠냐고 정색하며 말하는 자리. 어쩌면 오늘 우리가 만난 김인숙은 거기에 있는지도 모르겠다.

2

이 얼마나 섬뜩한 깨달음인가. 삶의 모양새가 어떠한지 이미 어느 정도 눈치를 챈 자가 이젠 더 모를 게 없으므로 하루하루가 시시할 뿐이라고 쉽게 체념하고 마는 게 아니라 내가 모르는 무언가가 늘 잔여처럼 남겨지는 것이 삶이며, 지금까지 아는 바를 토대로 '어느 만큼만 알 뿐'이라고 스스로 상기해야 삶을 이어갈 수 있다고 여기는 일은. 게다가 그렇게 여기는 것과 상관없이 어쨌든, 계속해서 살아가야만 하는 것이다. 이는 우리가 끝내 거부할 수 없는 삶의 유일한 진실이기도 하지 않은가.

「빈집」에서는 남편과 함께 이십칠 년을 산 쉰다섯 살의 '그녀'가 "삶은 계속되겠지만 더는 전율"이나 "고통"이 아닌 "편안한 느낌"(173쪽)을 갖게 되었다고 말하는 한편, 남편의 노동 현장에서 만난 어린 고객 때문에 느낀 불쾌감을 다스리지 못해 불쑥 "마음 속에서 다른 것이 솟아"(179쪽)나 스스로가 살아온 방식을 '역겹게' 느꼈다고 고백하는 장면이 나온다. 이같은 그녀의 모순된 반응은, 그녀 자신이 삶에 대해 다 안다고 자부하는 순간 저도 모르는 사이에 가지게 될 권위를 내려놓기 위해 부단히 싸우고 있는 중임을 보여주는 것이기도 하다.

싸움의 방편으로 평상시 그녀가 추리소설을 즐겨 읽는다는 설정은 상당히 의미심장하다. 그녀에게 추리소설은 "범인을 알아내거나 깜짝 놀라기 위해 읽는 것이 아니"라 "범인의 심리뿐만 아니라 피해자의 심리, 그 관계와 상황의 심리", "때로는 사물의 심리"까지 따져가면서 삶에서 "그 어떤 것도 배경이 되기 위해 존재하는 것이 없"(183쪽)음을 스스로에게 일러주기 위한 매개물이기에 그러하다. 자신의 앎은 전체 삶의 일부분에 그칠 뿐이라고 스스로의 시야를 축소시켜야만 앞으로 어떤 일이 펼쳐질지 모르는 삶의 구성원으로 계속해서 자리할 수 있기 때문에, 그녀 자신이 세상의 비밀에 대해 다 알지도 못하고 알 필요도 없다고 가정하는 것은 그녀만의 생존 전략이기도 한 것이다.

그러나 우리는 여기에서 한 발 더 나아가 물을 필요가 있다. 삶에 대해서 전부를 알려고 하지 않으면서, 다만 삶의 총체성을 향한 열정만을 품은 채, 스스로가 아는 것은 언제나 전부가 아님을 감각하며 살아가는 삶이란 과연 무슨 의미가 있는가. 소설은 삶의 무엇인가를 '이미 알아버린' 인물들이 '그것을 다 안다고 말할 수는 없다'고 여기면서 스스로를 다시 복잡한 삶의 한가운데로—자신이 살아왔던 삶의 방식 그대로 살아가도 상관없는 현장의 한가운데로—끌어내리도록 독려하지만, 그것이 도대체 어떤 의미를 가져다주는지에 대해서는 좀처럼 답을 주지 않는다. 인물들은 소설의 시작과 별로 달라지지 않은 지점을 서성이며 소설의 결말을 맞이한다. 이러한 방식은 「아홉번째 파도」에서도 마찬가지다. 연인과의 만남과 헤어짐을 지루하게 반복하던 여자는 여행을 다녀온 뒤에도 "달라진 것은 아무것도 없었"고 "아마 내일도 마찬가지일 것"이며 자신의 연인인 "남자 역시 자신과 똑같은 생각을 하고 있으리라"(78쪽)고 생각하면서도 전과 같은 자세로 남자 앞에 앉는다.

하지만 다시 생각해보자. 김인숙의 인물들은 정말 처음 등장할 때와 다를 바 없는 모습으로 결말을 맞이하는가. 자기 자신을 다 알지 못하는 주체로 가정하는 인물들이야말로, 지금 당장이 이전과 다르지 않다 하더라도 앞으로도 쭉 지금과 같은 상황만이 반복되지는 않을 것이라 생각하는 이들 아닌가. 요컨대 이들은 삶이 미지의 방향으로 계속해서 변동해가는 것임을 믿는다. 「아홉번째 파도」만 하더라도 여자가 남자의 앞에서 들여다보고 있던 핸드폰 화면 속에는 (그녀가 여행중에 스마트폰을 도둑맞은 덕분에) 도둑이 클라우드에 남긴 모르는 이의 사진이 펼쳐져 있었고, 그를 통해 여자는 자신이 좀처럼 느껴보지 못한 "싱싱한 사랑, 햇살처럼 환한 웃음"(80쪽)에 대해 환기할 수 있었다. 자신이 현재 알고 있는 것이 전부가 아님을 의식하는 인물이 만들어내는 장면을 통해 우리가 어렴풋이나마 짐작할 수 있는 것은, 이와 같은 인식을 가진 인물이야말로 그 어떤 지리멸렬한 삶의 형태가 주어지더라도 그를 견뎌낼 힘을 지니고 있으리라는 것이다.

지리멸렬한 삶을 견디는 힘이 있는 이들이라고 했지만, 이 표현이 마치 김인숙의 인물들을 마냥 희망에 찬 존재로 바라보게 해선 곤란하다. 가령, 작가는 「넝쿨」에서 삶을 견디는 일 자체가 얼마나 그악스러울 수밖에 없는지를 처절하게 그린다. 소설은 연년생 오빠인 '형오'의 친구 '김정호'가 술에 취한 채 자신을 강간했다고 기억하는 '형윤'이 나중에 알려진 사실(이 일로 김정호는 감옥에 들어갔지만, 후에 진범은 다른 이로 밝혀졌다)과는 다르게 자꾸 범인으로 김정호를 소환하는 과정을 보여준다. 형윤 자신도 왜 기억의 착오가 일어나는지 도무지 알 수 없어서 여러 번 생각을 이어보지만, 오히려 뚜렷해지는 것은 술자리에서 김정호에게 성추행을 당했던 기억이다. 성폭력 사건에서 피해자 자신조차도 저 자신의 진술을 신뢰하지 못하도록 만드는 극단적인 상황이 마련되는 배경에는 한편으로는 지금 우리 현실을 상기하게 하는 측면도 있지만, 소설은 거기에서 그치지 않고 우리의 현재를 지탱하는 과거가 어떤 방식으로 미화되거나 극화될 수 있는지에 대한 첨예한 논쟁을 부추기는 데까지 나아간다.

> 그즈음 나는 자주 눈을 감고 있었다. 무언가 더 확실한 것을 떠올리기 위해서가 아니라, 이제까지 확실하다고 믿었던 것들을 지워버리기 위해서였다. 그래야만 했다. 아무짝에도 쓸모없을 뿐만 아니라 이제는 위험하게까지 되어버린 나의 기억들을 지워버리지 않는다면, 나는 미친년에서 나쁜 년이 되었다가 나쁜 년에서 다시 미친년이 될 터였다. 그러나 기억은 지워지는 대신 더욱 선명해졌다. 번번이 나는 컨테이너 골목 사이에 있었다. (……)
>
> 더 먼 기억도 있었다. 어두운 밤거리다. 어린아이 둘이 손을 꼭 붙잡고 걷고 있다. (……) 그로부터 지금까지 이십 년이 훨씬 넘도록 누구도 우리를 찾지 못한다. 형오와 나는 그때 영원히 길을 잃었고, 지금의 우리는 아무것도 아니다.(135쪽)

형윤은 "그 일이 있은 이후" "단 한 순간도 괜찮아본 적이 없었"(116쪽)다고 말할 정도로 고통스러웠고, 그 고통은 사건에 대한 형윤의 기억을 헝클어놓는 게 당연하지만 형윤의 이러한 상황을 제대로 이해해주는 이는 아무도 없었다. 인용한 장면에서 형윤은 자신의 기억에 착오가 생겨 타인에게 피해를 주었다는 죄책감 때문에 자신이 얼마만큼 상처를 입었는지에 대해선 살피지 않은 채 자신을 더 먼 과거로 건너가서 헤매도록 내버려둔다. 들쑥날쑥한 기억 이미지들 사이에서, '삶의 전부를 알 수 없는 인간의 본래적인 한계'가 삶 자체를 궁지로 내모는 상황을 형윤은 처절히 겪는 것이다.

형윤이 "지금의 우리는 아무것도 아니"라고 중얼거릴 때 우리는 본다. 어느 순간에 이르러서는 결국 전생이 내린 형벌처럼 우리에게 다가올 삶의 맨얼굴을. 그를 피하지도, 저버리지도 못해 다만 버티면서 삶 자체를 증명하는 이들을.

3

삶을 나름대로의 방식으로 견디고 버텨왔던 이들이 이를 수 있는 자유에 관해서라면, 이번 소설집에서는 「델마와 루이스」를 주목해야 한다.

제목도 제목이거니와 여든일곱에 생을 마감한 '델마'라는 별칭의 여성이 죽기 전에 두 살 터울인 그녀의 언니 '루이스'와 여행을 떠난다는 줄거리로 인해 독자는 동명의 영화 〈델마와 루이스〉를 연상할 수 있으리라 짐작된다. 그러나 우리가 방금 소설 「델마와 루이스」를 통해 만난 가출 여성들은 무려 여든일곱의 델마와 여든아홉의 루이스가 아닌가!

한국 사회에서는 여든 이상 나이를 먹은 여성은 언제나 "그런 짓을 해서는 결코 안 되는 거"(16쪽)라고 인식되어왔으므로, 소설 「델마와 루이스」 편이 독자들에게 더 큰 긴장을 안길 법도 하겠다. 영화 속 델마와 루이스가 이들에게 덧씌워진 가부장제라는 구속으로부터 달아나 시원하게 질주하는 모습을 보인다면, 소설 속 델마와 루이스는 여든이 넘은 할머니들에게 가해지는 편견을 조건 삼아 여행 서사를 구축한다는 차원에서 긴장을 부추긴다는 얘기다. 소설은 델마가 한평생 살아왔던 방식과 같이 델마와 루이스를 바라보는 여러 시점의 서술이 다양하게 간섭해 들어와야만 이야기를 가동한다. 가령 소설에서 델마와 루이스의 목소리를 들을 수 있도록 이들을 초점화한 서술은, 횟집을 하면서 델마를 모셔왔지만 어느 날 미국에서 들이닥친 시이모까지 '돌봐야' 하는 상황에 처하자 참았던 분노를 가눌 수 없게 된 델마의 며느리에서부터 델마와 루이스가 이용한 택시의 운전기사 최창식, 델마와 루이스가 묵은 모텔의 카운터를 지키고 있던 젊은 청년, 모텔 사장 윤기만의 시선을 거치고 난 이후에야 나온다.

다른 이의 시선 속에서 두 여성은 '여든 이상의 나이를 먹은 노인'으로 타자화되어 보호를 필요로 하는 연약한 인물 혹은 연민을 자극하거나 그만큼 성가신 존재로 여겨지지만, 정작 이들 스스로의 목소리를 통해 드러나는 이들 삶의 방식은 요샛말로 '파워 당당' 그 자체다. 델마보다는 루이스 편이 더 그러하다고 볼 수 있는데, 델마 역시도 루이스와의 가출을 통해 점점 활기를 찾아간다. 이들은 여행중에 알게 된 '식당 여자'와 그녀의 딸 '여자아이'와 어울려 식당 여자를 괴롭히던 '쇠새끼'를 골려주고, 여자아이가 모는 트럭을 타고 바다로 향하는 대범함을 보이기까지 한다.

"할머니들이 무슨 바다엘 가요?"

"할머니들도 놀러는 간다우."

"어디서 오셨어요?"

"미국."

"진짜요?"

"진짜지."

여자아이가 또 소리를 내 웃었다. 이런 재밌는 일은 처음 봤다는 듯이 깔깔거리는 웃음소리였다. 몸이 꽁꽁 묶인 쇠새끼가 또 무슨 소리를 냈다. 여자아이가 그런 아버지의 몸을 뒤져 차 키를 꺼냈다.

"레츠 고!"

여자아이가 하는 말을 미국에서 온 델마의 언니가 제일 먼저 알아들었다.(48~49쪽)

인용한 장면은 영화 〈델마와 루이스〉를 본 관객이라면 영화에서 인물들이 마지막으로 주고받은 대사[1]를 떠올리게 할 법하다. 관계가 얽힐수록 이기적인 모습을 보이는 (최창식과 윤기만, 송효보로 대변되는) 남성 인물들과는 달리, (델마와 루이스, 식당 여자 최영자와 그의 딸 부영희로 대변되는) 여성 인물들은 타인의 시선이 있어야만 가시화될 수 있는 삶을 살아왔을지언정 다른 인물들과 관계를 맺어가면서 세대를 초월한 소통을 형성한다. 이들의 여행서사는 남성 인물들의 그것처럼 처음부터 목적의식적인 방식으로 구축되지 않는다. 그보다는 반드시 추구해야만 하는 공통의 목적이 없다는 자유를 바탕 삼아 생의 곳곳에서 발견되는 우연성을 자연스럽게 받아들이고, 새로운 합의점을 마련해가며 움직이는 서사를 직조해낸다.

이 나이에 이런 일이 있을 줄은 몰랐다. 그러니 얼마나 좋은가.

---

1) 경찰들에게 포위된 델마와 루이스가 마지막으로 나눈 대사는 다음과 같다. "델마: 좋아, 잘 들어. 우리 잡히지 말자./루이스: 무슨 소리야?/델마: 계속 가는 거야./루이스: 뭐라고?/델마: 가자고./루이스: 진심이야?/델마: 그럼, 밟아."

최영자가 자신도 모르는 사이에 오래전에 돌아가신 엄마 손을 잡듯이 델마의 손을 잡았다. 델마가 그 손을 마주잡았다. 그러나 쪽지 한 장만 달랑 놓고 떠나온 집의 자식들을 떠올려서는 아니었다. 델마는 자식 생각들을 그때 아주 잊었다. 첫 새끼를 낳고부터 그날에 이르도록 육십여 년이 넘게 자식 생각을 잊어본 적이 한 번도 없었는데.(55쪽)

이들의 이야기가 시간성을 단축시키는 진행을 거부한 채 한 장면, 한 장면을 짚으면서 거기에 간섭하는 다양한 관계를 포착하고, 그 장면에서 다음을 형성하는 조건을 살피기까지 하며 이어지는 것을 보라. 그러고 보면 여성 인물들의 이름은 (처음부터 본명이 등장하는 남성 인물들과는 다르게) 이와 같은 방식으로 이야기가 전해질 때야 드러나고 있음을 우리는 이제 와 깨닫는다.

그럼에도 독자인 우리는 아직 델마와 루이스의 본명을 알지 못한다. 다만 델마의 아들 내외 및 그녀의 유품을 챙겼을 델마 주변의 지인들은 고작해야 그녀가 남긴 '알루미늄 지팡이'와 '효도신발' '금반지' '세 개의 이빨'과 같은 사물로만 델마를 기억할 때, 우리는 그녀를 여든이 넘어 언니와 함께 훌쩍 가출을 감행한 사람으로, 여성들만이 구축할 수 있는 여행 서사의 주인공으로 기억한다. 적어도 독자들에게만큼은 델마와 루이스라는 여성은 근사하게 삶을 이어갈 줄 알았던 인물들인 셈이다.

다 끝난 줄만 알았던 삶이 좀처럼 끝나지 않는 까닭에 우리가 살아 있는 한, 기존에 알고 있던 것으로서의 삶보다 더한 일은 언제라도 등장할 수 있다. 이를 노년층 여성의 현실로 알리는 작품은 또 있다. 「토기박물관」이 그것이다. 예순일곱의 '미라'가 영어학원에서 만난 예순다섯의 '제니'와 새로 생긴 토기박물관에 갔을 때 느꼈던 '무서움'은, 어쩌면 자신의 삶이 박물관의 오래된 사물들 맞은편에서 여전히 디테일을 갈구하는 생생한 모양새로 존재함을 실감하기에 전해 받은 것일지도 모른다. 그곳에서야 미라는 자신의 모습이 비록 "질그릇처럼 다 깨져 더는 담을 게 없어진 인생"(108쪽)과 같을지라도, 여전히 "조각을 맞추고, 틈을 메우고, 상처를 채우"(같은 쪽)는 과정을 반복하는 중에 있음을 알아차렸던 것이다. 삶은 끝날 때까지 끝나는 것이 아니다.

4

우리는 생의 끝에 죽음만이 있을 뿐임을 잘 알고 있다. 또한 우리의 생에 영화와 같은 비현실적인 일은 좀처럼 일어나지 않으리란 것도. 그렇다고 해서 가던 길을 멈춰야 할까. 고민하면서, 끙끙대면서, 어쨌든 우리는 날마다 계속 가는 편을 택하고 있지 않은가. 가지 않고서는 별다른 방도가 없다는 점 역시도 우리는 잘 알고 있기 때문이다.

산다는 것이 무엇인지, 무엇을 중시하며 살아야 하는지와 같은 질문 사이를 여전히 헤매는 이들에게 김인숙은 '살다보면 삶의 특별함을 알게 될 것'이라거나, '삶은 본래부터 쓸쓸한 것이니 받아들이라'는 식의 상투적인 답을 내놓지 않는다. 그 대신에 그 자리에 "특별한 쓸쓸함"이라는 말을 꺼내둔다. 「아주 사소한 히어로의 특별한 쓸쓸함」에서 우리가 주목해야 할 것은 '히어로'라는 화려한 말이 아니라 그를 수식하는 '아주 사소한'이라는 말, 그리고 이들이 품고 있는 '특별한 쓸쓸함'이라는 감정이다.

> 그는 알고 있었다. 자신은 어떻게 해도 특별한 존재가 될 수 없을 거라는 걸. 그러나 그는 이제 특별한 쓸쓸함이 뭔지는 알 것도 같았다. 적어도 그 쓸쓸하고 달콤한 느낌이 뭔지는 알 것 같았다. 너무나 평범하고 너무나 사소한, 그래서 비루하기까지 한, 그러나 누구에게나 특별한, 아니 오직 자신에게만 특별한. 그걸 아무나 알 수 있는 것은 아니다. 절대 그럴 리가 없다. 그러니, 그도 어쩌면 저 사소한 히어로들의 소그룹 하나쯤에는 끼어들 수 있을지도 모를 일이다.(225쪽)

요컨대 김인숙의 인물들은 "오직 자신에게만 특별한" 자리에서 계속 사는 편을 날마다 택한 이들이다. 마치 이삿짐을 들고 다니

듯 어떤 과거를 마음 한켠에 품은 채, 미래에 대한 전망을 요구받을 때마다 자연스레 삶에 대한 허기를 먼저 느끼면서.

이쯤에 와선 인물들의 궤적이 우리의 것과 다르지 않은 모습을 하고 있어서 다행이란 얘기를 하기 위해 해설의 지면이 주어진 것은 아닌가 하는 생각도 든다. 그건 어쩌면 우리 말고도 징그러운 진실을 감내하면서 살아가는 사람들이 김인숙의 소설과 더불어 어딘가에 있다는 얘기이니까. 우리 잡히지 말자고, 계속 가는 거라고, 그냥 가도 된다고 하는 말에 확신을 실어주는 작가가 여전히 우리 곁에 있다는 얘기이기도 하니까.

작가의 말

내게 이 소설들은 시간이다. 지나가는 것, 흘러가는 것. 거기, 멈춰 있는 것. 조용한 문장을 쓰고 싶었으나 가만히 서 있거나 앉아 있지 못할 때가 많았다. 혼자 쓰는 글보다 혼자 하는 말이 더 많아졌다. 질문들. 부당한 것에 대해. 여기, 나, 사람들.

히어로가 될 수 있었다면 좋았을 것이다. 누구도 알아주지 않는, 아주 사소한 히어로. 세상을 구원할 필요도 없고 아무것도 구원할 필요가 없는. 빈집의 쓸쓸한 사람. 찢어진 플래카드 아래에서 있는 할머니. 기억이 찢겨나간 여자. 그 모든 것이 흔들리는 영원한 밤…… 그래도 그렇지, 더 재밌는 얘기도 있겠지 하며 내 책의 표지를 들여다보는 한 사람. 나의 이야기들이다.

첫 소설집의 소설을 쓰던 아주 오래전에, 시위 현장에 있었던 적이 있다. 구호를 선창하던 사람이 너무 절박한 나머지 자기 고향 사투리를 써서 구호를 외쳤었다. '……뭐땀새…… 그러는지…… 대답하라.' 뭐땀새의 앞뒤는 다 잊어버렸다. 그 구호를 따라 해야 할지 말아야 할지 순간 고요가 내려앉았던 시위 현장, 그리고 뒤늦게 터져나오던 웃음소리가 기억날 뿐이다. 땡볕이 내리쪼이던 한낮, 그 절박한 시위 현장의 조용한 웃음소리. 그러니까, 뭐땀새…… 왜…… 무엇 때문에…… 지난 시간들 속 나의 혼잣말들.

감사드린다. 이 책이 나오기까지, 그들도 모르게 문득 거리에 멈춰 서 있던 그 모든 분들께.

2018년 여름

김인숙

| 수록 작품 발표 지면 |

델마와 루이스 …… 『대산문화』 2012년 겨울

아홉번째 파도 …… 『문학동네』 2013년 겨울

토기박물관 …… 『현대문학』 2016년 1월

넝쿨 …… 『문예중앙』 2014년 겨울

단 하루의 영원한 밤 …… 『현대문학』 2012년 2월

빈집 …… 『세계의문학』 2012년 봄

아주 사소한 히어로의 특별한 쓸쓸함 …… 『창작과비평』 2017년 여름

내 이럴 줄 알았지 …… 『Axt』 2017년 11/12월

문학동네 소설집
단 하루의 영원한 밤

초판인쇄 2018년 6월 11일
초판발행 2018년 6월 20일

지은이 김인숙
펴낸이 염현숙
책임편집 정은진 | 편집 황예인 김내리 이성근 이상술
디자인 고은이 유현아 | 마케팅 정민호 박보람 나해진 우상욱
홍보 김희숙 김상만 이천희
제작 강신은 김동욱 임현식 | 제작처 영신사

펴낸곳 (주)문학동네
출판등록 1993년 10월 22일 제406-2003-000045호
주소 10881 경기도 파주시 회동길 210
전자우편 editor@munhak.com | 대표전화 031) 955-8888 | 팩스 031) 955-8855
문의전화 031) 955-3576(마케팅) 031) 955-8864(편집)
문학동네카페 http://cafe.naver.com/mhdn | 트위터 @munhakdongne
북클럽문학동네 http://bookclubmunhak.com

ISBN 978-89-546-5170-7 03810
* 이 도서의 국립중앙도서관 출판예정도서목록(CIP)은 서지정보유통지원시스템 홈페이지(http://seoji.nl.go.kr)와 국가자료공동목록시스템(http://www.nl.go.kr/kolisnet)에서 이용하실 수 있습니다.(CIP 제어번호: 2018016232)

www.munhak.com